# 这个竹马有点甜

嫣落瑾 著

天津出版传媒集团
百花文艺出版社

**图书在版编目（CIP）数据**

这个竹马有点甜 / 嫣落瑾著. -- 天津：百花文艺出版社, 2022.9
ISBN 978-7-5306-8312-5

Ⅰ. ①这… Ⅱ. ①嫣… Ⅲ. ①长篇小说-中国-当代 Ⅳ. ①I247.5

中国版本图书馆 CIP 数据核字(2022)第 141904 号

**这个竹马有点甜**

ZHEGE ZHUMA YOUDIAN TIAN

嫣落瑾 著

---

**出 版 人：**薛印胜
**策划统筹：**魏 青 **责任编辑：**张 雪
**特约编辑：**张子瑶 **美术编辑：**郭亚红
**出版发行：**百花文艺出版社
**地址：**天津市和平区西康路 35 号 **邮编：**300051
**电话传真：**+86-22-23332651（发行部）
+86-22-23332656（总编室）
+86-22-23332478（邮购部）
**网址：**http://www.baihuawenyi.com
**印刷：**天津新华印务有限公司
**开本：**880 毫米×1230 毫米 1/32
**字数：**290 千字
**印张：**10.125
**版次：**2022 年 9 月第 1 版
**印次：**2022 年 9 月第 1 次印刷
**定价：**58.00元

---

如有印装质量问题，请与天津新华印务有限公司联系调换
地址：天津东丽开发区五经路 23 号
电话：(022)58160306
邮编：300300

# 目录

# 第一章 百折不挠乃『竹马精神』

都说青梅竹马长大后不是终成眷属就是相爱相杀，可到了姜薇和易洺这里，忽然就有了新的定义。

相敬如宾。

对，就是这个词。

易洺不明白，明明两个人从幼儿园开始就一直腻在一起，中学甚至好得像对儿“早恋”的小情侣一样，连着好几次被叫了家长——

办公室里，易洺爸一脸宽心地握住老师的手，憨厚一笑：“周老师，您放心，姜薇她看不上我儿子。”

姜薇的妈虽然年过四十，却仍旧是一张清秀可爱的娃娃脸，她伸手捏捏易洺白嫩的小脸，嘴上“咯咯咯”地笑个不停：“我家姜薇就是块冰木头，这么可爱的小男生都不喜欢，啧啧啧，真是个呆娃。”

按理说，但凡这么大的小孩子听了这话都要羞上一羞。

可易洺不一样，他脸皮厚啊，这个人面不改色心不跳，一脸乐呵呵地笑：“周老师你看，我虽然过了我丈母娘这一关，但还没过姜薇那一关，革命尚未成功，同志还需努力。”

易洺说的倒是心里话。

从小到大，易洺一直都把姜薇当成自己未来妻子的不二人选，只可惜这都大学了，姜薇依然固若金汤地守着这个“青梅竹马不过线”的身份，易洺要说再有下一步的进展，那就准得被姜薇的一记爆栗敲在脑门上。

最近的姜薇，越发异常了。

他每天照例在楼下给她送奶茶，没想到小妮子居然开始说起了“谢谢”。

中午打好热水让她下来取，姜薇眼皮不抬，伸手接过：“辛苦了。”

就连每日早起的叫她起床专属“电话”，都被她给婉拒了：“我自己定闹钟了，以后不用麻烦你了。”

听听，听听，这个小没良心的说得这叫什么话？

十来年都这么过来了，现在到了可以自由恋爱的年纪却突然想要跟他易洺保持距离了，不是没良心，是什么？

易洺决定了，要向姜薇问清楚。

离下课还有五分钟，姜薇正在专业书上认真地勾勒着记笔记，窗外的碎光打在她的耳畔，微微泛红的耳垂慢慢变得透明。

这会儿手机一震，屏幕上弹出来一条信息。

“下了课出来，我有事儿找你。”

发信人：魔头易。

易洺坐在花坛边，跷着二郎腿等了片刻，发现姜薇没回。

不回不怕，可以再发：“怎么，幼儿园把我初吻抢走了，现在就翻脸不认人了？”

幼儿园那几年，两个人倒真是形影不离。

德育课上，老师让小朋友们试着去抱一抱自己的小伙伴，学会表达“善意与爱”。姜薇那个时候就长得好看，圆润的眼睛黑油油的，嘴唇小而薄，典型的美人样儿。

小男孩们不约而同选了姜薇，可姜薇却沉着小脸推开他们，冲到厕所里将易洺拽了出来。

好在易洺已经解决好内急，正被保育老师牵着手往外走，只见迎面扑上来一个扎着双马尾的小肉团，易洺还没来得及反应，那个小肉团直接就扑上来，将他抱了个满怀。

想了想，大概觉得还是不够，小肉团眨眨眼，朝着易洺的嘴巴“啪嗒”就亲了一下。

这下易洺和保育老师都傻了，只有那个罪魁祸首面容淡淡地望着他。

“别误会，我只是矮子里拔大个儿罢了。”

说罢，一脸老成的姜薇松开易洺，头也不回地就走了，徒留弱小可怜无助的小易洺在风中凌乱。

这件事是易洺的一把“万能钥匙”，在姜薇这里屡试不爽。

手机沉默了几秒钟。

而后，姜薇果然回复：“老地方，我下课了。”

第四教学楼前有一棵高高的杉树，易洺站在树下，漫不经心地望着身边来来往往的人群。

姜薇在下课人群中的最后一排，小小的身影在后面晃啊晃的，在一众身材姣好的舞蹈生中显得尤为特殊，易洺心一滞，顿觉心疼。

他比谁都明白，姜薇为了能够考上这所学校的舞蹈系付出了比别人多多少的努力。

一个天资聪颖、热爱跳舞的姑娘，要不断地与自己身上的特殊做抗争。关于“平衡缺陷”的话题姜薇很少提，她尽力地让自己看起来更像个正常人一般。

易洺望着那张熟悉的面孔，抿唇一笑，快步朝着她走去。

“我们去吃饭吧。”

他长臂一伸，伸手拉住她往外走。

姜薇脚上的动作停住，她抬起眼望着他：“你来找我，不是有事吗？”

“没有啊。”

“那我回寝室了。”

姜薇乖巧点头，转身要走。

“别啊，”易洺伸手拽住她的衣袖，咧嘴一笑，还是那副吊儿郎当的样子，“有事，真有事。我说姜小薇，你到底什么时候做我女朋友啊？我都等了十几年了。”

易洺声音又轻又柔。

姜薇睫毛一颤，摇摇头：“不行啊，我们不合适。”

“怎么不合适？”易洺微微俯身，让自己视线和姜薇的眼眸平行，淡笑道，“这天底下没有比我们再合适的了，如果不合适，怎么我们都腻在一起十几年了，还没讨厌彼此？”

姜薇眼珠转了转，看着他：“我说过的，你……太丑了。”

易洺心一颤，随后顿了顿，眸中笑意荡漾：“我知道啊，但我很温柔啊！你真的不要考虑一下吗？”

姜薇险些就被他的模样给逗笑了，想了想，还是忍住了。

易洺其实不丑，相反，他长得还很漂亮，属于那种清秀招风的男生类型。

这一点从易洺小时候就体现出来了，大院的女孩子们都喜欢围着他转，而和易洺关系最好的姜薇自然也就成了她们的众矢之的。

在她家门前摆绊脚的小石头，往她的后背塞毛毛虫，家里唯一的一棵樱桃树每次都被摘光……姜薇慢慢习惯了自己被“针对”，只要自己还能守在易洺身边，她就什么都能够释然了。

如果没有那件事，她可能真的就做好了在考入大学后就和他正式走到一起的准备。

但万事……没有如果。

再后来，易洺一直以来的告白都被她选择了“视而不见”，为了能够让易洺死心，她甚至还故意将他的告白小纸条来做了数学的验算草稿纸。

易洺不甘心，高考结束之后就把她堵在了楼道里，敲着她的小脑袋说：“你得给我个理由。”

姜薇闻着他身上淡淡的薄荷香，感觉的自己的心快要像小鹿一样跳出来了。

她只觉大脑一片空白，哪里还能冷静地给他一个理由。

"因为你……太丑了。"

天知道,这个理由真的是姜薇随口编的。

姜薇一开始觉得自己的话不过是无稽之谈,一时应急拿来骗易洺的,他自然不会相信。

单说易洺这长相,身边莺燕无数,怎么可能会真的认为自己丑呢?

可没想到的是,没多久就有人亲自证明给她看,这件事,易洺是真的信了。

大一刚开学那几天,隔壁班的女孩子跑到易洺的教室大着胆子告白,拿着亲手做的抹茶巧克力蛋糕、淡粉色的信封,封面的一行字娟秀得像被赋予了仙气儿一样。

"易洺,我喜欢你,你可不可以做我的男朋友?"

易洺正收拾书包打算去找姜薇,抬头看到这么一个泪眼汪汪看着自己的小姑娘,他眯长自己的眼,凝视她:"你说什么?"

被这么帅的男孩子盯,小姑娘的脸一下子就红透了,身体发烫:"我说,你长得很好看,我喜欢你。"

班里听到这句话立刻有男生吹起了口哨起哄,易洺没说话,认真地思考了半晌,这才抬起头,语气并不好地看着她:"你没问题吧?"

小姑娘一愣,声音软糯可怜:"什么?"

易洺站起身,抬手将书包甩到了身后,转身要走,顿了顿,还是回了头:"你回去看看是不是脑子有什么毛病啊?我长得这么丑,你是没有审美观吗?"

小姑娘:"……"

末了,小姑娘哭得很伤心地走了,她大概怎么也想不到,一个男孩子居然要用这种自黑的方式来拒绝自己,看来他是真的很讨厌她了!

回忆还没完,有人曲起手指关节,弹了弹姜薇的后脑勺。

"喂,姜薇同志,我说的话你到底有没有在听啊?"

姜薇收回思绪,慢条斯理地回:"都说了,不行。"

“怎么就不行啊……”易洛个子高，步子大，他干脆挡在姜薇的面前，白色的帆布鞋倒退着走，“姜薇，你不能这么没良心啊，我追你可追了十几年了，现在追你的那些小白脸只是看你好看，才不是真心喜欢你。”

“那你呢？”

“我什么？”

“你喜欢我什么？”姜薇似笑非笑，凝视他。

“我不一样啊。”易洛停下脚步，咧开嘴，白白的牙齿粲然一笑，像午后的阳光，“我见识过你在幼儿园小班的课堂上尿裤子的样子，见过小学二年级的时候爬树摔掉门牙的样子，还见过在中学考试失利跑错男厕所哭的样子，就这样我现在依然还能被你所吸引，你瞧，我对你绝对是真爱。”

姜薇：“……”

姜薇抿抿唇，昨天在易洛家门前看到的那一幕正打着滚地折腾着她的神经，额头血管“咚咚”直跳，她的心里可太乱了。

“易洛，我再重复一遍，我们不合适。”

“姜小薇，你太伤人了。”

易洛沉下脸，看上去真的生气了，眸光深得像一口井。

姜薇她咬了咬嘴唇，她思忖几秒，鼓起勇气脱口而出：“知道伤人还不快离开我，还缠着我，易洛你是没骨头吗？”

“行。失去我这么贴心的男朋友，你会后悔的。”

“慢走，不送。”

姜薇停下脚步，淡淡的眼神落在易洛的眼底，随后俯身，做了一个“请”的动作。

易洛的目光在姜薇的眼底停留了两秒钟，随后转身，头也不回地走了。

姜薇站在原地，没有追也没有退，只是重重落下一声叹息。

上小学的时候，姜薇最讨厌的就是拿“差一点”这个词造句了。

而事实证明，她和这个微妙的词还真是有缘，七岁时因为在马路上追易洛差一点被车撞，十七岁时因为和易洛走得近差一点被他的爱慕者泼了热饮，二十岁的她差一点就握着她亲手做的那杯奶茶走到易洺的家了，可没想到当她拎着东西刚过了街角，却正好碰上易洺和姑娘在家门前上演“摸头杀”。

女孩看上去肤白貌美，一头柔软的黑色卷发，身高目测一米七，加上脚上踩着的那双淡银色的细高跟，如果和易洺接吻的话，将将在他微微俯身就能碰到的完美的距离……

电光石火之间，姜薇都要把二人接下来的激情戏都想好了，虽说有点少儿不宜吧，可姜薇实在是没办法，是脑袋里的小人非要胡思乱想的，绝不是纯洁的她。

而易洺也没有让她“失望”，两个人在门前你侬我侬，那丫一脸贱笑地盯着人家的脸看。

姜薇的脸绷得紧紧的，心跳飞快，她几乎没有犹豫地就将自己手中的奶茶丢进了一旁的垃圾桶里，转身就走。

她太了解易洺了，如果不是真的喜欢对方，在她的记忆里，他是不会这样去触碰对方的身体的。

尤记得高二那年，易洺死皮赖脸地求着班主任让他和姜薇分到了一桌。

班主任不是没有怀疑过易洺的诚意：“你小子如果想打姜薇的主意，明天我就给你安排到我讲桌旁的宝座。”

易洺挑眉一笑，规规矩矩朝着老师“啪”地敬了个礼：“老师您放心！保证不拉您的宝贝学霸下水。”

事实上易洺的成绩也不差，甚至很多次还高于姜薇。但班主任不放心啊，这个世界上不是每个孩子都能天天上课睡觉、下课溜号，只凭着考试前突击复习还考到年级前三的。他得保证自己的升学率，不敢拿其他孩子开玩笑。

两个人同桌的那段时间，易洺总是在课间休息的时候趴在桌子上盯着姜薇看。

“姜薇，你真好看。”

姜薇抬眼看他一眼，很快视线又回到习题集上："口水滴在桌布上了，擦擦。"

"姜薇，我饿了。"

"你不是有零食……"姜薇话还没说完，自己手里的面包就已经剩下一半，而另一半正在某个贱兮兮笑个不停的人口中，此人咀嚼得像个豚鼠一般。

最过分的是那天天气降温，易洛只穿了一件半袖来，他知道姜薇有常备一件外衣的习惯，便招呼都没打，直接抢过了姜薇的衣服披在了身上。

虽说姜薇的那件上衣是件宽宽大大的运动装吧，但好歹也是粉色的……

姜薇有点看不下了："易洛，你觉不觉得这件衣服有点不适合你？"

易洛抬起下巴，粲然一笑："怎么不适合？你这衣服可不就是为我这样花儿一般的少年准备的？"

姜薇："……"

行吧，某个颜值高的人，脸大任性，她还能说啥呢？

易洛天天围绕在姜薇的身边，全然不顾周围人的目光。彼时高二年级的班长是个小姑娘，暗恋易洛好久了，大概是实在憋不住，小姑娘捧着自己亲手织的手套就过来了。

"易洛，马上要冬天了，我给你织了一双……"

"不好意思，我有洁癖，不喜欢碰别人的东西。"

姜薇本来不想掺和的，但听某人这么一说，她不得不蹙着眉，转过身来神情莫测地望着那位举着她的水杯"咕咚咕咚"喝水的某人。

洁癖……

这位同学，请问你是认真的吗？

班长被易洛怼得脸色绯红，小姑娘咬了咬牙，豁出去般打算直接上手。

"易洛，手套我洗过了的，你带上，试试一定合适……"

班长白皙的小手触碰到易洛修长指节的那一瞬间，易洛往后一躲，从凳子上站了起来，姜薇从没见过他那副阴沉的样子，心中不禁震了一下。

“我已经说了，我不喜欢碰别人的东西，也不喜欢别人碰我。你要非得让我给你一个理由，那你就当我有女生过敏症吧？怎么样？”

“可姜薇不也是女生吗？”班长委屈地抬起头，眼神死死地盯着他。

听到姜薇的名字，易洺抬抬下巴，骄傲一笑，“她啊，她不是女生，她是我的未来老婆啊。”

“……”

姜薇下意识地狠狠踩了易洺一脚。

可谁能想到当初某个自诩有“女生过敏症”的人，现在却主动对着别人上演了“摸头杀”。

姜薇一路走回去，整个人都是恍惚的。

如果是别人，可能会追上去问个究竟，可偏偏姜薇就不行，她遇到不高兴的事儿只喜欢咽进肚子里，默默地消化，倾诉的方式从来都不适合她。

她没想过去和易洺要解释。

十五年的朝夕相伴，是她自己不断地在拒绝他。

如今他如果真的找到了那个对的人，她哪里还有什么身份去找他讨个说法……

易洺推开寝室的门，上铺的覃浩正激烈地打着手游，余光瞟见一张熟悉的脸，几秒的停顿之后，覃浩吓得手猛地一哆嗦，游戏中甩出来的暗器直接飞到了队友的头上。

“我去，‘D大一枝花’，你长没长眼啊？镖往哪儿扔呢?!”

开黑语音里瞬间响起一阵不堪入耳的谩骂，覃浩来不及理会队友，手忙脚乱地爬起来，对着下面喊道：“易洺？我没看错吧！你怎么回来了？”

其实覃浩的惊讶并不稀奇。

易洺考入D大，除了是为了和姜薇考入同一所高校之外，还因为在这座城市他还有个家。D市的房子是他的母亲留给他的，易母在易洺七岁的时候和易父分开，而后跟着自己的新任伴侣远飞国外。

易洛入校之后不久就住进了离学校不足千米的公寓楼里，很少回寝室。

从喉间"嗯"了一声，易洛算是回答了他。

接着将背包朝着桌子一丢，易洛直接仰身往床上一躺，一双无处安放的长腿交叉搭在床尾的栏杆上。

"吗啊这是？又和姜薇闹别扭了？"

易洛和姜薇的那点事，覃浩来寝室的第一天就知道了。那天覃浩拎着行李到寝室的时候，易洛正倚靠着门框，将一群来帮忙收拾东西顺便送礼物的学姐们堵在门外，毫不留情地"撅"断了她们的期待：

"你太矮了，我怕影响我的下一代。"

"你太高了，我怕将来装修费门框。"

"你也不行，你这皮肤不够白，好歹也要比我白点吧。"

"至于你……"最后一个学姐瞪着圆圆的双眼，眼神充满渴望地望着他，谁想到某个骚包男居然嘴角一勾，继续道，"身材不行啊，还是算了。"

虽然易洛长得招风，但一下子惹了三个女人，下场自然也没那么好过。

"小学弟，你说的这种女人世界上都没有，差不多得了啊，别不知珍惜，回头后悔。"

"谁说没有，我未来老婆就是啊……"

易洛抿唇一笑，他摇晃了下手机，壁纸上的女孩穿着白色长裙，笑容如夏日阳光般绚烂。

覃浩正想着当时的那个画面，下铺的易洛忽然开口。

"我们没吵架。"

覃浩松口气，拍着胸脯笑笑，"那还好。"

"是玩完了。"

"啊?!"

易洛冷不丁的一句大喘气，惊得覃浩差一点从上铺翻下来。

对于覃浩来说，易洛和姜薇可是他早就看好的一对儿 CP(情侣)，虽然两个人现在还处在互相折腾不肯走进下一步的状态，但这对儿CP是早晚都要在一起的，凭借覃浩老谋深算的眼光就能确定。

俗话说得好，失败得多了，也就掌握了规律；坑栽得深了，自己也能成为半个挖坑大师。

就凭着覃浩自己曾创下高中三年苦追十几个女生都无果的惨烈战绩，他觉得自己站了队的CP，散不了。

"追了人家十几年，现在打算放弃了？不喜欢人家了？"

覃浩得试探一下CP男主的真实意思。

"喜欢啊，"易洺拉长了声音，叹了口气，"我家姜薇那么可爱，我怎么可能不喜欢啊……"

虽然这句话听起来有点腻歪，但覃浩心里终究还是窃喜。

万幸，CP还在。

覃浩："弟弟，听哥的。要想知道到底能不能追到一个女孩子，你首先要知道她到底喜不喜欢你，而验证这个问题的法则只有一个。"

"说。"

"看她是不是会吃你的醋。"

易洺闻言怔了怔。

"什么意思？"

"蠢啊你，你都说了人家姜薇是突然开始疏远你的，你得推理推理，是不是哪天你调戏良家妇女，被人家姜薇给捉了个奸，她才突然反常了啊……"

易洺愣了愣，捉奸是不可能捉奸的，他这辈子一颗红心向姜薇，变不了。

但要说反常……细思了几秒，倒还真是有事一桩。

易洺大学学的是医学影像专业，就是那种在病人面前，能够对着一张黑黢黢的片子说得神乎奇神，最后还能精准说出你的身体问题的那类人。

不过，当年易洺的最初志向可不是影像，这个念头是后来才出现的。

高二那年，某体检机构去学校门前发传单，原价 299 体检套餐现价只需 99 元。其实这种宣传的手段在当时见怪不怪，等到了医院就会让你各种加项，轮流感受一圈冰冷的仪器体验后，最后拿着“一切正常”的单子心满意足离开。

碰巧那几天姜薇有些胃寒不舒服，就拉着易洛陪着她去了。

医生抬眼一看，火速认定是一对儿小情侣：“打算要孩子了吗？”

姜薇听完脸一绿，干笑道：“医生，我们还没毕业。”

医生猛地抬起头来，沉默了两秒，而后惋惜道：“哎……现在这孩子……也太早熟了。”顿了顿，他抬起手对着键盘一顿噼里啪啦地敲，“血检尿检，内科外科，再加上乳腺彩超、腹腔彩超和妇科 B 超，暂时先查这些吧。”

都已经进了虎口了，哪里还有逃脱的道理。

于是，易洛带着姜薇跑遍了各大检查科室，最后来到乳腺彩超的门前。

负责乳腺彩超的医生是个男医生，戴着金丝眼镜，眉毛细长，笑起来还有两个酒窝。

检查开始后，易洛守在门外，检查室的隔音不好，两个人的对话都听到了。

“医生，我的身体有问题吗？”

“没有，目前看状况很好。双侧乳腺层次结构清晰，回声均匀，未见明显增厚及包块影像 。”

“嗯，谢谢医生。”

“不客气，一会儿检验报告打印出来我拿给你，我帮你擦一下乳房上的超声耦合剂，然后你就站在外面等候就行了。”

姜薇点点头，等她一切收拾好出来的时候，易洛站在门外，脸黑得像炭。

姜薇一愣，心里真是又气又笑：“易洛，人家是医生。”

“医生也不行，你是我的，别人不许看，更不能碰。”

“那我将来要是身体不舒服，再做检查怎么办？”

易洛沉思两秒。

于是,他早已想了十几年的未来职业规划,就这样为了姜薇从穿着白大褂的外科医生,变成了同样穿着白大褂,但再也不碰手术刀的影像大夫。

那天上午,系里安排了实验课。

易洺一大早接到了姜薇的短信,她们学院上午没课,中午她会去他的公寓给他送奶茶。

下了课,易洺白大褂没脱就往公寓楼赶,只可惜那天他等了半天,姜薇却都没有来。

她失约了,很突然。

也就是从那天起，易洺发现他可爱的小青梅突然就和自己保持了距离,再也不像以前那般了。

“事出反常,必有妖。”

易洺将事件发生的时间地点讲给覃浩听,覃浩掐指一算,他让易洺好好想想,那天是不是还发生过其他什么与往常有异的事情。

“你要非说有点别的事,倒是真有件小事。”易洺面无表情地回忆道,“那天有个女人来我家里,后来让我赶走了。”

覃浩正举着水杯,一口热水直接吞到了喉咙里,脸涨得通红。

“不是吧,哥哥,你这也算是小事?!”

覃浩难以置信地望着一脸冷静的易洺,他总算知道为什么人家姜薇不答应这位哥们儿了。

猪蠢不怕,毕竟猪的价值在那儿摆着呢。

但人蠢这事,纯粹是无解的,没法治。

“不算吗?”易洺仰着头,枕着自己的手臂盯着覃浩的床板。

他是真的没当回事儿——追他的女孩太多了，在他心里除了姜薇,别人不都是一个鼻子、两只眼,没什么好注意的。

那日,易洺回到公寓后发现姜薇还没来,便脱了自己的白大褂丢进了洗衣机,窝在沙发里打开了电视。

门响了,他起身去开门。

门外的女孩看见易洛的那一刻先是一怔，下一秒欢喜地就差扑上去锁了易洛的喉，可易洛的脸色却淡淡的，谈不上兴奋，甚至还带着几分清冷。

不是姜薇。

她已经迟到十分钟了，这丫头到底在搞什么鬼？

对于眼前这位“付出了千辛万苦才打听到易洛住址”的姑娘，易洛保持着基本的礼貌，侧身让她进了门，而他自己却坐在离她足有一尺距离的沙发上，捧着手机玩得一脸开心。

姑娘是易洛爸爸旧友的女儿，易洛和她在十几岁的时候曾见过一面。

再具体点说，其实是在一起住过一段时间，那年女孩的父亲母亲临时出差国外，无奈只好委托易父照顾。那段时间，小女孩见到易洛就是低垂着眉眼红着脸的状态，只可惜易洛的心思全在姜薇的身上，才和人家“相处”一天就烦了。

“臭小子，居然半夜翻窗户逃走，有本事你就别回来了。”

易父扯着嗓子对着电话那头道。

易洛躺在朋友家的床上跷着二郎腿：“得嘞，遵命。”

就这样，易洛在朋友家“蹭住”了一周，等他回家时，小女孩已经成功被父母接走了。

没想到两人还能再相遇，当然，易洛也并不期待。

女孩倒也识趣，没多久便发现易洛仍旧是当初的那个他，哪怕她费了好大的劲儿才找到他，但他的心也依然不为所动。

“我要走了，易洛。”

“我送你。”

易洛秒速起身，就差把“迫不及待”四个大字写在脸上。

两个人来到门外，女孩儿泪眼盈盈地对着易洛诉说动人的“离别”，易洛却眯长了眼睛，一脸认真地盯着她的头发看。

下一秒，他忽然抬起手，两指一合，随后“叭”的一声，打开了女生头顶的发夹。

他把发夹拿下来，在她面前晃了晃：“从我家拿的？”

女孩一怔，都快哭了：“我看到它在你家的鞋柜上，想留个纪念。”

易洛头也不抬，将樱桃发夹塞进自己的裤兜。

“不行。”

“为什么不行？”

易洛微微勾起嘴角淡淡一笑，“这是我跟我老婆的定情信物，你要是喜欢，我昨天剔牙的牙签还没丢，你倒是可以拿走……”

这枚发卡，还真是易洛送给姜薇的，只不过前几天被姜薇无意间忘在了这儿。那年姜薇过生日，她不许易洛花钱买礼物给她，易洛无奈之下只好学起了班上的女孩们做起了手工发卡。

女孩听完这句话，直接哭着就跑远了。

易洛无心伤害她，但对于毫无希望的感情，他觉得这已经是让她死心的最好方式。

“真损！”

听完易洛“花式嘲讽追求者”的故事，覃浩觉得自己虽然应该和易洛站在同一阵营，但是，他的良心告诉他，他必须要这么评价！

回忆的脉络渐渐清晰，经过易洛这么一说，不难猜测，易洛在送这个姑娘出门的时候，八成我们CP的女主人就在现场暗中观察。

“这不就行了？源头找到了。”

覃浩语重心长地给易洛分析，随后劝导他不如将计就计，趁此机会将姜薇一举拿下。

易洛想了想，觉得覃浩说得也不无道理。

他的那颗小青梅啊，挂在树上太久了，是时候该摘下来，守护在他的专属世界里了。

姜薇最近忽然做了决定，要搬出学校租房住。

原因倒不是为了躲易洛，而是因为……一条狗。

这件事说起来倒也算是场意外，那天和易洛分开后，姜薇一路心神不宁，走到拐角处一个没注意不想竟脚下生祸，活活酿成一出“惨案”。

小狗一身毛发松软，被踩到的脚丫夸张抽搐，直挺挺地翻开了圆润的肚皮给她看。

“你叫什么名字？”

姜薇充满歉意地蹲下来，戳了戳狗狗软软的小肚子。

小狗望着她呜咽两声，那眼神仿佛在说：你看着办吧，今天这事呀，没有三根小肉干你可是别想走了。

哟嗬，被碰瓷了。

姜薇抿唇一笑，作为一名有素质、懂责任的大学生，岂有“肇事逃逸”的道理？

她轻轻抱起小病号，望着它黑色发亮的眼睛，淡淡笑道：“既然是在十字路口遇见你，那以后就叫你小十吧。”

小十似乎听懂似的“汪汪”叫了两声，声音雀跃。

你们瞧啊，从今天起，我小十有家了。

三根小肉干算什么，我后半辈子的肉干这下可都有着落了。

姜薇暂时把小十抱回了寝室，但她深知学校的校章规定，留在这里也并非长久之计。

“出去租房住”这个念头一经出现在脑海，她便很快做了决定。

姜薇早就做好了将来考研的打算，所以校外租房备考也是早晚的事儿，如今为了小十将计划稍微提前，也是可以接受的。

学校周边有很多这样的出租房，价格合理，卫生干净。

姜薇很快就和房东敲定下来，坐北朝南的一间小型二居室，阳光充足，楼层适中。

为了省钱，姜薇打算和人合租，房东答应会给姜薇找一个合适的合租者，前提就是能够接受宠物的存在。姜薇当即表示感谢，就连小十也摇着尾巴，围着人家打转儿。

姜薇需要搬走的东西并不多。

大多数书籍和衣物还是留在寝室里，两处地址离得不远，需要什么了再来取也来得及。

但真到了搬家那天，姜薇还是有些小小的伤感。

寝室的窗户和易洺的寝室隔着一条街相望，虽然知道易洺很少来住，可她还是呆呆地站在窗户前，凝神了很久，眼底湿润。

“想人家了？”舍友小梁拍了拍姜薇的背，无限感慨道，“要我说，你还是叫他来送你吧，都十几年的交情了，咋能说断就断了呢？”

姜薇没说话，眼睛眯得似乎更厉害了。

“你瞧你，本来就不爱说话，这感情受挫之后，简直就快成哑巴了。”

小梁一脸担忧望着她。

姜薇却默了默，半晌后转过头来，面无表情道：“我头上晾着的十只袜子……是谁的？”

小梁一怔：“我的啊。”

姜薇叹口气：“你是不是……放进洗衣机的时候又忘记放洗衣粉进去了？”

小梁瞪圆眼赶紧吸了吸鼻子，下一秒，她秒速摘下袜子，一脸讪笑地溜之大吉。

姜薇抱着最后一包衣物离开寝室，眼底泛红，说不清是小梁的袜子熏的，还是些什么别的原因。

“我会想你的，要常回家看看。”

小梁给了姜薇一个大大的拥抱。

姜薇点点头，她也抱了抱小梁，眼神却停留在楼下，那个易洺常常等着自己的地方。

姜薇其实是想过要通知易洺的，只可惜那条短信删删减减，最后还是躺在了草稿箱里。

她真的是太不擅长表达情绪了，以前是，现在也是。

十二岁的那年，姜薇经历了女生在人生中的第一次“蜕变”。

最后一节课的课间从厕所回来，姜薇捂着肚子，脸色不佳，易洺几次丢小纸条给她，她都没接。

放学路上，易洺骑着车子追上来，伸手拉住了她的肩膀："我错了，你打我吧。"

姜薇停下脚步，微微皱眉："为什么？"

易洺抿紧了薄唇，神色凝重地望着她："你不理我，就是我错了，不管我做了什么，就是我错了。我道歉，你原谅我好不好？"

姜薇愣了愣，旋即无奈一笑："不是你的原因。"

顿了顿，她又继续道："是我要死了，可能过几天你就见不到我了，为了不让你为我的死难过，我决定今天过后咱们就不要再联系了。"

说罢，她回首摘下身后的背包，将书包夹层里的东西递给易洺。

剩余的零用钱，妈妈送给自己的银手镯，还有一盒樱桃味的糖果。

"这些都是我留给你的遗产，你要好好保存。糖果是我表哥从日本带回来的，保质期短，要尽快吃完。"

那时候的姜薇压根不知道什么叫"初潮"，而易洺是个男孩子，自然也不懂。

姜薇以为自己大限将至，她舍不得易洺，想哭却又哭不出来。

她能表达自己感情的唯一方式就是不再理他，不理他，他就会慢慢忘记自己，这样即便自己走了，心里也会放心很多了吧。

想到自己曾把易洺吓到当街大哭的"直女式"的抒情方式，姜薇想了想，最终还是没有将那条告别的信息发出去。

她习惯了默不作声的处理方式，难过就自己消化就好了，告别只放在心里。

搬好了家，入住的第一天，姜薇主动收拾好了整个房间。

房东告诉姜薇她的舍友就快能定下来了，对方是个打算考研的小姑娘，声音温柔，性格开朗，来校之前家里曾有八年的养宠史，温柔且有爱心。

姜薇不善交际，她只能默默地为自己未来的室友做些力所能及的事情。

替学姐的房间做好了清洁工作后，傍晚，星辰洒落夜幕，姜薇搬了个小板凳，拉着小十在露天阳台上看星星。

“小十,遇见我之前,你有没有看过星星？”

姜薇一下一下轻柔地抚摸着小十背上的毛发,很柔软,像是一块有着体温的小毛毯。

“小时候我和他经常会一起看夜空，那家伙每次都要自告奋勇地给我数星星,数到我都靠着他的肩膀睡着了,他都还在数。”

顿了顿,姜薇温柔叹道:“你说他傻不傻？”

小十窝在姜薇怀里,竟然神奇地立即哼唧了两声,仿佛已然对这个从未见过的“情敌”级人物产生了“争宠”之心。

姜薇笑笑,她眨眨眼望着头顶上的天空,吸了吸鼻子。

人啊,最害怕的就是习惯了。

习惯了某人夜晚叽叽喳喳的电话粥，习惯了某人一日不落的晚安,当有一天这些习惯突然之间开始消失在自己的生命中时,你才发现,原来你们之间已经一起度过了这么久、这么久的时间。

姜薇正失神发愣着,隔壁的阳台忽然传来一阵奇怪的窸窣声响。

小十最先惊醒,小家伙蓦然从姜薇怀中起身,鼻头嗅了嗅,喉咙里开始有声音翻滚。

“小十。”

姜薇安抚地拍了拍小十的后背,她忽然记起房东曾经说过,隔壁的住户空置很久了,主人远在加拿大,因为觉得麻烦所以暂时并没有对外出租的打算。

所以……这声响是……

老鼠？野猫？黄鼠狼？

抑或是……

想到这儿,姜薇忽然觉得后背冷飕飕的,想到今晚只有自己,为了安全起见她一把抱起小十,踩着拖鞋转身跑回了房间。

可另一边,站在空调外机上的某个人处境可就艰难了。

“我去,这儿怎么这么高啊……”

严重恐高的易洛完全不敢往下看，听到姜薇在阳台说话的声音，他头脑一热就爬到了空调外机上偷听，可没想到现在想要再爬回去却已是举步维艰。

巧的是，屋漏偏逢连夜雨，满心好奇的小十竟然偷偷打开了阳台的门，再次溜了出来。

易洛屏住呼吸，生怕小十发现自己。

但好在小十看上去并没有这个意思，易洛正暗舒一口气，眼神却瞥见某只小狗闲庭信步地朝着自己走来，而后顺着墙角的杂物就踩了上去……

小十缓缓抬头，盯着和自己相距几厘米的易洛。

易洛惊恐地回望着它。

最怕空气忽然安静……

心一紧，易洛赶紧压低了嗓音，讨好地对着小十笑："朋友，看你浓眉大眼的，一定是个女生吧，咱们性别不同，你能不能胯下留情……"

易洛还没说完，小十忽然冷不丁地抬起了狗腿，朝着易洛新刷的空军一号耐克鞋，"哗"地一下，就是结结实实的一泡。大概是前几天被踩了一脚，小十的尿液颜色，甚至看上去多多少少有些上火。

易洛："……"

雪白的鞋子慢慢被染成了某种难以言说的颜色，走之前，小十还特地回身望了他一眼，那眼神仿佛在说："不要迷恋哥，哥只是个没有感情的撒尿机器。"

那一晚，阳台上的风真是又大又凉，某个身高一米八七的男士蹲在空调外机上，怀里抱着脱下的空军一号，怀疑了半宿的人生。

为了能够租下姜薇隔壁的房间，易洛是用了点心思的。

房东确实是人在加拿大不错，也的确不缺钱，但这不代表他就会对别的没有兴趣。易洛辗转联系到房屋的产权人，那人在跨洋电话里说道："我这房子找算命先生算过的，是风水宝地，你要租，5000起。"

这价格一听就是没诚意，对方表示爱租不租，不租拉倒。

易洺不卑不亢，谈生意嘛，必须学会抓到对方的痛点。

房东人虽然在国外，但儿子却跟着母亲在国内生活，对于房东来说他什么都不缺，唯一缺的就是对家中“神兽”的教育方法。他生在医学世家，有意让儿子也步入此行。小朋友今年十六岁，正是叛逆期，对于父亲的建议他选择抵死不从，再问“自杀”。

易洺只用了一个招数就制服了叛逆的小朋友。他告诉男孩，如果他再和自己父亲作对，将来毕业了就要被迫继承爷爷的亿万家产了，其实他喜欢轮滑也无所谓，将来做了医生不还是可以参加轮滑比赛吗？总比坐在总裁办公室看账目要自在得多。

小朋友想了想，觉得哥哥真是睿智，为了能不继承亿万家产，他豁出去了。

易洺：真是令人窒息的烦恼……

得知儿子开窍了，房东对易洺简直感激涕零，当即表示愿意0月租租给他。

易洺说：“那不行啊，廉者不受嗟来之食，我帮你儿子远程视频辅导吧。奶奶小时候给我算过命，说我前世罪孽重，这辈子要多做好事续命。”

房东听罢，认真地想了想：“那你介不介意再多做些善事？”

易洺：“嗯？”

“那房子马桶堵了那几年了，你帮我掏掏吧，这钱我就不出了，为了小伙子你能多活几年，我忍住了付款的欲望，不要太感激我。”

易洺：“……”

第二天是周末，姜薇起得早，她一边刷着牙一边打算去阳台呼吸一下清晨的空气，余光却瞥见隔壁阳台上随风飘荡的一堆儿白色物体……

定睛一看，是一双湿答答的耐克鞋。

想到昨晚的古怪声音，姜薇正狐疑着，忽然一个满眼黑眼圈，脸色苍白的人脸从对面的栏杆下缓缓升了起来……

“早上好……”清脆的男音还没落地，姜薇一口漱口水没忍住，照着对方的脸就喷了过去。

“噗——”

牙膏起发的泡沫在易洺白净的脸上鼓起了一个球形，随后“砰”地一下破灭，易洺僵硬地站在原地，伸出来打招呼的手停留在半空中，整个人看上去，仿佛一只忽然没了电的招财猫……

“易洺?！”

姜薇瞪圆了双眼望着隔壁阳台上的易洺，心里惊讶至极。

他怎么会住在这里？

姜薇满脸歉意地拿了湿巾给易洺擦脸，两个人站在相隔不远的阳台上，开展了一段诡异的对话。

“你为什么会在这里？”

“我租的，不行吗？”

易洺梗着脖子，看上去很有骨气。

“你为什么要租房子住？你不是有自己的家。”

“我想住哪儿就住哪儿，你不是也搬出学校住了。”

姜薇的眼神扫过易洺的脸：“我搬走，不是因为你。”

“很好。”易洺点点头，一脸的不服气，“我搬过来，也不是为了你。”

“嗯，那我回去了。”

姜薇一脸平静，转身要走。

“不是为了你……还能是为了谁啊！”易洺刚才的骨气一下子就被针戳破了，他迅速往前一跃，半个身子倚在栏杆上，抓住了姜薇的手臂，“我错了，姜小薇，你原谅我吧！”

这栋楼体的设计其实有问题，两个阳台的间距太短，将将能够放下一台空调外机，易洺昨晚观察周围地形的时候就不禁咂咂嘴感叹：“这简直就是给隔壁老王设计的嘛。”

但现在易洺忽然觉得，他不就正是那个隔壁老王吗？整日惦记着隔壁房间的“花姑娘”。

对面楼围着围裙做早饭的大叔正满眼发亮望着他们，仿佛吃到了什么惊天大瓜。自己看还不过瘾，大叔又招呼了自己的妻子来看，妻子一看，觉得这是反面教材啊，遂又拉了自己待嫁的女儿来看。

防火防盗防老王。

姜薇叹口气，如果易洺真的就这么摔下去了，她可解释不清。

“你先放手。”

“我不放。”

易洺惯用耍赖。

姜薇无奈地看他一眼：“我去开门，你过来，屋里聊。”

易洺听完，嘴角一勾：“……”

孤男寡女即将共处一室，这怎么还有点紧张啊。

姜薇的房间很干净。

典型的女生房间，每一个小的物件都摆放有序，包括这些年来易洺送给她的每一件礼物。

易洺嬉皮笑脸地往沙发上一躺，两只手搭在沙发的两边，得意一笑：“姜小薇，你心里有我。”

姜薇正给他洗苹果，闻言手上的动作一顿。

她的心里当然有他。

有他七岁时为了小男生偷了她的铅笔而上去跟人打架的样子，有他十五岁时下课跑到她的班级门外给她唱《康定情歌》的样子，有他十八岁时参加少年骑行大赛获奖拿奖杯的样子，也有他二十岁在篮球场上众人高喊中帅气灌篮的样子。

不过……某人此时此刻这副绕着客厅被小十追着屁股撵，最后跳到沙发上举着抱枕一脸惊慌的样子……

还真的是头一次见呢。

“姜小薇，你这狗是不是跟我有仇啊……”

易洺求饶似的看着她，昨天的空军一号他刷了整整一个小时才刷干净，心有余悸，这种随地抬腿的生物，可真是太可怕了。

"小十。"

姜薇招招手,轻声唤它。

小十听话地安分下来,慢步到姜薇身边,脑袋枕着前爪趴下。易洛小心翼翼地从沙发上走下来,再次坐回到沙发上,眼神却没从那只毛团身上离开。

易洛:"你什么时候捡的狗啊,我怎么不知道?"

姜薇顿了两秒:"前几天。"

"前几天?具体是哪天啊?"易洛的眼睛幽黑而明亮,像星星,熠熠生光,"是周一我去接你下课那天,还是周二你有培训课的那天,还是某个答应给我送奶茶的人却没来,害我白等了一天的那天?"

姜薇真不是故意没拿住那颗洗好了的苹果的,纵然心跳得飞快,但她久经风霜,这点世面还是见过的。

苹果出奇地圆,沾了水珠的苹果在地板上一路前滚翻跑到易洛的脚下,姜薇心一急,追过去蹲下身刚要捡,某个人骨节分明的手忽然出现,自然地将她的小手一把抓住。

姜薇试着抽出,未果。那人手上稍一用力,姜薇整个人不由自主地就被他拽到了眼前。

"姜薇,那天你在吧。"

姜薇望着他深邃的眼睛,没否认。

"所以,你吃醋了?"易洛笑了笑,眉眼里都是得意扬扬的喜悦,"你看到她了,你以为我和她有关系,所以……你吃醋了?"

姜薇望着他,易洛这副臭屁的样子简直要多欠揍有多欠揍,也不知道自己这十几年来都是怎么隐忍过来的,大概这就是因为爱吧。

爱让人能忍,爱让人克制住了将抱枕呼到他的脸上的欲望。

姜薇用力将自己的手抽出,她还没来得及开口说话,没想到易洛却忽然起身,他抬起手飞快地覆在姜薇柔软的头发上,而后"啪"的一声,将那枚樱桃发卡就别上了。

"你干什么?易洛?"

姜薇一愣，退了两步，凝眸望他。

“情景再现啊，”易洺笑，侧脸露出一个好看的酒窝，“你那天看到的就是这个样子，我爸同事的女儿拿走了你丢在我家里的发卡，我这人护犊子啊，我们姜薇的东西别人怎么能碰，所以我赶紧从她脑袋上给拿下来了。”

姜薇摸了摸头上的发卡，联想到那天的场景，她的心里忽然有了一种奇怪的感觉。

易洺盯着她，捕捉到她眼底情绪的变化，他止不住地笑：“我严重怀疑你最近和我保持距离都是因为你在吃醋，姜小薇，你到底是不是在吃醋？”

姜薇想了想，说：“没有。”

“真没有？”

“真没有。”

易洺俯过身来，好整以暇地望着她：“没有啊……那我再做一个樱桃发卡给小妹妹好了，反正某人也不喜……”

易洺的话还没说完，嘴就被一颗圆润的红苹果堵上了。

“姜薇……”易洺苦着脸含含糊糊地说话，手指不断地指着嘴里的苹果，“有……狗……毛啊……”

姜薇抿唇沉思，问：“刚才你说谁是‘犊子’？”

易洺一怔，咧嘴粲然一笑，咬着苹果就往门外走：“今天这天气挺好，万里无云，适合跑步……”

易洺和姜薇两家做了十几年的邻居，对于这个新身份，两个人都不觉得陌生。

易洺如意算盘打得好，俗话说近水楼台先得月，他想着自己这楼台已经有了，捞个月亮还不是手到擒来？

可没想到这唐僧取经还要历经九九八十一难呢，自己的追妻之路却是更难，简直难于上青天！

考研小姐姐小周拎着行李箱站在姜薇的门前时，她抬头盯着如橡树一般高挑的易洺，怔了怔，下一秒脸一红，赶紧垂着脑袋道歉：“不好意思不好意思，我走错房间了！”

小周刚要走，姜薇闻声趿拉着拖鞋赶紧跑过来，随后一把将过来蹭吃蹭喝的易洺推到了门外：“你好学姐，我是你的合租室友，你没走错房间。”

“那这位是？”小周瞪大眼。

“对门要饭的。”姜薇抬腿不露声色地轻轻踹了一下易洺的小腿，“不用理他。”

“哎，你——”易洺还没来得及反驳姜薇的无情，人就已经被姜薇“嘭”的一声关在了门外。突然就被塞了一个闭门羹，易洺手里握着的那半只鸡腿立刻它就不香了。

小周姐姐神色惊慌地被姜薇拉进门，一边换鞋，她一边自言自语：“现在乞丐行业的年轻化已经这么严重了吗？看着他长得也还蛮帅的，怎么就沦落到这个地步了……”

姜薇眯眼笑了笑，心想：大概是因为懒吧！

今天中午，某人不想去食堂吃饭，得知姜薇没课在家中给小十做营养餐，易洺扒拉着门缝硬生生地挤了进来。锅里炖着少盐的鸡腿和鸡胸肉，姜薇拿起汤勺搅动了两下，香味四散，一回头，一人一狗四只黑黝黝的大眼睛盯着自己。

“这是给小十的。”姜薇扬了扬汤勺，示意某人不要造次。

“我不贪，我只要一个小小的鸡腿就好了。”

易洺咬着嘴唇乞求道。姜薇叹口气，这位朋友，你和一只小狗都要抢食真的好吗？

“不行……”姜薇晃晃汤勺，话才说了一半，没想到易洺忽然“蹭”地出现在她的面前，随后双手在橱柜上一撑，将姜薇冷不丁地圈在自己的怀抱中间。

姜薇脸一红，但声音还算镇定：“你干什么？”

易洺挑眉，盯着她的红唇笑：“不给也行，我找到更好吃的了。”

“易洺——”姜薇愣了两秒，举起汤勺正要揍，然而某人却在电光石火之间一个转身，不知什么时候藏在身后的筷子精准入锅，夹起了锅里那只醇香软糯的鸡腿拔腿就跑。

“……”

姜薇摇摇头，等她低下头一看——

小十望着她，又望了望躲在阳台偷吃的易洺，那眼泪就差掉出来了，仿佛在说：要不要脸啊这个男主人，怎么连狗的东西都抢啊？

想到这一幕，姜薇嘴角勾起一个温柔的弧度。

“在笑什么？这么开心。”

小周弯起眉眼盈着笑注视着她，她觉得这个舍友真是她见过的长得最舒服的一个女孩子了。

之所以用“舒服”这个词，是因为姜薇长得好看却不张扬，眉眼都很温柔，虽然小姑娘看上去并不怎么爱笑，但只要她微微勾起一点点的嘴角，那抹笑容就足以让冰雪融化了。

姜薇抿唇轻笑，她并没有打算回答小周的问题，而是转而开口道：“我一会儿会做饭菜，学姐如果不介意，就一起吃吧。”

因此，不善言谈的姜薇第一天就通过厨艺俘获了舍友姐姐的心。

小周很喜欢这个小师妹，她要考研，而她刚好很安静；她离家千里，时常想念家里的狗狗，而姜薇常常把小十带给她玩；她晚上怕黑，要通宵开灯，而一起分担电费的姜薇从无怨言，体贴懂事。

如果不是因为某个人的从中做梗，小周怎么也想不到自己有一天竟会主动提出要搬出这间出租房，离开了这么可爱的小师妹。

当然，这都是后话了。

因为小周的存在，易洺想要每天都赖在姜薇身边的梦想泡汤了。

不仅如此，姜薇最近还跟他约法三章：第一，不许再来蹭饭，因为小周姐姐要考研复习，不能吵闹；第二，不许再跑到阳台学“狗叫”招惹小十，别以为她不知道他是想让自己偷偷出来和他见面；第三，不许再往门下塞小纸条吓人，再经发现，绝交！

这三条规定分别都有历史可以考证，姜薇哪一条也没有冤枉他。

但易洺多聪明啊，高考700+的成绩也不是白来的，智商既高，得物尽其用。

姜薇不准易洺来蹭饭，易洺便想了个高招。

只要姜薇在家的时候，一到饭点，隔壁的晾衣杆上拴着的小竹篮，一准降落到姜薇家的阳台上。

姜薇最初还惯着他，每天给他留下一人份的饭菜，整整齐齐地摆在饭盒里，敲一敲栏杆，易洺便跑到阳台上笑嘻嘻地将晾衣杆收走。

再后来，某人便越来越得寸进尺了。

这天，小周和姜薇正在餐厅吃饭，姜薇抬眼看到阳台上"嗖"地一下，又甩过来一根晾衣杆。

人家姜太公钓鱼吧，是愿者上钩，而易洺则是钓"饭"，他赌得就是姜薇一定舍不得他饿肚子，百试百灵。

姜薇握拳，轻咳了两声："小周姐你先吃，我去阳台放放风。"

姜薇起身，不露声色地将厨房的饭菜盒子收在怀里，等她走到阳台蹲下身刚要放进去时，竟发现今天居然有一张纸条躺在竹篮里面。

正方形的便签纸，字体龙飞凤舞，招摇得很——"昨天的蒜薹有点硬，硌牙。明天我想吃排骨，要红烧的。"

姜薇捏起便签纸，"唰唰唰"批复几个大字：

"我看你长得像红烧排骨。"

姜薇哪里有那么多时间伺候他，便干脆断了他的念想，不许他再拿晾衣杆来"要饭"了。

易洺没想到姜薇真的这么绝情，饭点时间光闻味儿没饭吃，那哪儿行啊？

于是某人脑袋里又添了新点子，"约法三章"里只写了不让学狗叫招惹小十，可没规定不许学其他动物叫不是？

"喵——"

"喵——"

"喵——"

小周实在忍不了了，她放下手中的考研真题，悄悄拉开一点房门，神情严肃地望着在客厅沙发上读书的姜薇道，“小薇，最近几天你有没有听到什么奇怪的声音？”

姜薇面不改色，眼神扫过一眼阳台的方向，而后淡定地收了回来：“听到了，可能是野猫吧。没事，小周姐不用管他。”

小周有些为难地咬了咬嘴唇，眼神复杂道：“这猫都惨叫了好几天了，该不会是……附近有人在虐猫吧？”

姜薇嘴角微动。

“虐”猫吗？嗯……不给他饭吃，算不算啊？

“应该不会吧，”姜薇镇定自若地将书合上，抿唇端庄一笑，“可能就是发春了。”

片刻后，微信提示音响起。

魔头易：“姜小薇同志，你不要以为你在家里说我的坏话我就听不见，阳台的门可开着呢，麻烦你尊重我，怎么能说一个这样如此美好阳光的好少年发春呢？”

姜薇：“哦，不好意思，我收回，你不是发春，是闲的。”

魔头易：“姜小薇，我快饿死了，救我。”

姜薇：“麻烦这位阳光好少年现在拿起手机，打开应用，俗话说得好——有了外卖，送啥都快。要是实在不想吃外卖，D大食堂欢迎你，大妈铲菜手抖的毛病我看最近有所改善。”

“不行，我从小是吃可爱多长大的，人间的饭菜怎么能符合我的胃口呢？”

姜薇：“……”

什么可爱多，我看这明明是吃“厚脸皮”长大的吧！

晾衣杆，学猫叫，两个招数都被姜薇给见招拆招了，易洺一头栽倒在床上，身体呈大字型展开，对着天花板发呆。

余光瞥见枕头边放着的活页笔记本，易洺眸光微顿，随后长臂一捞，将笔记本拿到了自己的身边。

这个笔记本要是按照人类的年龄来说,估摸着该有七岁左右了。

易洺整个求学生涯换了无数个笔记本，只有这个一直跟随在自己身边,除了五年高考三年模拟,可就属它被"临幸"的次数最多了。

十三岁那年,易洺读初中。

要说在小学的时候他的高智商还不算十分明显，那么一入了中学,某个人的成绩便如黑马一般一路弯道超车,直接跃居了年级前三的地位。

期末考试公布成绩后,易洺嚼着口香糖,插着兜站在学校走廊等姜薇,姜薇远远看到一条柏树似的长腿百无聊赖地踢着地面,她淡淡一笑,假装没看见,装模作样地就要往外拐。

可惜了,易洺天生有着在一群放学的人中间一眼识破自己"小青梅"位置的能力。

他三步并作两步走过去,横身挡在姜薇面前,嬉皮笑脸地问:"看见我就跑,你是害羞吗?"

姜薇抬眼看了看他,这个刚刚晋升了"年级前三"的小子,果然臭屁啊。

"没有。今天我要回四姨家,不和你同路,早上和你说过的。"姜薇轻声道。

"我知道,但你答应我的,等我考了年级前三你就送礼物给我,怎么,想反悔啊?"易洺要无赖似的长臂一伸,直接把住了两个柱子,拦下了姜薇的去路,"不行,拿不到礼物,我不让你走。"

周边的同学看到路被"封"了,无不捂着嘴看热闹地笑笑,转身去别的小路离开。

姜薇望着他,叹了口气。

转过身,将书包从身后卸下来,姜薇单手翻了翻,将一个厚厚的东西递给易洺:"喏,给你。"

是一个天蓝色的活页笔记本。

"好好学习天天向上是我们每个学生应该做的，不应该来我这里讨奖赏……昨天我买了两个本子也用不完,这个,送你了。"

说这话的时候，姜微真是一脸淡定。

趁着易洺接过的那刻，姜薇不露声色地从他的身边溜走，不一会儿的时间就不见了人影。

易洺也没追她，他满心欢喜地捧着笔记本看，脸上笑就没停过。

他太了解姜薇了，口是心非的小姑娘。

本子右下角有着大大的图标，设计主题是十二星座系列，而易洺的生日是 7 月 13 日，正是那个虽然有些小固执但温柔亲和的水象星座——巨蟹座。

此时此刻，封皮上那么大的一只螃蟹在那里张牙舞爪地望着他，仿佛在说：

她骗你的，我就是被她精心挑选了半个小时，还拿面巾纸精心擦掉了封皮浮灰，才给你的！

再后来，这个本子就被易洺珍藏了起来。

他哪里舍得将它记成公式和课文，想了想，为了能让这个本子更有意义，易洺将这些年来他和姜薇偷偷传过的小纸条逐一粘贴了上去，虽然时光久远，那些小纸条现在都已经微微泛起了黄色，但每一张里面藏着的故事却依然在他的心底热烈地跳动着……

# 第二章 她心底所有涌动的暖都是他给的

笔记本里的最后一张小纸条，诞生在姜薇高三三模考试失利的那天。

考试前，姜薇突然发了高烧，没想到一烧就是七天。班主任直接建议姜薇放弃这次模拟考试，一来，是担心她的身体扛不住，二来，则是怕万一影响到成绩，会增加姜薇最后备考这段日子的压力。

开考前一小时，易洺往姜薇的桌子上一坐，他煞有介事地用手背贴了贴姜薇的额头，眉头紧锁："啧啧啧，朋友，你这个温度……"

姜薇脸色泛白，抬头瞥他一眼："怎么？"

"等你考完试下来，我就可以撒点孜然了……"

"……"

姜薇瞪他一眼，抬手打开了易洺的手。

没想到最后等考试成绩公布后，还真的让班主任猜中了，别人成绩都是上升，姜薇的却是"激流勇进"，还是下山的那段。

在高考前出现如此大的失误，同学们之间纷纷纭纭，都说姜薇这次高考可能完了。

姜薇看过成绩后脸上一直没什么表情，看上去也没那么往心里去。但易洺了解她，此时此刻小妮子的心里八成都要郁闷得滴出水儿来了！

晚自习时，姜薇的后脑勺忽然被纸团砸中。

姜薇俯身，捡起小纸条打开，发现上面写着：不要听他们的，姜小薇，你是最棒的！不要被一次失败打扰，毕竟人生本来就是起起落落落落落落……

姜薇默了默，虽然知道某人是故意在逗自己，但心里仍然想把他踢出地球。

她咬咬牙，回复："谢谢。"

片刻后，易洺的纸条带着手绘的表情包就丢了过来：不用谢，这是你应该谢的。【笑脸】【龇牙】

姜薇："……"

要不现在就踢吧，不行等不了了。

见姜薇不理自己了，易洺又丢了一个过来。

"姜小薇，世界这么大，你觉不觉得遇到我是你的幸运？你看啊，我本来可以给别人做黑骑士的，可现在我来到了你的身边，你惊不惊喜，意不意外？你要是高兴就别憋着，大声说出来！"

这下好了，姜薇的心情彻底从悲伤转为了愤怒，下课后，某人被拎着耳朵揪起来的惨叫声瞬间响彻整间教室……

回忆起这些，易洺勾了嘴角一笑，"小纸条"可是他和姜薇沟通的重要手段之一。

但是现在……

这小纸条咋就不灵了呢？

为了不打扰小周姐姐的学习，易洺曾经试着靠小纸条的方式和姜薇飞鸽传书。可心有七窍的易洺万万没想到的是，他算天算地却没算好突发状况，那次他刚刚把小纸条塞进去，就被本来说好当晚回宿舍见舍友却突然回家的小周给抽走了。

姜薇下了课回家，小周整个人神神秘秘地凑过来："小薇，你相信天意吗？"

姜薇一边换拖鞋，一边望着她，眼神有些怔愣："什么？"

小周咽了咽口水，眼神四处瞟了瞟，随后压低了嗓音凑近她的耳朵：

“我觉得我母胎单身二十多年，可能老天爷看不下去了，要发一个男朋友给我。”

姜薇震惊地望着她。

怎么回事？难道现在真的是去民政局付费9块9，赠男友了？

小周拉着姜薇坐在沙发上，小心翼翼地展开从门缝里捡到的小纸条，姜薇偷眼一望……哟嗬，这字儿丑的，简直没眼看。

除了易洺，没人能写出这么具有灵性的字体了！

纸条上写着：“传说中，每个周五的晚上都是爱神降临人间的日子，到了这天，互相喜欢的人可以相约吃一顿晚饭，在点餐前只要向爱神许愿，告诉她你要验证对方的心意，你就会发现，神奇的事情发生了……你们点的餐居然是一样的！别问我为什么知道，因为我也是瞎编的……”

姜薇倒吸一口气，她强忍着冲到对面掐死易洺的冲动，调整了一下呼吸，逼着自己看完。

“怎么样，我很幽默吧？美丽的姑娘，请你给我一次机会，让我邀请你共进晚餐，XX 火锅店 403 包间的大门等着你来敲响，也只有你能敲响，因为你……‘敲’好看！”

姜薇：“……”

土味情话到底是谁发明的？不如拖出来打一打。

至此，姜薇明白了事情的整个经过，易洺塞小纸条给姜薇，却被小周给误拾了。

姜薇本想和小周说明，但又担心她的自尊心受到伤害，想了想，她觉得解铃还须系铃人——谁捅的娄子，谁填坑吧！

因此，被委任为“填坑人”的易洺，情急之下只好找了骑行社团的队友临时上阵挡枪。

队友和小周姐见了面，小学弟按照早就想好的台词，委婉地和大师姐道歉：“很抱歉，是我把小纸条塞错楼层了，应该是四层，不是三层，耽误了姑娘的时间，今天这顿饭就当赔罪了……”

小周姐当即表示没关系，可以理解。

那顿饭她整整吃了三大碗，都说将悲伤化为食欲是最好的处理办法，但小周觉得此言差矣，一想到自己又要继续母胎单身了，而且明天上称可能还要再胖三斤，她忽然觉得好绝望，想去雨中弹肖邦。

晚宴回来，小周低垂着头落魄地打开门，姜薇赶紧跑过来："小周姐。"

小周没说话，她先是抬起颤抖着的手将钥匙挂在鞋柜上，后又呆呆地望着入户镜里的自己，下一秒眼泪忽然"唰"地一下就掉了下来。

姜薇一愣，着急道："你怎么啦？"

小周抽抽鼻子，哭倒在姜薇的肩膀上："你说我到底比四楼的刘大妈哪里差啦，为什么他宁可喜欢刘大妈也不喜欢我啊？"

"……"

这个问题……有点难啊！

此次乌龙事件一出，姜薇狠狠地将易洺批评了一顿，并告知他——严禁再传小纸条给她。

易洺心里苦呀，赖不到他的小青梅，简直人生无望，生活都失去了色彩好吗？

第二天，易洺无精打采地回学校去上课。

课堂上，医用物理学老师使劲地敲了敲黑板，细长的小眼睛蓦然瞪大，抬声道："那位同学，对对，就是最后一排，拼了命地薅猫毛的那个，你快别薅了，猫的头快秃了。"

同学们闻声回头，看到易洺两手捏合正停留在半空中，手指缝隙里还飘荡着一撮猫毛。

易洺愣了愣，微微一笑装无辜："老师，你误会了，'学霸'最近本来就在换毛，我就是帮它一把。"

"学霸"其实是一只流浪的狸花猫。

没有人知道它是什么时候在这里安家的，只知道当他们发现它时，这家伙就已经学会去女学生的脚下翻肚皮卖萌讨吃的了。这么多年来，"学霸"一直在D大的校园里"作威作福"，学校的安保部门在这方面的管理上很人性化，他们带着“学霸”去做了绝育和驱虫，也定时打了疫苗，“学霸”性格温顺，喜欢在教室里和学生们一起听课，因此安保部门的人也从未想过要驱逐它。

早上来上课的时候，易洺就发现它了。

学霸的毛色和姜薇的小十十分相近，想到最近几次他在路上遇到姜薇遛狗时，小十冲着自己傲娇抬头汪汪乱叫的样子，易洺就气不打一处来，神思恍惚间，手中摩挲的动作就开始有了细微的改变……

学霸：猫在凳上坐，祸从天上来。

你说这事儿上哪儿说理去啊？

医用物理学老师抱着肩，望着易洺：“你看看那猫看你的眼神，就差亮爪子上手挠了。这位同学，你上课不好好听课，撸猫不好好撸猫，是等着我让你出去罚站呢吗？”

“老师，你又误会我了，我好好听了。”

“哎哟，小伙子口气挺大啊，来来来，那你给讲讲我刚才说的理想流体的伯努利方程……”

物理老师其实认识这个学生，毕竟对于D大的每一个教职员工来说，易洺的存在很难被忽视。但他就是想挑战一下他，看看他的真实水平。

易洺自知理亏，他摸了摸后脑腼腆一笑，随后直起一双长腿，乖乖起身：“老师，那我说了啊……伯努利方程是指 $p+\rho gh+(1/2)*\rho v^2=$常量，其中 $(1/2)*\rho v^2$ 项与流速有关，称为动压强，而 $p$ 和 $\rho gh$ 称为静压强。伯努利方程揭示流体在重力场中流动时的能量守恒。由伯努利方程可以看出，流速快压力低压强小，流速慢压力高压强大……”

医用物理学老师听罢，陷入了沉默。

所以说，自己干吗非要挑战这个当初考下异常高分却非要第一志愿报了本校的“传说人物”呢？

真是自寻烦恼啊，自寻烦恼……

高考那年，其实按照易洺的成绩他本来可以考上更好的高校，但因为姜薇一直心系D大舞蹈系，为了能和姜薇继续待在一起，易洺毅然决然地填报了 D 大的医学部。

易父向来尊重易洺。儿子嘛,大了早晚都要娶媳妇儿,姜薇那孩子他也喜欢,跟着她走,也没什么不好的。

但远在国外的易母却不干了,她一个越洋电话打过来,非说自家儿子脑子出了问题。

“我让你跟我出国,你不同意,现在你看看你报了一个什么学校,我看你是脑袋有问题。”

易洺当时正和哥们在操场打篮球,而他的小姜薇正抱着一瓶能量饮料,乖乖地在不远处等着自己。

易洺提了嘴角粲然一笑,他一边转着球,一边喘着气对着电话里的母亲道:“妈你怎么知道的?我昨天刚体检完,我的脑袋里确实有问题。”

易母一听,吓得电话都快摔了:“你说什么?你怎么没告诉妈,你是哪里不舒服啊……”

易母还没说完,电话那边的臭小子就已经咯咯咯地笑了起来:

“医生说我满脑袋装的都是人家小姑娘,我说不然那装什么呢?蛋糕店的奶昔面包?拉面店里的大碗拉面?这些东西只能一时捕获我的大脑,但姜薇就不一样了,她呀,早就吃定我的下半辈子了。”

“疯了,真是疯了,跟你爹一样,无可救药!”

易母怒极,当即就把电话挂断了。

想当初,易洺的爹也是一心只装着自己的爱人,每天只想着如何能够给她做出一道丰盛的晚宴,但易母却一心高傲,她觉得这样的男人配不上自己,当时走得毅然决然。

然而易洺却从来不这么觉得。

要不说“遗传”这个词儿其实是个很玄的东西呢?

娘亲身上的绝情冷酷他半点没学到,父亲身上那股子痴情的傻劲儿他倒是学到了九分的精髓。

在他眼里,他的姜薇太可爱,他无法说服自己不去爱她。

在他心中,他的姜薇太珍贵,他只想把她捧在手心里,只要她一笑,他会甘愿把一切都交给她……

易洺下课下得早，姜薇的舞蹈课离下课还有半小时，他守在楼门外等她。

下课铃响，易洺远远朝着姜薇招手，舍友小梁笑眯眯地拿肩膀拱了一下姜薇，道，“喂，你的小竹马又来了。”

姜薇抿唇一笑：“我去跟他说一下，待会儿要陪你去逛超市。”

“哎，别别别！那东西不急，我还有存货呢。”小梁拍了拍自己的胸脯，笑道，“好了好了，请尽情地去撒你们的狗粮吧，我这个母胎单身狗啊，扛得住！”

姜薇刚要开口说什么，身体却被小梁轻轻推开，小梁潇洒地摆摆手，随后转身一溜烟就不见了。

易洺笑呵呵地迎上来，挺拔修长的个子立刻在姜薇的头顶落下一片阴影，衣服上带着熟悉的薄荷清香。

“小梁刚才跟你说什么了？该不会家里有小周姐姐，学校里还有小梁妹妹吧？我的命怎么就这么惨啊……”易洺拉长了声音故意逗她，直到姜薇作势瞪了他一眼，他才收回鬼脸，笑着揉了揉姜薇的头发。

“想去哪儿啊，哥陪你。”

姜薇脚下漫无目的地往前走，顿了顿，她轻声道：“小周姐回家了。”

“回家就回家啊，跟我说干什……”易洺下意识地说出口，不过这话还没说完，大脑深处却忽然一股电流流过……

“等等，你说什么？小周姐回家了？”

易洺难以置信地望着姜薇，好消息来得太突然了，像假的。

“嗯。”

姜薇低头笑了笑：“冬瓜丸子汤，吃不吃？”

易洺一愣，旋即拼命点头，笑得嘴角都快弯到耳朵上去了：“吃吃吃！怎么不吃，都馋死我了！”

家里没有冬瓜，易洺陪着姜薇一道去了超市。

到了结账时，姜薇突然提出来让易洛站在原地等着自己，易洛一怔，这丫头搞什么？神秘兮兮的。

身高一八七就是有这个好处，某个扎着高马尾走路慢吞吞的小姑娘不管去哪儿，他都能迅速地捕捉到她的身影，当他瞧见姜薇在女性卫生用品处停下来凝眉挑选时，易洛总算是知道她为什么将自己支开了。

“下次遇到这种事，让我陪着你。”

易洛的突然出现吓了姜薇一跳，手里的卫生巾差一点就掉下去，她脸一红，有些惊讶道，“你怎么来了？我不是让你……”

易洛一脸严肃地摇摇头，他拿起手机，打开备忘录，对着姜薇怀里的东西像模像样地开始做起了笔记：“作为一个合格的男朋友，对于女朋友的日常起居的照顾一定是事无巨细的，我是医学生，这种事对于我来说没什么不好意思的，下次你再买这个就让我来吧，我都记好了……夜用加长型……”

姜薇脸烫得像发烧，她伸手将他的薄唇捂住：“你小声点……”

易洛没个正行，趁此机会居然得意一笑，轻啄了一下姜薇温热的手心。

姜薇像是触电般弹开，她咬了下嘴唇，红着脸瞪他：“易洛，你要不要脸。”

“不要脸就不要脸，”易洛澄澈发亮的漂亮眸子凝视着她，眼底是满满的温暖笑意，“要脸干什么？又不能当饭吃，我就要你，你看我的小青梅多重要，有了你我就有冬瓜丸子汤喝了……”

姜薇：“……”

一定是这超市空调的温度开得太高了，不然怎么自己的脸颊好像被火烧过一样的烫呢？

姜薇之所以来这里，其实一开始就抱着给小梁买卫生用品的目的。

小梁性格大大咧咧，生活中也是稀里糊涂，这些东西其实上次特殊时期她就已经用完了，这事儿连姜薇都知道，小梁却已经不记得。

易洛抱着冬瓜走出超市时，得知姜薇不是给她自己买的，他仰头望天一脸的不开心："姜薇，你不公平啊，连小梁的事儿你都这么上心，为什么对我你就厚此薄彼呢？"

姜薇忍不住笑，抬眼望他："你怎么了？"

"我怎么了？你还好意思问，你个没良心的，这段日子我过得可真是太惨了……"

易洛说得那叫一个凄凄惨惨戚戚。

姜薇想了想，其实这段时间确实是让易洛吃了好几顿外卖，她的心里也觉得有些于心不忍。所以，今天的这顿冬瓜丸子汤便是拿来补偿易洛肚子里的小馋虫的。

易洛最爱喝冬瓜丸子汤，而恰巧姜薇在很小就会做了，且做得十分好吃。

好吃到什么程度呢？

好吃到就连易洛十八岁生日那年，易父都要特地拿着小本本跑到姜薇家，瞒着儿子拜师学艺，就是为了能够在生日当天给儿子来个"父爱"的惊喜。

冬瓜丸子汤在淡黄色的煲汤锅里"咕嘟咕嘟"地煮着，易洛光是听见这动静儿就受不了了，他守在锅边一边吞咽着口水一边盯着翻滚的肉丸子看，而小十则蹲在他的身边，且目不转睛地盯着他看。

上次的"夺鸡腿"之仇它可还记着呢！

今天的这锅丸子它再不盯好了，怕是又要被这个头号嫌疑犯给偷吃了。

开过两次锅，汤熟了。

姜薇举着汤勺和碗，艰难地从一人一狗中间挤过去，为了世界和平，狗和人各给了八个丸子，不偏不向。

"我跟你说姜小薇同志，你不要以为一碗冬瓜丸子汤就可以收买我的心。"

易洛脑袋埋进碗里，嘴里含含糊糊地发表着意见。

姜薇收起筷子，眯起眼，淡笑着望他：“哦？那怎么才能收买你的心？”

易洺舔了舔碗沿，随后抬起头明眉皓齿一笑，竖起了两根手指：“这还用说？最少两碗！”

姜薇：“……”

小十吃得快，盆干碗净之后便守在易洺的腿边上演“眼神感化术”。

易洺得意地勾着嘴角坏笑，他举着筷子对着狗头煞有介事地说教道：“不要以为我也会吃你这一套，大家都是男人，你这招卖萌装可怜对我家姜薇小可爱管用，对我，啧啧，不行！”

小十似乎听懂了，它转了个身盯着姜薇。

姜薇眨眨眼，她拿起筷子夹菜，一脸的云淡风轻：“今天我们班有个男生给我发了信息，说喜欢我，想和我在一起……”

易洺埋头吃饭的动作忽然僵住，下一秒，忽然起身头也不回地往客厅跑。

姜薇的手机放在了客厅的桌子上，某个人蹲在地上公然偷看她的手机。

两分钟后，易洺笑嘻嘻地迈着长腿往回走：“姜小薇，你骗我，哪有什么人追你，我都看了，除了中国移动就是校讯通，再不然最多有个小梁的短信……哎？不对啊，我碗里的丸子呢？”

易洺话题一百八十度大转变，脸上写满了震惊。

姜薇抿唇一笑，她挪挪腿，不露声色地将吃得正香的小十挡在腿边。

丸子？

不清楚呢。

大概是变成蝴蝶飞走了吧。

没有小周姐的夜晚，易洺幻想了无数个画面，比如姜薇一脸温柔地对他说，“要不今晚你就别走了”；又或者他赖在沙发上看电视剧，姜薇默默地递给他一床被子放在沙发上；再不济，就算姜薇不留宿他，好歹两个人看看月亮、数数星星也是好的啊！

可易洺没有想到,常言道的那句“不如意事,十有八九”,在他身上就变了味。

那哪是八九啊,那明明是十件事十件衰,保不齐还要搞点什么分子裂变,给你来个意外的惊喜……

吃过晚饭,易洺一肚子坏水地将小十用棒骨骗到厨房关了起来,而他则拉着姜薇窝在沙发上,看着烂俗的言情剧。

“这个电视剧的编剧一看就没谈过恋爱。”

易洺伸手从姜薇怀里的薯片袋捏起一片薯片,塞进嘴里咬得“嘎吱”作响。

“你行你上。”

姜薇不屑地瞥他一眼。

“我也不行,我也没谈过恋爱。”易洺清黑明亮的眼眸盯着姜薇,他用膝盖轻轻碰了下她的腿,笑道,“喂,实践出真知,你要不要考虑一下做我的实验对象?我总得试试才知道我能不能写出来好故事。”

姜薇抬手捂住他不怀好意的桃花眼,看都没看他:“看电视。”

正在此时,头顶上的灯泡忽然“啪”的一声灭掉,屋子停电了。

姜薇翻箱倒柜地找手电筒,刚找到,身后忽然传出“咚”的一声闷响。

原来是某个人因为身高太高,而姜薇家的门梁又太矮,在黑暗里胡乱溜达时直接一张帅脸撞上了门框。

易洺跑到沙发上,闹闹哄哄地喊冤:“姜小薇,我脸疼。”

姜薇拗不过他,拿了小手电筒来看,细细软软的小手试探性地捏了捏易洺白皙的脸,“没什么问题啊……”

“怎么会没问题啊,姜小薇,你什么眼神啊,没看到我的脸上都缺了点东西吗?”

姜薇心一颤,居然这么严重吗?少了块肉,自己怎么竟没发现?

正要俯身再看,却听沙发上那厮好贱不贱的声音低低笑道:“缺了一个吻啊……姜薇,你快点补偿我……”

姜薇一头黑线:“……”

下一秒，一个抱枕“嗖”地砸过去。

吻是等不到了，让你感受一下和抱枕亲密接触的感觉吧！

其实这点小状况完全只是当夜的一点毛毛雨，更大的状况还在后面等着易洺。

姜薇担心停电会让小十感到害怕，她轻声唤着满屋子找它，这才发现小十好像已经一个小时没有出现在她的视野里了。

当她打开厨房门时，小十兴奋地从门缝中窜出，姜薇毫无心理准备地被吓了一跳，一个没站稳脚下一滑，直接大头朝下栽到了地板上……

三分钟后，易洺背着满头是血的她站在楼下焦急地打出租车。

姜薇将头枕在易洺的肩膀上，无力地逗着他：“易洺，你这是得不到就要毁掉我吧……”

易洺往日眼底不羁的笑意此时此刻全都消失了，他的心好像被一百只公鸡踩在脚下，还来回乱蹦的那种。

“姜小薇，你不要说话，我现在送你去医院。”

“易洺，我要是今天就死了怎么办？”

马路上没车，易洺焦急地迈着大步往着更大的道路上赶：“别乱说。”

“我是说万一。”

“你要是今天就死了，我就在医院跟你结婚，放心吧，我是不会让你没成为我老婆就走的。”

“那我要是没死，残废了呢？”

“那我就更要娶你了。”

姜薇一愣，声音更加虚弱温柔：“为什么？”

“你都残废了，反正也没人敢要你了，我就勉为其难收了你吧，反正早晚都是我的账。”

易洺勾起嘴角一笑，头上的伤口让姜薇有些疲倦，但他的话却让她的心涌动着一股温暖。

她一定是上辈子修来的福分吧，这一生那么早那么早就遇到了他，从牙牙学语，到青春之季，而最重要的是，她喜欢的人，也刚好喜欢着自己。

急诊室内，医生替姜薇清洗伤口。易洺站在一旁看着，他觉得这个医生长得细皮嫩肉的，一看医术就不怎么高明，等他再低头一看，那人胸前的明晃晃的“主任医师”刺痛了他的双眼。

“目前看只是皮外伤，不过因为伤在头部，最好再做一些进一步的检查。”医生眯着双眼，对着姜薇笑得那叫一个温柔似水，“小姑娘这么漂亮，等伤口结痂完全脱落后记得擦一些祛疤凝膏，我一会儿给你开在取药单上，你先跟着护士安心检查。”

护士带走姜薇后，易洺关上门，漫不经心地在凳子上跷起二郎腿：“我老婆好看吗？”

医生看都没看他：“结婚了？”

“还没有，不过也快……”

“那就是未婚。”

医生淡定地扫了一眼电脑，毫不留情地打断他。

“哎，我说你这个医生怎么这样，她未不未婚都跟你没……”

医生皱皱眉，他觉得这个男生真的是太聒噪了。

他“啪”地一下放下手中的鼠标，随后面无表情地转过身，将电脑屏幕转了一个方向。

易洺一怔，投眼望去，屏幕上闪烁着一行大字：《患者就诊情况登记表》。

“这位患者家属，请问您有事吗？”

医生手指叩击着桌面，拧眉望他。

易洺默了两秒，随后秒速收回二郎腿，赶紧恭恭敬敬地起身靠墙站：“没事，医生您今天真帅。”

“我哪天都帅。”医生把电脑屏幕又转过来，语重心长地继续道，“小伙子，不要对别人敌意这么重，追女孩子要用心，光扫除外部障碍是不行的，你得内外兼修。”

易洺抱拳一笑：“洗耳恭听，还请医生指点？”

“这个我不好指点。”

易洺:“？”

医生拿起一旁的小镜子,抬手摩挲了一下自己的脸,对着镜子里的自己无限迷恋道,“毕竟我长得太帅了,天生的,在后天努力这方面,我没什么经验啊……”

易洺:“……”

这位医生,你好像有点自恋啊!

姜薇的检查结果出来了,很健康,没有问题。

医生说他们可以回家了,过几天再来换一下药布即可。两个人回到小区,上了楼,姜薇在自家门前伸出一根手指,顶住某人借机要跟着进门的身体,正色道:“停——”

姜薇指指对门的铁门,“回你的家。”

“姜小薇,你不能过河拆桥啊……”易洺挑起眉毛,抱肩望她。

“我没拆桥,是桥自己长腿了,非要乱跑。”姜薇从兜里找钥匙,轻声道,“小周姐明天早上就回来了,你在这儿会吓到她。”

“我看不是小周姐的问题,是你吧？”易洺的眼睛在暗色里泛着清澈的微光,“小时候又不是没一起睡过,幼儿园大班的时候,午休打雷,是哪个小团子跑到我的床上,非要跟我挤在一起睡的？”

姜薇脸在黑暗的楼道里一红,她匆忙拿起钥匙往锁眼里插:“谁啊,不知道。”

“哎,你这个人怎么又不负责任……”

易洺抬头刚要和她理论,小丫头却一溜烟地钻进了门,随后“嘭”的一声,就把门关上了……

无情。

易洺觉得用这个词形容姜薇简直太绝了。

回到自己家,易洺趿着拖鞋走到阳台上倚着栏杆看星星,说是看星星,其实是他不放心姜薇。

医生说姜薇的头虽然没有什么大碍,但是毕竟出血不少,再加上姜薇的血压有些偏低,回家后也要注意有没有头晕头痛的情况。

小周不在家,姜薇只有自己。为了能够离她更近一点,有什么动静能够及时听到,易洺索性直接搬了个折叠床躺在阳台上,一颗两颗地数星星打发时间。

当他忽然听到隔壁传出一声巨响时,是凌晨一点。

两个音调不同的女生尖叫几乎同时响起,易洺根本来不及思考这些,他在一瞬间翻过栏杆,踩着空调外机就跳进了隔壁的阳台。

下一刻易洺猛地拉开阳台的门,冲进了姜薇家的厨房。

"姜薇!"

他扯着嗓子,担心喊道。

在他眼前,满脸黢黑的小周姐正伸着两只同样黢黑的手臂,两只手奓拉在半空,一动不动地望着他。

小周惊讶地望着出现在自己家的男人,仿佛刚才的这场爆炸都不算啥,眼前的这场"大变活人"才是吓人的重头戏。

易洺歪了一下头,紧蹙的眉眼间是写着不耐和紧张:"姜薇呢?"

小周呆呆地指了指身后,易洺越过她的肩膀,看到了一米以外瞪圆了双眼、心惊胆战的小丫头。

"过来。"

易洺看到姜薇安然无恙,他的心这才落定,他放柔了嗓音招招手,姜薇下意识地乖乖走过来。

"有没有伤到哪里?"

姜薇拨浪鼓似的摇头。

易洺安抚似的揉了揉姜薇的头发,他转过身来,望了望整个厨房。

眼前的一切仿佛像是经历了一场惨烈的战争。

墙壁上被烤焦的食物喷溅得到处都是,满屋子弥漫的都是呛人的刺鼻气味。厨台上一台老旧的微波炉门已经被炸开,只剩左下角的连接处还摇摇欲坠地挂着一根固定用的金属丝……

易洺视线扫过一地残骸，大概勾勒出了事情的经过——小周姐应该是提前回来了，到了晚上忽然觉得肚子饿，起身跑到厨房做夜宵，而缺乏生活常识的她不小心用了金属容器放在老旧的微波炉里加热，因此发生了一场小型的爆炸。

很快，在姜薇的口中，易洺也证实了自己的猜测。

“你们两个站在那儿别动。”

易洺微微蹙眉，叹了口气。

他挽起袖子，迈着长腿走到微波炉前，断电，灭火，收拾残骸，不到十分钟就利落地解决了这场意外，就像美剧里从天而降的英雄一样。

收拾好这一切，易洺累得有些微微喘气，他往椅子上一靠，这才发现小周姐还保持着那个姿势盯着自己……

“你……”小周姐伸出一根手指，瞳孔放大地望着易洺，“是从天上掉下来的吗？”

易洺一愣，他又恢复了那个吊儿郎当的不羁模样：“是啊。”

翻栏杆、跳空调外机什么的，只是过程，不重要。

小周姐微微凝眉，“我们是不是见过？”这个男孩子长得很特别，她的大脑飞速运转了一会儿，终于想起来了，“我知道了，我见过你！”

易洺擦了擦鼻尖，抬手一笑：“对，我就是住在隔壁的那个……”

“那个要饭的帅乞丐！”

小周姐兴奋地拍了一下手掌，易洺的笑容顿时僵在了脸上。

而站在一旁劫后余生的姜薇正口渴，举着水杯喝水的她一个没忍住，清冷的包袱丢掉，直接喷了……

小周姐好歹也是大这两个小鬼几岁的，两个人之间互相看对方的眼神都十分温柔，而男孩子奋不顾身从隔壁跳“楼”过来救人的举动更证明了两个人之间的关系不一般。

这场意外终于消停之后，小周神色凝重地望了一眼易洺，她轻声道：“易同学，你等一下，先不要回去，我有话问你。”

易洺一怔,他视线扫过一旁的姜薇,随后点了点头。

小周简单地洗了个脸,从卫生间出来,她坐到了沙发对面的凳子上。

三个人面面相觑,客厅的气氛陡然变得诡异起来。

小周咬着嘴唇沉思了片刻,忽然开口道:“小易,前阵子阳台上总有野猫叫……是不是你啊……”

易洺坐得笔直,点点头:“是。”

“还有那个晾衣杆,总是拴着个小篮子的那个,也是姜薇给你送饭的工具吧……”

“也是……”

“那门下的那张纸条……”

“还是……”易洺刚要惯性地答,下一瞬脑筋忽然清醒,连连摆手,“不不不……不是。”

易洺一头汗,这件事要是承认了,怕是小周姐为了自己的自尊也要杀他灭口啊。

果然,小周姐听罢,长舒了一口气。

半晌,易洺那颗悬着的心刚要放下,却忽然听到对方冷不丁地开口道:“所以说……我还是没比过四楼的刘大妈了?”

坐在沙发上的姜薇:“……”

一脸震惊的易洺:“……”

这位学姐,你这个话题转移得好像有点快啊……

其实易洺这么一说,小周对这段日子以来发生的所有奇奇怪怪的事情心里有了个猜测。

两个小孩心里都有彼此,但却因为自己的存在而被迫“异地”而居,小周想了想,觉得十分愧疚,便决定明天就搬走。

“小周姐,不是的……”姜薇心中一急,这件事儿本来就不是小周的错,她和易洺之间已经折腾了十几年,没有走到一起是因为她自身的原因。

其实上次事件后,姜薇对易洺的感情,开始有了一点奇怪的变化。

这么多年兜兜转转，她从来没有害怕过自己会失去他，可放在大学这样的环境里，他是夺目的，那种光芒再像小时候那样去掩盖，已经盖不住了。

和易洺和好后，姜薇突然再次不敢面对他的感情。

十几年的相伴让她习惯了他的陪伴，友情或者爱情，她不想，也不敢划分得再清一些。

"小周姐，跟你没关系。"

易洺闻言也立刻起身，他像一棵白杨树一样腰背挺直地站在原地，脸上的表情也变得正经起来，"是我的错，我应该加把劲，在高考结束就把姜薇追到手，奈何颜值不够，拖到了现在……"

小周："……"

这个人怕不是脑子不好使，所以才没追上姜薇的吧?!

就这长相，也能算丑?!

看着两个人都站起来跟自己说话了，小周不好意思地笑笑，她赶紧也站起来道，"其实……其实我搬出去也不是完全因为你们，我找到了一个一起考研的小伙伴，可能作息时间之类的，我和那个人更契合一些，而小薇为了照顾我，经常不敢大声说话，不敢看电视剧外放，我其实心里愧疚很久了。"

姜薇摇摇头："小周姐……"

"好啦，放心吧，我会安顿好自己的。"

小周揉了揉姜薇的头发，笑着对她说道。

小周坚持要走，姜薇怎么留都留不住。

第二天一大早，小周离开时拉着姜薇的手对她道："昨天易洺问我，怎么才能快速且有效地将马桶堵住且一时半会都通不好，我觉得那小子可能在谋划什么，你要留心哈。"

小周走后不久，姜薇很快就知道她口中的易洺的"计划"是什么了。

某个人趁着她遛狗回家的空当儿，不要脸地扒拉着门缝挤进来，趴在沙发上就不走了。

“隔壁的马桶又堵了，我给房东去电话了，他说什么也不肯出钱给我修，还说别人上厕所都不堵怎么就我堵，非要让我去看肛肠科，你说我这暴脾气我能忍吗？我当即就甩了五百块钱到他的账户上，这房子，小爷我不租了！”

姜薇抱着肩站在原地，噙着淡淡笑意望着他：“然后呢？请问这位小爷，你是打算搬回公寓住吗？”

易洺从沙发上弹起来，露出白牙灿烂一笑：“怎么可能，这儿的房租多便宜呀！我打算把那间公寓对外出租，这样一来，还能稳赚一笔，快夸我聪明。”

“那请问这位小爷，我有说我要收留你了吗？”

“我知道你不忍心的。”

“我干吗不忍心，我忍心得很。”

“姜小薇，你是不是又忘了你幼儿园夺走我初吻的事儿了？”

“易小洺！你要是再提这件事儿，我就把你踢回隔壁去。”

“哎哟，那这么说你就答应了？”

易洺开心地从沙发上站起身来，眼尾上挑地看着她。姜薇不说话，她还能怎么办呢？总不能真的把他扫地出门，跑到对门去通马桶吧？

两个人笑闹着，窗外一缕阳光透过窗户而入，洒在两个人的侧脸，温暖了整个房间。

而目睹了这一切的小十正冷静地趴在卧室门边，亮晶晶的小眼睛在两个人身上扫来扫去，眨呀眨的。

如果狗狗也会说话的话，那么那一刻的小十一定是在心里说：

这位男同志，你以为小周姐姐搬走了，你的天堂就来了吗？

呵呵，少年啊少年，你终究还是太年轻！

得到了姜薇的首肯，易洺马不停蹄地搬进了姜薇的房间。

“喂，你就不能等明天再搬进来吗？”

姜薇微微蹙着眉，抱肩站在自己的房间门口望着易洺，“楼上楼下有好几户都住着老人，你这深更半夜的，动静这么大，小心爷爷们组团拿着拐棍来敲你的脑袋。”

易洺抱着箱子大摇大摆地从她身边走过，头也没回：“放心吧，不会的。”

“为什么？”

姜薇觉得这小子淡定得简直可疑。

易洺路过餐厅，在拐角处笑眯眯地侧过头来，“因为我下午的时候就挨个儿给整栋楼的爷爷奶奶都送了礼物，我跟他们说，我能不能顺利地追上我媳妇儿，就靠这群老前辈的帮忙了。”

姜薇：“……”

“那你给爷爷奶奶们送的什么？”

姜薇微微勾起嘴角，有些好奇。

“这还用想吗？”易洺挑眉一笑，“我给爷爷们送的好酒，男人之间没什么是一杯好酒不能谈的，如果不能，就两杯。至于奶奶们……我给她们送的是最新广场舞 DJ 版 CD，保证她们能成为这条街上最靓的崽……啊不，奶奶！”

姜薇抿抿唇：“嗯，还挺懂得投其所好。”

“那当然。”

“那我呢。”

姜薇看了看被易洺弄得一团糟的客厅，“明天你去上课，我怕是要收拾两个小时才能收拾完，我就没有什么礼物能收吗？”

“你瞧你说的，谁没有我们家姜薇也不能没有不是？”

易洺站直了身子，眼睛亮亮的，像含着璀璨的星。

“那我的礼物是什么？”

“我啊。”

某人恬不知耻地扑过来，噘起薄薄的唇，嘿嘿一笑，“英俊潇洒美男子一枚，怎么样，激动吗？”

姜薇：“……”

啥也不是。

还是洗洗睡吧。

夜里，姜薇抱着小十才刚要睡着，某人就“咚咚咚”地过来敲门。

“什么事儿呀，小周姐？”

姜薇微微欠起身子，揉了揉耳侧的头发，下意识还以为仍旧是小周姐住在隔壁，等思绪稍稍清醒之后才蓦然想起来门外站着的是易洺。

“姜小薇，你快来救我。”

门外的某人贱兮兮地压着嗓音装女声，姜薇愣了愣，旋即从床上爬了起来。

“霍”地一下门被拉开，姜薇扒着门上下打量着眼前的大男人：“你……又哪根筋搭错了？”

“打雷了。”

易洺抱着用姜薇照片做的抱枕，咬着薄薄的唇，抬手朝着天花板指了指，“你知道的，小时候我最害怕打雷了。”

姜薇忍了忍，微叹道：“是吗。”

某人捣蒜似的点点头。

“可我怎么记得有只猴崽子七岁那年打雷夜，穿着他表姐的白裙子站在我的窗前吓唬我。”

“是吗？猴子也能跑出来？这动物园也太不小心了。”

易洺表情严肃。

姜薇淡淡道：“是啊，太不小心了，易叔叔也不知道关严实点，放出来祸害小姑娘。”

易洺：“……”

知道再装也装不下去了，易洺索性做起了无赖，横身就要往姜薇的房间挤。

“隔壁全是小周姐留下的香水味，你知道的，我有鼻炎……”易洺径直走进姜薇的房间，抬起头正撞见小十端端正正地坐在床上，黑润的眼睛像黑宝石一般凝视着他。

“这家伙……它怎么能在你床上睡？”

易洺有些震惊地杵在那儿，心中无限波澜。

他还没过门的媳妇儿居然和一个……“狗”男人睡了，且是真——狗男人。

此时此刻的小十看上去恬淡得很，连叫一声都懒得叫，压根没把易洺放在眼里。

“地上凉，我给它洗了澡，”姜薇拢了拢自己的睡衣，站在门口处没动，眉眼淡淡的，“我可以带小十过去睡，明天上午我没课，我可以在家开窗通一下风。”

易洺仰头躺在姜薇的床上，将抱枕往床侧一扔：“别啊，我不介意和这个第三者一起睡。”

姜薇“哦”了一声：“那也行，你陪小十，我去隔壁睡。”

易洺：“……”

“姜小薇，你是故意气我的吧！”

易洺直起身来，幽黑的瞳眸望着她。

其实说起来，青梅竹马的这么多年，姜薇并非没有和易洺一起睡过。

从小到大，每一次家中大人出差，不管是易家还是姜家都会把自己的孩子托付给对方照顾。

五岁那年，小易洺大摇大摆地抱着自己的小被子直挺挺地跑到姜薇房间躺了下来，“姜小薇，我家里没人，我爸爸不放心我，叫我来你家睡。”

姜薇才刚刚让妈妈陪着洗完了头发，乌黑的发丝湿漉漉的，圆圆的眼睛望着他：“你睡这里，那我睡哪里？”

小易洺拍了拍自己身侧的床板，脸上是说不清的认真严肃，小大人似的：“这儿，反正我早晚都要娶你的，放心吧，我会对你负责任的。”

姜薇：“……”

一个每天跑到泥土滩上玩泥巴的臭小子，怎么对她负责？

你一团，我一团，抱着泥巴过家家吗？

“易洺。”

姜薇察觉到易洺的异常,他这么频繁的来“骚扰”她一定是有事要说。

“嗯?”易洺乖巧地板正了肩膀,听到姜薇叫她,他下意识地规矩了起来。

“你到底想说什么?”姜薇走到桌子旁,倒了两杯水,一杯递给他,“你明天早上还有课,如果没什么事儿,还是早点回去睡吧,别闹了。”

“我没闹。”

易洺伸手接过水,喝了一口。

“我真的想和你睡。”

易洺的话刚落定,姜薇刚咽下的水差一点就喷出来了。

“你说什么?”

姜薇难以置信地转过头来。

此时此刻罪魁祸首却一头栽到床板上,咯咯咯地笑到打滚:“姜小薇,你知不知道你刚才脸都绿了,我这样的如花好儿郎,给你机会占我便宜你居然不知道珍惜!”

姜薇攥紧杯子,咬牙切齿:“……”

行吧,十几年了,还是没能逃过被这货耍的命运。

“小十。”

姜薇懒得跟他再闹下去,直接伸手勾勾手指,“你床上那家伙想要霸占你的位置,还想抢你的鸡腿,你看你有没有什么想法?”

小十竖起耳朵瞪圆眼睛,一听到“鸡腿”两个字整个狗都精神了。

它伸了个长长的懒腰,随后起身走到易洺身侧,黑润润的小鼻头嗅啊嗅的。

“它想干什么?”

易洺漂亮的眸子里此时此刻盛满了惶恐。

“不干什么?它一般吃东西前都会闻一闻,看看哪里比较好下口。”

姜薇一脸寡淡地还没说完,某人便“嗖”的一声从床上弹起身来,而后风驰电掣地逃回了自己的房间……

和姜薇擦肩而过的那瞬间，易洛噘嘴咬牙切齿："算你狠。"

姜薇无奈摇头一笑，易洛走后，她重新将门合上。

不多时，手机屏幕亮起，姜薇重新躺回到被子里，轻轻将手机划开。

"如果头疼，记得叫我，我就在隔壁。"

姜薇的嘴角微微勾起。

他是担心她头部的伤，因此才执意要赖皮想要在她的房间留下来。

"好。"

姜薇回复。

过了几分钟，幽暗的房间里依然寂静，就在姜薇快要睡着的那刻，易洛的微信再度弹了出来。

"如果来不及打电话，敲墙也可以。敲一下是你有危险，敲两下是你想我了，敲三下是你想我想得实在受不了了，要我马上赶过来。"

姜薇揉了揉眼睛，抿唇一笑。

"知道了。"

易洛像是围绕着她的一颗小卫星，这么多年来一直守在她的身边。

她习惯了有他在身边，不论多低落的情绪，在见到易洛笑容的那一刻也会在心底彻底瓦解，如果非要用一种形容的话，就是一朵小小的花，在那一瞬间忽然绽放开来，香气盈满了整个心房。

手机不再响起，而身旁的小十均匀细微的呼噜声也钻进了姜薇的耳朵。

黑暗中的姜薇眨了眨微亮的眼眸，她探出一双白皙的小手轻柔地摩挲着身侧的墙壁，以小小的力度轻轻扣了扣。

一声，两声，三声……

声音细不可闻，易洛在另一个房间是听不到的。

姜薇是敲给自己听的。

第二日清晨，易洛顶着一头乱蓬蓬的鸡窝从床上爬起来一看，姜薇已经买好了早餐。

两份小馄饨，一笼冒着热气的小笼包，边上还放着一盒低乳糖的牛奶。

易洺知道那是给自己准备的,姜薇就不喜欢喝牛奶,只喜欢喝酸奶,而易洺几乎视牛奶如命,却偏偏乳糖不耐受,每每喝牛奶之后的半小时总要往厕所跑。

易洺大早上心情甚佳,他穿着宽松的花短裤,光着上身吊儿郎当地往餐椅上一坐,拿了筷子刚要往小笼包上夹,耳朵却蓦然一痛——"哎哟哟,轻点轻点,你这是要谋害亲夫啊……"

易洺龇牙咧嘴的演技十分拙劣，姜薇揪着他的耳朵淡淡道:"去刷牙。"

"不要,吃完再刷。再说了,这么香的东西摆在我的面前,我很难把持得住好吗。"

易洺话有深意,他不怀好意地一笑,朝着姜薇抬了抬下巴。

姜薇一怔,读懂他的调戏,小耳畔瞬时红透。

"你！"

姜薇面无表情,转身要走,易洺伸手拉住她的手,语气顿时温柔乖巧:"好了,别生气,我这就去刷牙。"

易洺摇摇晃晃地起身,临了还笑嘻嘻地朝着姜薇做了个敬礼——"遵命"的动作。

刷完牙回来,易洺发现姜薇正端坐在桌子的对面等他。

"怎么没先吃？"

"等你一起。"

"姜薇,"易洺拉了椅子坐下,拿起筷子的瞬间顿了一顿,他轻笑道,"你觉不觉得……很好？"

"什么很好？"

姜薇捉不到他说话的重点,微微挑眉,静静凝视着他。

"现在,此刻。"

易洺的眼眸里噙着微光，像是偷了繁星，他淡淡笑着，眉眼里全是温柔。

“你坐在我的对面，等我吃饭，我们之间自然得好像已经结婚很多年的夫妻一样……”易洺轻轻地说。姜薇闻言微微怔愣，心底某块地方才正要因为他的话而融化掉，不承想耳边却忽然传来某人大煞风景的下一句：

“要是你不穿这么丑的睡衣就更好了，你瞧瞧这碎花，你瞧瞧这姜黄色的色调……啧啧啧，明天哥放假，哥带你去买衣服……”

易洺的话还没说完，姜薇随手捞起沙发上的抱枕就砸了过来。

“吃你的饭，不要说话。”

姜薇瞪他一眼。

再好的气氛也能被他破坏得一干二净。

在易洺的脸上，别人看见的都是“帅气”二字，只有姜薇看见的是“欠揍”二字——一天不挨揍，他真是浑身都难受。

吃过早饭，易洺收拾了东西准备去学校，而姜薇则换了一身运动装，打算出去溜小十。

“我要走了，你不准备给我一个临别抱抱吗？”

易洺一米八多的高个子杵在门边，像是一根突兀的电线杆一样，他张着修长的双臂作拥抱状，姜薇则一脸平静无波地抱着小十从他的臂下钻了出去。

“不是吧，这么无情。”

易洺委屈地撇撇嘴。

姜薇没理他，下了楼她径直走到路边，将小十轻轻地放在了地上，顺手挽了挽牵引绳。

“那我走了。”

易洺笑笑，朝着她挥挥手，两个人要去不同的方向。

“嗯。”

姜薇点点头，她低头望了望地面，而后忽然又抬起了头。

“易洺？”

易洺闻声抬眸。

“怎么，你想开了？”这货贱兮兮一笑，伸开双臂又要走过来。

“你中午想吃什么？我要去趟商场。”

“又去商场？”易洺一滞，停住动作。

“嗯。”

“你做的我都爱吃，不挑。”

易洺满目欣然，能陪在她的身边，吃草吃土他也甘愿。

“好。”

姜薇点点头。

易洺转身刚要走，姜薇又开口了。

“易洺，淡蓝色……行不行？”

“什么？”

“没什么。你快去上学，一会儿要迟到了……”

易洺：“……”

今天的姜薇，有点奇怪啊！

今天早上，姜薇表现出来的奇怪惹得易洺整堂课都心神不宁，病理学课上，他趁着老师板书的空当儿摸出了手机给姜薇发短信。

易洺：“遛狗进程可否顺利？”

姜薇大概过了三分钟，回复：“还行，已进行到尾声。”

易洺愣了愣：“尾声是什么意思？”

姜薇看着信息，微微蹙眉：“确定要问？”

姜薇叹口气，还真是第一次遇到提出这种要求的……

不多时，易洺的手机响起震动，他单手一滑，弹开屏幕。

一坨热气腾腾的迷之物体堂而皇之地展现在眼前。

颜色灿烂，形状规矩。

“看出来了，挺健康的。”

易洺捂着鼻子，回复道。

等了等，这回姜薇却没再回了。

好不容易熬到了下课，易洺收拾了东西刚要离开，身旁的同学忽然贼眉鼠眼一笑，抬手拍了拍他的肩膀。

“喂，易洺，你快瞧门外的那个，是不是你家甜甜的小青梅啊……”

易洺闻声望去，医学院门前的那棵高高的树下，姜薇拎着一包东西，正乖乖等他。

“去你的。别瞎说。”

易洺白了他一眼，淡笑道。

同学一怔，赶紧撇撇嘴道：“哎哟，不是吗？你不是挺在乎人家的吗，现在又不承认了？还不让我瞎说……”

“我是让你别瞎说，我家姜薇甜不甜，只有我知道。”

易洺将书包往身后一甩，挑眉潇洒一笑，“走了，我家小青梅快要等急了。”

“别啊，不是说好打球去的吗？你这混蛋，重色轻友啊……”

“重色轻友难道不正常吗？我不重视我家姜薇，难道重视你啊，你要非要有这种要求，哥也不是不能满足你，来，吻一个……”

“滚啊，去你的！”

同学眯着眼笑开，一把推开了没正行儿的易洺。

姜薇听到有笑闹声从医学院的大门传出来，知道易洺大概是下课了。

易洺的身影很好找，医学院的男生们身高都在校平均值往上，低于一米八的没几个，但快到一米九的却也在少数。

易洺长得白，穿着松松大大的衣服，显得身材又瘦，所以远远望去像是一根笔直的电线杆，挺拔得模样总是能够瞬间捉住人的目光。

易洺粲然一笑，朝着姜薇走过来。

“我猜你肯定是想哥了。没在家等我，怎么来学校了？”

姜薇懒得理他自恋的前半句，她抬起头，望着易洺的眼睛，“去了商场，顺路过来。”

“买了什么？”易洺伸手自然地揽过姜薇的肩膀，两个人往家的方向走，姜薇攥了攥手中的手提袋，淡淡道，“没买什么。”

“我看看。”

易洺简直是个好奇宝宝，他一个上午都觉得姜薇奇怪，现在再不解开这个谜题，他简直快要疯了。

“哎！你！”

姜薇哪里抢得过他，抢了两下没抢回来，只好垂手放弃。

易洺拎出来，发现手提袋里是一件淡蓝色的睡衣。

“你干吗买睡衣啊……”

某人欠揍的七秒钟记忆，早就忘了自己早上曾经说过的话。

姜薇没说话，静静地望着他。

易洺微微皱眉，几秒钟过后，记忆终于恢复了……

“你是……因为我早上说的那句话？”

姜薇脸色有些微微泛红，她伸手抢过衣服，重新塞回了手提袋里。

“没有。”

姜薇头也不回，重新往前走。

“姜薇，你有。”

“都说了，我没有。”

“那你为什么突然换了睡衣？”

“原来的不喜欢，不行吗？”

“姜薇。”

“干吗啊？”

易洺望着姜薇有些小别扭的背影，他摇摇头轻笑，随后大踏步地走过去，伸手用力地揉了揉她头顶柔软的头发。

“你真傻。”

“我怎么傻了？”

“你知不知道，你在我心里永远都是漂亮的小仙女啊，仙女穿什么都好看，玩笑话，你怎么能当真？”

姜薇听到他的笑声，脚步微顿。

是啊。

这个臭小子,总是话里没正行儿,自己怎么能当真?

你瞧,这件衣服的钱……又白花了……

收到小周姐的消息时,姜薇正在舞蹈练习室里练习当天新学的动作。

小周姐的语音听起来十分轻快,新的舍友和她十分合拍,两个人一起做考研真题,一起听讲义,在考研的漫漫旅途上有个志同道合的伴侣,也算一件幸事。

听到小周姐现在过得不错,姜薇心中也放心了许多。

“你呢?最近怎么样,小丫头。”

小周姐轻柔的声音在手机语音中响起,姜薇想起她那张温善的脸,不禁微微勾起了唇角。

“还好。一切如常。”

姜薇回道。

“那……你的那只小猫养得怎么样啦?”

小周姐的声音噙着笑,姜薇一开始并没有反应过来——什么意思?自己哪里有养过什么小猫?

下一秒,她的脑海中却忽然记起,某个人为了能够吸引自己的注意,躲在隔壁学猫叫的样子……

“小猫得逞了,现已被我收养。一切都好,就是,嗯……太皮。”

姜薇摇头轻笑。

“听说犬类会通过拆家等行为来吸引主人的注意力,我想……你的那只小猫咪大概也是这么想的吧。”

“别让他太孤单了。”

小周姐是真心希望促成这一对儿的,两个人已经走过了这么多年,真的没有任何人对于他们彼此来说更合适对方。

“嗯,我知道了。”

姜薇对着手机乖巧点头,小周姐性格温柔和善,很多时候就像是姜薇的亲姐姐一般照顾她。

为了能够给易洺"腾地儿",小周姐的主动搬离一直让姜薇心觉愧疚,倒是小周姐在一直反复地安慰她——"都说促成一门亲能给自己带来好运,我这是为我自己集福呢,你小周姐我没准这次一次金榜高中,顺便再收获个男朋友啥的……"

姜薇没忍住,被她逗笑了。

小周姐离开出租房之后,听说又有过两次相亲。

第一次男方觉得自己和小周的学历差异太大,虽然他在事业上已经小有成就,但和小周在话题沟通上总是有偏差——小周姐给她讲中药材的各种药用价值,相亲男作为餐厅老板,却只想问她:"能炖肉用不?听说挺香的……"

小周:"……"

第二次男方倒是对"小周"很满意,他坐在餐厅里,拉着"小周"白皙嫩滑的手指笑眯眯道:"我看咱俩挺合适,俺娘说了,我家祖传黑皮肤,将来生娃一定要找个白皮肤的姑娘中和一下。"

小周坐在旁边的凳子上,忍了又忍,实在忍不下去了……

她站起身,朝着男人的后脑上去就是一记爆栗:"我在这儿,我在这儿!我是6号桌,不是9号桌,朋友,你的眼镜有年头没换了吧?"

戴着啤酒瓶底的男人一脸迷茫地抬起头。

当然,这场相亲的最后结局自然是吹了。

至于那男人被肤白貌美大长腿的隔壁桌打了几个耳光,小周离开得早,就不得而知了。

一想到小周姐的"艰辛"情感路,姜薇忍不住笑,却也心疼。

"不要急,属于你的一定还在等着你,小周姐,你值得更好的。"

她不怎么会安慰人,只是规规矩矩地说出了自己的心里话。

"嗯,谢谢我的小丫头。"

小周姐笑声很甜,透过手机语音暖暖地传出来,流淌进姜薇的耳朵。

有一个这样的朋友,真的很幸福。

至少,对于鲜有好友的姜薇来说。

不多时,舞蹈室的窗外忽然传来几声手指叩击的声响,姜薇抬头,瞧见易洛一张笑嘻嘻的脸贴在玻璃上,随后指了指自己的肚子——“我饿了”。

姜薇笑了。

你瞧,这么黏人的小猫。

她哪里舍得不管他啊……

# 第三章 吃醋是推动感情前进的基本法则

自从家中有了易洺之后，姜薇的小屋生活开始变得鲜活起来。

易洺虽然平日里性格顽劣，但毕竟还是个医学生，一般学医的男生们身上该有的特质他也是一样不差。

只要是和专业有关的问题，他身上那股子严谨的劲儿便出来了。

这日，姜薇碰巧正在看一部和医疗主题有关的电影，本来在沙发那头正在看书的易洺扶了扶鼻梁上的金丝眼镜挪了过来，“这个男主不行啊，这点问题都和患者解释不明白，核医学科的检查明明是将放射性核素引入体内，利用核医学仪器在体外对射线进行探测，对于核医学科来说，拥有辐射的是病人本身，根本就不是仪器好吗……”

姜薇心系剧情，便草草敷衍他，“哦……”

“你这个‘哦’是什么意思，啧啧啧，姜小薇同学，对待学术问题，你不可如此草草了事。”

易洺斜着眼睛望了姜薇一眼，煞有介事道。

“那我应该怎么做？”姜薇眼神没离开电视，慢悠悠道。

“你应该立刻拿个小本本记下来，虽然你是舞蹈专业的，但你未来老公可是搞医学的，你多少还是应该了解点医学常识，正所谓夫唱妇随……”

"随你个头啊……"易洺比比画画的两只手挡着姜薇快要看不清男主的脸,姜薇轻轻拍了一下他的手臂,轻声道,"你可不可以乖一点。"

姜薇的声音轻柔,惹得易洺心底一痒。

他乖乖地直起身来,随后往旁边一靠,顿时不吭声了。

姜薇以为这小祖宗不会再胡闹了,可没想到才三分钟没到,某人又耐不住心中的学术纠正之心,靠了过来:"哎哎哎,你瞧,他刚才那台手术的术前准备不规范啊,还C大附属医院的第一男神呢,我看也不咋地。"

姜薇将手中的薯片轻轻地放在茶几上,她侧过身来,平静开口:"这位朋友,你和他有仇吗?"

"没有啊。"

易洺粲然一笑,无辜摇头,冲她摊手。

"那你是对这部剧的编剧有意见?"

"也没有。"

易洺两指一合,毫不客气地从姜薇的薯片袋里夹出一片薯片,放在嘴里嚼得嘎吱作响。

"那你到底想干什么?"

姜薇无奈扶额。

"我就是想让你看我。"

易洺脸上平淡如常，仿佛刚才那句没脸没皮的话根本就不是从他的嘴里说出来的一样。

"你说什么?"

"我说……我就是想让你看我。你刚才说他长得好看,我不开心;你刚才说他看起来很厉害，我也不开心；你盯着他看得如此凝神，我也不开心。"

姜薇简直气结。

这位朋友,你难道是三岁的小孩子吗?连影视剧里男主的醋都要吃?

而事实证明,这位小朋友岂止三岁啊!

三岁都是抬举他了,真的是一岁半不能再多了。

易洺摘了眼镜，扔了书，趿拉着拖鞋跑到小十的狗窝面前开始了碎碎念：“你妈妈现在心里有了别的男人，爸爸现在很受伤，碍于父母的感情和睦状态将直接影响到孩子童年的幸福，所以爸爸为了你的未来着想，不得已出此下策。”

“嗖”——

不知何时，这位“一岁半”的小朋友忽然从身后拿出了电视的遥控器，双手递给一脸懵懂的小十。

“来，拆家吧。释放你的灵魂，有爸在，别怕！”

姜薇：“……”

她这是养了两个孩子吧？

一个浑身带毛，每日吃吃睡睡，不知何为生活之疾苦。

一个身体藏着一个二哈的灵魂，哪天不“皮”一下，他真是浑身都不自在啊……

关于易洺和姜薇已经“同居”这件事，在姜薇的要求下，易洺答应要保守这个秘密。

不过易洺也有个交换条件，就是每天晚上姜薇遛小十时，必须要带着他一起。

“小十不喜欢你跟着，你也不是不知道。”

姜薇蹲下身，揉了揉了小十头顶绒密的毛发，小家伙抬起头眯着小小的眼睛，看起来十分惬意，“我出去一会儿就回来了，更何况还有小十陪着我，你担心什么呢。”

“不行，我必须去。”

对于这件事儿易洺坚持得厉害，无论姜薇怎么劝说，每到遛狗时间，他都会整装待发地守在门边，誓要做姜薇的夜骑士、守护者。

这天，姜薇牵着小十刚出门，易洺骑着单车一个甩尾单脚撑地停住，抬手笑眯眯地敲了一下姜薇的头顶。

姜薇微微怔了怔，道：“今天不是寝室同学的生日？怎么回来这么早？”

易洺摘下书包，耸肩一笑："那群货非要喝酒，我就说我回来还有要紧事儿，就不喝了。"

"什么要紧事儿，遛狗吗？"

姜薇双手抱着肩，淡淡一笑，轻摇头："你这份爱太沉重，小十承受不起。"

姜薇话音才落，小十也应声似的拿小脑袋顶了顶易洺的脚踝，黑黝黝的小眼神倍显幽怨。

它是真的打心眼里不喜欢眼前这个高高大大的男性两脚兽，自从有他跟着一起出去遛弯，"妈妈"似乎总是在同他的谈话中忍不住轻笑，"妈妈"一分神，它哪怕在拉臭臭的中间也常常会不小心被牵引绳生生拽走……

"它得习惯，"易洺目光坦然，眼角挂着笑意，他俯下身，霸道地用力揉了揉小十的毛发，"你妈妈本来就是我的，是男人就得讲究先来后到。"

姜薇看着眼前都在吃醋的一人一狗，眼角眉梢微微翘起。

被人在乎的感觉是好的。

就像是夏季的凉风，拂过心房，白日里的所有沉闷都会因为他们的存在，而一下子全然荡开。

"等着我，我去买点喝的给你。"

易洺修长的腿重新踏上车子的踏板，冷饮店就在一旁三百米处，他知道她最喜欢樱桃味的。

易洺走后，姜薇牵着小十走到马路对面的石凳上刚坐下，一个身穿校服的少年忽然出现在她的面前。

"你好。"

声音轻灵好听，是十几岁男孩独有的青春味道。

姜薇抬起头，路灯的光芒淡淡洒在他的头顶上，少年脸上带着好看的笑容，脸庞清秀干净。

"请问我可以加一下你的微信吗？"

男生说这话儿时神态坦然，但姜薇仍是惊了一惊，她顿了顿，半天才问，“你说……什么？”

“我是说……”男生笑了笑，他微微俯下身，晶亮的眼眸锁定姜薇的眼睛，“我已经看见你在这里遛狗好几天了，同学，你很漂亮，我可不可以认识你？”

姜薇被他的直白简直吓到，但冷静下来之后，却又觉得想笑。

大概是自己平时不施粉黛，穿着一身运动装出门看起来实在有些稚嫩，所以才让这位小朋友误会了吧。

“你应该叫我姐姐。”

姜薇站起身来，温柔一笑，“我想你应该误会了，我是在这附近上大学的，不是C中的学生。”

“我知道。”

少年没有像姜薇想的那样立刻失望，然后转身就走，他反而依旧笑得灿烂，说道：“我不嫌弃你的年龄，更何况我看你长得也很年轻，你和我在一起，也看不出来年龄差距的。”

姜薇顿了两秒。

少年言之凿凿的语气让她恍然觉得自己好像才是年纪小的那一个。

现在小孩子真的是……

“手机给我。”

“你要做什么？”

“加微信。”

“不行……”

“怎么不行。”

少年微微蹙眉，他抬起头凝视着姜薇的脸，正在姜薇手足无措之际，身后忽然传来一声熟悉的嗓音，“这还看不出来吗？因为有我，所以——你不行。”

某人傲娇坚定的语气从身后传来，有点霸气。

姜薇眉眼终于放松，缓缓舒了一口气。

大魔头遇上小魔头。

这下,热闹了。

少年寻声回头,瞧见一抹淡蓝。

易洺单脚支撑着地面,背后身影颀长,淡蓝色的外套拉链没系,眼神平静冷淡。

光气场相较,少年就已然和他差了很远。

少年抬眸望着他,纵然心底有那么几分发慌,但在自己“心爱的女人”面前,气势还是不能输的。他抬抬下巴,眼神露出一丝不屑:“你又是哪里来的臭小子,看样子才上高一吧。哥比你成熟多了,哥高二了,照顾女孩子这种事儿,你——不行,还得哥来。”

姜薇被这话吓了一跳,她猛然抬眸望着易洺,果然……那家伙眼里的窃喜都快藏不住了。

易洺薄薄的嘴唇抿成一条直线,看上去像是心情不快,只有姜薇知道,他其实是在憋笑。

“哎哟,让你看出来了。”

易洺淡淡一笑,从车上下来,将车子安稳地停靠在路边。

“你不知道吧,你看上的这位学姐还就喜欢吃嫩草,越嫩越符合她的口味,你不行,都高二的老男人了,就别和弟弟抢了。”

易洺笑得满面春风,说起假话来面不改色,姜薇要不是认识他十几年,可能早就忍不住上去给他一拳。

少年听了他的话,顿时气结。

他满脸不服气地刚要和他理论,易洺却已经潇洒帅气地探出长臂,温柔揽过姜薇的肩,将手中的冷饮递给她,“樱桃口味的没有了,我选择了草莓的,我帮你尝了,好喝。”

这话说得妙。

言外之意,送给女孩子的饮料上的吸管是两个人可以共用的。

其中关系,可见一斑。

少年的耳郭因为羞臊而开始发红,姜薇不露声色地在易洺的背后轻轻掐了他一下，而后踮起脚，在他的耳边低语道："够了，不要逗人家小孩子了。"

姜薇本意是想平息事态，却不想这个看起来更加暧昧的场面彻底刺激了眼前的少年。

"他哪里好？除了……比我年轻？"

少年神色执着，满目认真。

姜薇实在忍不住再欺骗他，她沉思两秒，决定要让他正视眼前真正的问题，"你现在应该做的是学习，然后考入你理想中的高校，在这件事完成之前，你遇见我只是一场插曲，等你以后就会明白，你现在的执着是错误的，是一时的迷失。"

"你何以见得我是一时的迷失？"少年眼底微微泛红，五指攥紧用力。

"时间。"

姜薇想了想，淡淡道。

"时间……是什么意思？"

少年不解。

"时间会见证你是一时的迷失，还是终生的决定。等你考入大学以后，你可以再来这条街上找我，如果那个时候你还觉得自己是喜欢我的，那……"

"那就怎么样？"

"那就怎么样?！"

姜薇的话还没完，两位"男主"都坐不住了，齐齐发声。

男生满脸焦急，隐着三分的期待。

一旁的易洺眉毛都皱在一起了，他警告似的瞪了姜薇一眼，委屈撇嘴道，"喂喂喂，姜小薇，你别整事儿啊……"

姜薇淡淡扫他一眼。

这个易洺，是真的不知道他在自己心里的位置吗？起个什么哄嘛……

"如果……你到时候还是觉得自己是喜欢我的，那我愿意向你道歉，是我错误判断了你的感情，让你失望了……"

“可是那个时候已经晚了。”少年焦急地凝视着她的脸，声音都开始微微发颤。

姜薇静静地望着他，她的睫毛颤了颤。

下一秒，她没有挪动目光，而是坦然直视着少年的眼。

“其实，现在也已经晚了。”

姜薇顿了顿，她眼神淡淡地将肩膀上易洺的手臂拿下来，随后将自己小小的手，放在易洺修长的五指之间。像是做了一个很深很深的深呼吸，她用极轻极轻的语气，温声慢道：“我已经遇见我的他了，在十五年以前。”

十五年以前。

少年怔愣。

他知道他输了。

且输得太彻底……

少年走了。

姜薇的心里说不清是什么滋味，似乎是松了一口气，却又觉得有些怅然。

“怎么，舍不得小鲜肉啊！”

易洺脸上挂着笑，眼弯如月的望着她。他当然知道姜薇心里想的肯定不是这个，但为了能让她的情绪高起来，他只能这样逗她。

“我没有。”

姜薇的声音又轻又柔。

少年走后，姜薇偷偷将自己的手从易洺的手中抽离出来，易洺眼角的弧度放缓，他凝住她，慢声道，“怎么，刚才说的不作数了？”

“说什么？”

“哎，你这人……”

易洺咂咂嘴，不是，这丫头怎么翻脸就不认人呢？

刚才他可是听得一清二楚，她喜欢他，十五年前就已经开始，这可是她亲口说的。

“我是为了让那弟弟死心。”

姜薇牵着小十往前走,低头小声地吸了一口手中的冷饮:“嗯,味道不错。”

“姜小薇,你少来。”

易洺推着自己的单车跟上来,走在姜薇的身边,“我可都听见了啊,而且我的小手你都摸过了,你得负责。”

易洺伸出手煞有介事晃了晃自己那简直可以去做手模的修长手指,“你瞧瞧,你的指纹还在我的手上留着呢,你别想耍赖,我有证据。”

姜薇胸口一梗。

“易洺,你的眼睛是自带显微镜吗,指纹你都能看见。”

她淡淡地回答他,手中的冷饮一寸寸变少,味道很甜。

“差不多吧,反正只要有你在的地方,别的什么东西我都可以自动屏蔽,什么也看不见。你说说,我这‘姜小薇牌显微镜’的眼睛是不是很带感?”

“嗯,很带感。而且……果然看不见。”

姜薇的话隐忍带笑,意味深长。

“你什么意思?”

易洺长腿一顿,侧眸望她。

“小十刚才排便了,你看没看见?”

“没有啊,什么时候?”

易洺愣着眼神话音才落,随后心中瞬间“咯噔”一下。

待他再低头时,已是一声惨叫:“啊啊啊啊啊——姜小十,你是故意的!你一定是故意的!”

而另一边,某个捧着冷饮杯的姑娘早已笑得眼睛都眯成缝儿了……

头顶夜幕繁星点点,地面一派笑声连连。

有易洺在的地方,似乎总是会有姜薇的笑容。

小十造成的惨况在易洺一阵骂骂咧咧的抱怨声中被悉数清理干净,

到了家，易洺马不停蹄地脱下鞋子，拎着就往厕所跑：“姜小薇，帮我找一下家里的洗涤灵、清新剂、洗衣液、洗衣粉、香皂……”

姜薇虽然听得没头脑，但却也都乖乖照做了。

姜薇将这些东西放在一个塑料筐里递给他，“你要这么多清洗剂做什么？”

不就是刷个鞋而已，难不成，他还打算要在厕所里研制新型生化炸弹吗？

“你别管了。”

易洺颀长的个子杵在门口，两眼含泪，“剩下的就交给我一人承受吧。”说完，他“啪”的一声将门合上，捧着那双鞋绝望地拿起了鞋刷……

姜薇摇头轻笑。

这家伙，戏实在太多。

恰在这时，鞋柜上易洺的手机忽然刺耳地响起。

犹豫了一会儿，看着磨砂门内奋“鞋刷”疾书的某人，姜薇顿了顿，随后抬步朝着不断震动的手机走去。

姜薇并没有偷看易洺手机的习惯，虽然易洺的手机只要响起，80%都是他的各路“桃花”。

“易洺，你的手机响了。”

姜薇拿起易洺的手机往卫生间的方向走，不想手一滑，手机直接顺着指缝掉落在了地上。

不过万幸，客厅的中间有一块小小的地毯，手机并无大碍，来电的屏幕依旧闪烁着，是一串没有备注名字的陌生号码。

“谁啊，这么晚了还打。”

易洺有些不耐的声音从卫生间的里侧传来，随后推拉门被“唰”地一下打开，“你帮我接吧，我手上都是泡沫。”

易洺站在原地，举了举自己被泡沫包围的双手。

姜薇闻言愣了愣，她犹豫了一下。

如果对方是个女孩子,她该要说些什么?

某个没心没肺的家伙已经蹲下身继续他的“刷鞋”大业了,姜薇微微皱了皱眉,无奈只好将电话接起。

“喂,你好。”

她尽量将声音放得轻柔。

“喂?”

这大概就是所谓的墨菲定律,姜薇在心底祈祷了千遍万遍,盼着对方千万不要是某个爱慕易洺的小姑娘,可没想到真的是怕什么来什么,小姑娘一听是个女人的声音,音调当下就变了。

“你是谁啊?为什么易洺的手机在你这儿?”

姜薇被对方问得一愣。

“啊……我……”

姜薇站在原地结结巴巴地应答。

“她是我媳妇儿,你是谁啊。”

易洺不知道什么时候已经洗了手出来, 看着姜薇站在原地为难的样子,他真是又气又笑。

这丫头,从来都不能霸气一点吗?

“易洺!”

姜薇小声嗔了他一句。

见他能自己接电话了,姜薇赶紧一股脑地将手机塞给他。

“你什么事儿啊……”易洺接起电话,随后略显慵懒地往沙发上一躺,修长的腿往地上一放,“没事儿说我就挂了啊。”

易洺整个一副混世魔王的模样,姜薇微微抿唇,她觉得实在是难为这群小姑娘们了。

在别人眼里的易洺就像是一块冰山,没血没肉的,似乎除了自己选择的医学专业上的内容和骑行运动能引起他的兴趣外,别的对于他来说,都像是失去了味道的调味剂,他从不觉得有什么意义。

“易洺。”

电话那头的声音忽然变得轻柔:“你……还没睡吧。”

“没睡,不过快了。”

易洺拿起茶几上的苹果咬了一口,苹果很脆,但味道却不甜,他微微皱眉,耐着性子吃下去:“齐念,你到底什么事儿?”

易洺其实一开始就听出来电话的那头是谁了。

齐念是D大中医学院的学生。

她和易洺姜薇一届,在一次偶然的机会上,她帮老师拿资料时遇见了正好也在医院给老师帮忙的易洺,不过是见了那么一面,小姑娘的心却一瞬就沦陷了。

她试着加过易洺的微信,但易洺并没有同意。

她托人打听到了易洺的电话,之前也曾鼓起勇气打通过,但易洺对她却早已没什么印象。

前几天,她在校园路上直接拦下了易洺。

“易洺,你站住。”

她鼓起勇气横身在他的面前,眼神里闪烁着几分慌张,但却仍旧执拗。

“为什么拒人于千里之外?好歹我们也是校友,我又不会吃了你,你为什么要这么冷漠?”

易洺停下脚步,居高临下地望着它,眼神平静无波,淡漠极了。

齐念以为易洺会生气,会发火,也可能会好好地和她聊一聊,可令她万万没想到的却是……

他居然直接原地向后,一句话都没说,转身就走了……

易洺的冷漠给小姑娘伤得够呛,齐念当时直接跑回寝室,趴在床上就哭了。

当时的她并不明白自己为什么会让易洺如此讨厌,只是一度伤心欲绝地认为是自己不够优秀,所以才没办法入了他的眼。

再后来,她经过委婉打听,终于知道了姜薇的存在。

在传信人的口中,这个叫姜薇的小姑娘并不是易洺的女朋友,但两个人是从同一个地方一同考入 D 大的，易洺其实并不是一个喜欢笑的人，但只要姜薇在他的身边,这家伙的嘴角就从未落下来过。

齐念听了,心里瞬间了然。

但她仍旧不死心,D 大最近将要组织一次健康骑行活动,她将担任此次活动的主要策划。齐念知道易洺钟爱骑行,有着自己心爱的赛车,所以她想趁着这个机会,借“探讨”活动内容的名义,能够和易洺搭上哪怕一丝一毫的联系。

可令她万万没想到的是,电话终于罕见地被接通,可对面传来的,却是一个温柔的女孩子的声音。

有那么一瞬间,她完全无法冷静。

现在已经快十点了,而这个女孩竟然还守在易洺的身边。

这种关系听起来就已经惹人浮想联翩，而接下来在易洺堂而皇之地告知她——“她是我媳妇儿,你谁啊”的时候,齐念终于听到自己心砰然碎掉的声音。

齐念在电话的那头,极力克制着自己不安的情绪。

可再开口时,却还是没出息地带着几分哽咽在里面:“易洺,过几天学校要组织健康骑行活动了,这件事儿……你知道吧。”

“嗯,知道。”

“我是这场活动的策划,关于骑行这块儿,我有些专业性的问题不太懂,想要问问你……”

“你用的什么手机？”

易洺冷不丁地一开口,齐念愣了愣:“什么？”

“我问你——你现在用的什么手机？”

“苹……果,苹果。”

“那你现在打开手机上的 App Store（应用商店），在搜索栏输入‘百度’,出现的第一个 app 在右侧处点击‘获取’……”

“易洺！”

齐念再也听不下去了，她高声打断他。

“哎，在呢。”

易洺笑眯眯地又咬了一口苹果，神态自然：“不会下载了再来问我啊，下好了你就直接问‘度娘’，她啊，比我专业。”

“你何必这样伤我？”

齐念反问他。

“因为我们不是一路人。”

“你都没试过，你怎么就知道我们不是一路人？”

“齐念。”

听到齐念的语气已经愠怒，易洺的笑容也慢慢收敛。他将手上的苹果重重地放在一边，而后对着电话的那端一字一句道，“齐念，你还记不记得，那天你来我老师办公室问完事情之后，曾在走廊里打了一通电话。”

齐念顿了顿，半晌，才低声回复道：“我记得。”

“我无意听你们的对话内容，但当时你的声音实在是太大了，我从你的身后路过，想不听见都难。”

易洺冷哼一声，眸光里落下一片淡漠的凉。

“如果你还不知道为什么我不想见你，不想接你的电话，那你倒不如仔细回想一下你那天到底说了什么，再来问我。”

易洺的话让齐念蓦然愣住，也让站在厨房里给小十准备夜宵的姜薇蓦然抬起了头，就连她都很少见过易洺这样生气的样子。

所以……

这到底是怎么一回事？

对于易洺来说，有两件事是不能碰的。

第一个，是他的姜薇，而第二个，则是他未来为之奋斗的事业。

医者对于普罗大众来说，最常见的描述就是救死扶伤，它和其他行业不一样，在易洺的思维里，每一位合格的医生都应该存在着一种信仰，这种信仰应该支撑着你自从选择这条路起，一直到你生命的最后一刻。

易洺相信，每一位就医的患者都是带着对你的信任而来，而这份信任对于他的人生来讲将是最沉重的一笔，易洺不能辜负，他能做的，就是极尽自己所学，为了病患的健康而全力以赴。

在这点上，他永远都不会是那副吊儿郎当的模样。

但偏偏有人就触碰了他的底线。

齐念的那通电话他本来无心细听，但既然已经听到了，他就不可能再装作没听到了。

当时的齐念正在和她的父亲通话，大概内容就是想让父亲周一来陪自己过生日，但齐父在电话里为难地告诉她："爸爸周一有一场很重要的手术，病患是一位绝症患者，他不能再等了。"

齐念听过，立刻便不开心了："我一年才过一次生日，你怎么天天做手术呀！"

齐父在电话的那头软语安慰着，可齐念却在这头依旧不依不饶。

"既然已经是绝症了，那早一天晚一天做手术有什么差别啊，爸，你就非要为了一个外人而耽误掉你女儿生日这么重要的日子吗？"

齐念的话像根针一样扎进了从她身后经过的易洺的心中。

他停住脚步，双拳攥紧，薄薄的嘴唇抿成了一条直线。

易洺静静地站在她的身后，眸子中涌动着幽深的黑色，那是他第一次有这种"闲情雅致"去"偷听"别人的对话。

"这件事变不了，爸只能抱歉。"

电话的那头终于传来齐父略显愠怒的嗓音，齐父最终狠心挂断了电话，齐念的想法，没有得到赞同。

易洺至此方才从胸腔深处叹出一口气来。

听到这儿，他忽然转身大步离开了医院，整个过程，再未回头。

齐念的心这一刻像是被剜了一块般难受。

"易洺，我……"

她颤抖着嗓音急切地想跟易洺解释，易洺却不耐地摆摆手，对着电话的那端说道，“哎，别，你没必要跟我解释，我也没时间听你解释。学医这条路我不知道你是被逼迫的还是自己选择的，总之，我送你一句话——你不适合。”

“易洺，我知道自己有不对的地方……我……”

齐念还在另一头低声说着，这边易洺却淡淡道了一句“睡了”，就把电话蓦然挂断了。

挂了电话之后，他还十分熟练地将电话号码拖进了黑名单。

天知道，他真不知道这个齐念是怎么能找到不同的手机号给他打电话的，自己手机里的黑名单已经乌压压一大片了，尾数不是666，就是888。

奢侈，太奢侈了……

易洺摇摇头，叹口气，他刚抬起头来，却发现姜薇正静静地站在自己面前，望着自己。

“我脸上……是有什么东西吗？”

易洺一愣，他觉得自己快要被姜薇盯得浑身都发毛了。

“有。”

姜薇淡淡一笑，嘴角微微扬起。

“有什么？是不是刚才吃的苹果肉？哎呀，完了完了，我在我家小姜薇面前的完美形象又要扣分了……”

“有点帅。”

姜薇忍不住，轻笑道。

“有点什么？你再说一遍我没听清？”

易洺正胡乱地从脸上摸来摸去，听到姜薇这么说，他眉眼一弯，赶紧抬起头。

姜薇将削好的苹果递给他，这一个是新买的，品种很甜。

“有点帅，我说——易医生，你负责任的样子，简直帅呆了。”

姜薇笑着望他，轻声道。

昨天夜里，姜薇睡得极其不安稳。

隔壁房间里的某个家伙不断地给她发消息，非要她再说一遍刚才说过的话，他说他要录下来，当晨起的闹铃听。

姜薇才懒得理他的发神经，她窝进被窝里，手机调成了静音。

可不承想那家伙居然犹不死心，瞧见半天姜薇都没有回复他的消息，易洺干脆敲起了墙壁，隔墙传声道："姜小薇，我知道你没睡呢，不要妄想欺骗一个善良可爱的少年。"

姜薇轻笑，还少年，这是真的把自己当成青葱年华的中学生了吗？

"姜小薇，你知不知道，我跟你认识的这十几年来，你很少夸我哎。"

易洺在墙的那头似乎有些小埋怨："你宁可夸别的男生踏实、爱学、性格好，也不愿意在我拿下年级第一的时候夸我一句'真棒'，你瞧瞧你，多没良心啊。"

姜薇听到易洺的话，心中不禁微动。

想了想自己这些年来确实因为自卑和害怕失去等等原因，一直不敢向易洺说出自己的真心话。

其实在她的心里，她的易洺太好了，好得就像是黑暗中唯一的那一束光芒，只要有他在的地方，她的心就是暖的，也会因为他的存在，而慢慢地学着勇敢。

姜薇喜欢舞蹈，但对于她来说，这并不是一个适合她的爱好。

关于姜薇的病，其实没有几个人知道。

姜薇患有平衡障碍，因此对于舞蹈专业的选择，一直都是易洺在她的身后鼓励她、支持她。

易洺从来不吝啬他对她的夸奖：

"哎哟，我家姜小薇跳得也太棒了吧，我都快被你迷晕了，不行，你下次跳之前告诉我，哥得先塞几粒速效救心丸。"

"论孔雀仙子下凡的真实体验，哎我说姜小薇，你说我将来论文题目就写这个怎么样？我家就有个会跳舞的孔雀仙子，这事儿，我熟啊！"

诸如此类，等等等等。

可反观自己，内向孤僻的性格却导致姜薇很少在易洺需要的时候给他以鼓励。

这么说来，她好像确实有点对不起自己的这个“小太阳”……

想到这儿，姜薇又窸窸窣窣地从被窝里爬出来，她摸出手机，轻柔地对着微信的聊天框道，“你别喊了，再喊，楼上楼下的爷爷奶奶们又要来找你了。”

“嘿嘿，姜小薇，我就知道你没睡。”

“你这么喊，我想睡也睡不着。”

姜薇无奈笑道。

“姜小薇，你失眠的时候都想什么啊？”

易洺将声音放柔，嗓音低低的，很好听。

“嗯……数羊。”

“那数羊之后呢，要是还睡不着呢？”

“那就看数学题。”

“……”

易洺有些无语地看着手机，他按住语音，继续道：“你要不要问问我，我睡不着的时候都会想什么？”

姜薇乖乖问道：“你会想什么？”

“想你呀！”

易洺带着笑意的声音飞快地传来，姜薇一愣，耳郭一下子就红了。

“睡觉了。”

“记得想我。”

“不想。”

“你会的。”

“我不会想。”

“你一定会的……”

D大如期组织了那场健康骑行活动。

现如今，很多年轻人的身体也开始逐渐呈现出亚健康状态，因为学业繁重，工作繁忙，缺乏时间的他们不断地缩短着运动健身的时间，而D大的相关研究人员早就关注到了这一点。

在D大医学院和体育学院的帮助下，学校决定组织一场健康骑行活动，他们希望通过这次活动，能够让年轻人对于关注身体健康和定期运动的必要性做出相应的重视。

易洺很喜欢骑行，中学这几年来，他还一直有个经久不衰的外号——人称“骑行小王子”。

知道这个外号之后，姜薇忍不住“嘲笑”他：“嗯，有点土，好像八九十年代的偶像剧。”

易洺自豪地骑在单车上，大长腿往地上一支，拍了拍自己的胸脯：“我就当你夸我是长着张偶像剧男主的脸了啊，别太迷恋哥，收着点就行！”

高中毕业以后，因为不再像中学时期那样无法控制自己课余时间，易洺便开始参加了一些大大小小的城市骑行比赛，包括各种障碍赛、公路赛、越野赛等等。

也因此，大大小小的奖项他也拿了不少，顺带着收获了满满一票满眼桃花的女粉丝。

今天这场健康骑行活动，易洺自然是重要的参与“嘉宾”。

“姜小薇，你在哪儿？”

骑行活动眼看就要开始了，易洺在活动现场望着乌压压的后脑勺，有点发愁。

小丫头昨天把他的骑行服给洗了，并说好了今天让易洺先来，过一会遛完小十她就把衣服送过来。

易洺在现场找不到姜薇，便只好打电话给她。

“我在……我在……”电话那头声音嘈杂，姜薇似乎在艰难地往前挤，“易洺你别急，我就快到现场了，其他高校的人都来咱们学校观看活动了，门口聚集着好多人……”

易洺微微蹙眉，他有点担心她的安危：“人很多吗？那你注意安全。”

“嗯,很多,而且……大多数都是你的粉丝。”

姜薇有些无奈地一笑,轻声说道。

身边的小姑娘们个个花枝招展,她们兴高采烈地攀谈着,讨论的内容出奇的一致:

“哎,你听没听说,今天有‘骑行小王子’易洛参加活动哎!”

“我当然听说了,我今天就是为了他才来的……喏,这是我给他买的鲜花,我准备去终点等他。”

“哎哟,你都大三了,还喜欢吃嫩草了。”

“切,吃嫩草怎么了,总比你好吧?堂堂研究生学姐,不去相亲,还来看鲜肉弟弟比赛……”

女孩子们嘻嘻哈哈地笑成一团,姜薇挤在他们中间,远远望去,就好像一颗弱小可怜无助的小鸡蛋。

“这个易洛……”

姜薇抹了抹额头沁出的汗,没办法,谁让她家的小竹马实在是魅力太大呢?

痛并快乐吧……

易洛坐在休息区的凳子上,两条长腿一支,百无聊赖地玩起了手机。

“同学。”身边忽然一记温柔轻伶的嗓音响起。

易洛抬起头,他先是怔了怔,随后微微敛起眼眸,望着眼前的女生:“你是?”

女孩淡淡一笑,她身着工作人员的服装,眼角处弯弯的,像个小小的月亮:“有人让我把这套骑行服给你,活动一会儿就要开始了,让我嘱咐你一下,记得及时更换。”

易洛一愣,嘴唇瞬间抿成一条直线。

是姜薇吗?

为什么她没有自己亲自送过来?

"姜薇呢？"

易洛伸手接过骑行服，眼神淡淡，问道。

"姜薇？"

女孩有些怔愣，显然并不认识易洛口中所说之人。

"就是给你衣服的那个女孩，她……"易洛正说着，身着工作服的女孩子电话忽然响起。

"不好意思，请稍等一下。"女孩歉意笑笑，随后转身就去接电话了。

"嗯，是的老师，好的，我这就去拿，您稍等……"

"哎？你别走啊……"

女孩就这样被老师叫走，易洛探出手想叫她回来，但小姑娘却已经迅速在人海之中消失无踪。

望着手中的骑行服，易洛有些迟疑。

他第一时间再次拨打了姜薇的电话，但几分钟过去，无人接听。

"在搞什么……"

易洛看了看时间，再不换衣服时间就真的快要来不及了，他匆忙之中给姜薇发了条信息："我在更衣室。"发完之后，他便将手机收回兜中，朝着更衣室的方向走去。

而另一画面里，可怜的小姜微还在人潮汹涌中如毛毛虫一般"顾涌"着……

"麻烦让一下，麻烦让一下……"

姜薇简直快哭了，再不去送衣服就要来不及了。

"哎哟，你别挤了，大家都是来看易洛的，总要有个先来后到嘛……"

一个长马尾女生撇撇嘴，拿眼神扫了一眼姜薇道："既然来晚了，就在后面看吧，下次遇到这种情况记得早点来，抢占个前排才能看得清。"

姜薇咬了咬嘴唇，急得快哭了："我是来给易洛送衣服的。"

"哎哟，哎哟，大家快听听快听听，这个人认识易洛哎！"

胖女孩捂住嘴哈哈一笑，狂妄说道："还她是给易洛送衣服来的，那我们也是给易洛送东西来的！"

姜薇一怔,“你们……给他送什么啊?”

“送……我们的小心心呀!”说罢,长马尾女孩和几个姐妹一起伸出手臂,绕过脑袋,从头顶做了一个圈出来的红心的动作,脸上的笑容简直像绽放的玫瑰花。

姜薇瞪圆双眼,一时不知说啥,顿时僵在了原地……

这……这也行?

进了更衣室,易洺将骑行服放在一旁的桌子上。

他站在桌前,两条细长的手臂交叉,随后掀起衣服的下摆,帅气地朝上一掀……

线条分明的上身就这样裸露出来。

易洺完全属于那种“穿衣显瘦,脱衣有肉”的那种男生,因为长期骑行的原因,他身上的肌肉分布的恰到好处,稍稍吸腹便有曲线分明的六块腹肌,再往下,便是若隐若无的人鱼线……

这幅画面要让外面那群易洺的“小粉丝”们见了,怕是要立刻叫穿了房顶,根本控制不住情绪的激动了。

易洺拿起骑行服,他调整了一下衣服的方向,正准备套在上身的那一刻,门外忽然传来一阵骚动声响。

“麻烦让一下,让一下。”

声音细细的,淡淡的,易洺觉得十分耳熟。

“请问活动更衣室是在这边吗?”

“是的,前面右拐,第一间就是。”

“好,谢谢。”

女孩的声音越来越清晰,易洺的嘴角微微勾起,他知道,他们家可爱的小青梅,来了。

小青梅一路跌跌撞撞,拿出高考跑 800 米的劲头拼命朝着最里面的房间跑去。

到了门前，因为急切而导致她竟然忘记了要有敲门的这个动作，她嘴上不断重复着：“易洺，我来了，我来了。”随后手上便直接用力，“嘭”地一下将更衣室的门推开了。

说真的，易洺也没想到今天的姜薇竟然会如此的……“生猛”。

他单手拿着骑行服站在原地，眼神微愣地望着她。

裸露的上身就这样展现在姜薇的面前。

奇怪的是，姜薇的手臂中同样地也抱着一沓整理整齐的骑行服，两个人近乎无声的傻傻地盯着对方，画面仿佛静止……

姜薇没忍住，她觉得太不应该了。

又不是没见过他裸露的上半身，自己居然在这种乱糟糟的环境下，在第一意识里，蓦然被他的好身材给吸引了。

你说吸引就吸引吧，你装一装淡定不可以吗？

所以……你到底干吗要咽口水啊……

易洺抿着唇，他飞速地捕捉到了姜薇这一细微的动作，他也没忍住，“扑哧”一声轻笑出声。

“姜小薇，你该不会……吞口水了吧！”

姜薇闻言，脸色瞬间红得发紫。

“我……我没有！”

“还说你没有，我都看见了。”

易洺笑得眼睛都快要眯成一条直线了，他捧着手里的衣服朝着她走过来，全然不顾及自己还裸露着上半身，一脸痞里痞气地笑，“来吧，哥愿意奉献，别人我可不给看，你嘛，可以再多看两眼……”

“易洺，你！”

姜薇红着脸刚要说他，身后却忽然再次掀起一阵骚动，越来越多的人闻声凑了过来。

“刚才有人喊‘易洺’是不是？是不是骑行小王子在里面啊。”

“是啊是啊，我也听见了，快去看看！没准能够‘逮到’活的！”

“哎哎哎，你们等等我，我也去。”

这些声音迅速钻进姜薇的耳朵里，她心下一惊，只可惜还没来得及等她做出反应，易洺的这些“小粉丝”们就已经乌压压地赶过来，直接生生地将两个人给“堵”在了更衣室的房间中……

“这是……”

女孩们无不惊讶地张大了嘴巴。

快看看快看看，她们看到的是何等……“香艳”的场面啊！

易洺裸露着线条分明，腹肌隐约的上半身站在女孩的面前，眼底盈着温柔笑意凝视着她。女孩则抱着男孩的衣服，乖巧可爱地站在他的面前，微微垂着头，耳边碎发微微飘动着，连耳根都是红的。

要不是她们的“打扰”，怕是下一幅画面就应该是男主帅气的“壁咚”，然后两个甜蜜拥吻了吧……

不知是谁先吹响的口哨声，有人瞬间挑起了现场的氛围。

“哎哟，‘骑行小王子’更衣室密会小娇妻，甜得哟！”

人群里有人笑着起哄，姜薇紧紧地攥着衣服，整颗心“突突突”地跳着，仿佛下一秒就要如小鹿般跃出胸口。

但即便在如此嘈乱的环境中，姜薇仍旧理智尚存，她来不及顾及门外看热闹的人们，赶紧将手中的衣服一股脑地塞到易洺的怀里，急声道：“快，马上活动就要开始了，工作人员都在外面等着你，你……你赶紧把衣服换上……”

“嗯，好。”

易洺听话地敛了笑容，他轻轻地拍了拍姜薇的头发，示意她不用紧张。

“哎，等等，”易洺刚转身，却又火速转了过来，他蹙着眉问道，“不是啊，你刚才不是已经让别人给我送过衣服了吗？”

“啊？我没有啊。”

姜薇闻言一怔，顿了顿，她伸出手轻轻地将易洺往更衣室的里面推了推：“不管了，你赶紧换衣服，我在门外等你。”

姜薇转身走出房间，顺手帮易洺把房门带上了。

不过，这门虽然关上了，但群众的八卦之心可关不上。

“请问在这位同学，你和易洺什么关系啊……”

“对啊对啊，你是不是易洺的女朋友啊……”

“是易洺叫你来的吗？你跟他早就认识吗？他是在这里面等你吗？”

姜薇微顿，僵在原地。

“我和他……”

想了想，她竟然一时不知道该怎么回答。

“你们两个人刚才在更衣室干什么？为什么易洺会脱了上衣啊……”一个泪眼汪汪的小姑娘捧着一大束鲜花挤过来，那眼神，就差把姜薇碎尸万段再锉成灰了……

“他……他要换骑行服，不是你们想的那样的。”

一贯沉着冷静的姜薇此时此刻也挨不住了，她竟然说话都开始结巴。

“换衣服？换衣服为什么你要在现场啊，你们俩的关系居然已经进展到这一步了吗？连换衣服都不要避讳了吗？”

小姑娘的铜铃大眼瞪得更大了，幽深眸子里盈着水光点点。

“完了，看来我没希望了……”

话还没说完，话尾就已经哽咽。

“不是……我和他……我们……”

姜薇站在原地拼命地挥舞着手掌，使劲地摇着头，她无意伤害这群陌生的姑娘，可她又不知道该说些什么去安慰她。

正在姜薇手足无措之际，身后更衣室的门被“啪”地一下打开。

易洺穿着一身帅气的骑行服从屋子里走出来，过门框时，因为房间古老门梁较矮，电线杆似的他还得微微俯身才走了出来……

“易洺，你出来了！”

门外的粉丝们纷纷再次激动起来。

易洺礼貌地点点头，他直视前方，面容一派平静无波，但在路过姜薇身边时，这货却再次不要脸地一把将姜薇搂到了身边，微微勾唇笑道：“走啊,看哥比赛去。”

人群里顿时因为这一个自然的“拥抱”而响起一阵阵惊呼。

刚才捧着鲜花和姜薇说话的女孩子看到这幅画面，眼泪直接就绷不住了。

“完了。”

姜薇捂着脸，被易洺搂着肩往前走:“这下子刚才的女孩子肯定要恨死我了……”

姜薇无奈地叹口气,幽幽然说道。

身边的易洺却一脸的风轻云淡,唇角微微勾起,笑得那叫一个如沐春风:“我的姜小薇,你得习惯,将来你成了我真正的媳妇儿,这样的‘仇恨’还多着呢……嫁了我这样优秀的少年,你得承受啊……”

姜薇:“……”

老天啊,赶快收了我身边的这个自恋狂吧……

在易洺以往参加过的大型比赛中,大多以“速度”为主题。

今天在正式的健康骑行活动之前有一场小小的热身比赛，旨在活跃现场气氛,而易洺作为热门夺冠选手,风口浪尖上的人物,在开场前自然就已经被同学们玩笑似的押了“赌注”。

“我押三顿早饭,要是易洺赢了,明天开始你丫得请我。”

“我押冷门选手刘峰,筹码就是打一个星期的热水。”

“哎,这位同学,你看好谁啊,要不要来押注？”

易洺上了赛场候赛,姜薇刚和他分开走到观众区,手臂就被一群看热闹的同学们给拉住了。

“我？”

姜薇怔了怔,抬起手指指着自己的鼻尖。

“嗯,就是你!一会儿的弯道比赛你押谁夺冠?我们有押热门选手易洺的,也有押其他人的,你要不要也来一下？娱乐嘛！”

“可我……没拿钱。”姜薇有些腼腆地一笑,她出门出得急,是真的忘记拿钱包了。

“哎哟，谈钱多俗啊，”姜薇右侧的男生嘿嘿一笑，抬起手指敲了敲凳子，“你瞧，我们有押早饭的，有押帮忙打水的，你看看你能拿出点什么，当个赌注都能押嘛。”

姜薇顿了顿，她鲜有如此好奇的时候，但因为事情关乎易洺，她又实在耐不住那颗红心。

“我没有什么可以帮你们的，如果我输了的话……就帮你们在考前去自习室占座吧。”

姜薇这么多年一直规规矩矩，和其他男生接触得也不多，她的生命中似乎只有两件事是重要的——一件事是学习，而另外一件事，就是让易洺快乐。

时至今日今时，这个小丫头能够想出来的赌注仍旧是和“学习”有关。

男生闻言哈哈一笑，知道小姑娘腼腆不善言辞，便也不再打趣她：“也好也好，那就这么定了，我是计算机学院大二的，到时候还要劳烦小学妹帮忙占座喽。”

姜薇闻言抬头，眉毛拧成一团：“这个不一定呢。”

“什么不一定？”

男生们一愣。

“我是说，”姜薇的目光笔直，不甘示弱地望着对方，“我押的人不一定会输。”

“哎哟，小姑娘很自信哦。”

带头押注的男生染着一头蓬松的烟灰色短发，他弯起眉梢笑笑，“让我猜猜你押的是谁”。

男生目光环视四周，看着等候比赛的几个人，他竖起一根手指，从左往右划开：“那个刘峰……肯定不是，陈泽安……也不是，这个大块头肯定更不是……要我说，你压的不是别人，一定是那个看上去目光傲得不行，皱着眉朝着这边看的那个易洺……”

“你……是怎么猜到的？”

姜薇有些惊讶地望着他。

“这还用说吗？”烟灰色短发男生的笑容像清晨细碎的阳光，“你刚才下注的时候，眼神已经下意识地看了他一眼，而那家伙更别提了，自从你刚才停在我们这里，他寻找的眼神就没停过。”

姜薇不禁感叹于他的观察力，又因为他说的话，而心中微暖。

“嗯。”

姜薇淡淡一笑，她点点头，肯定了他的猜测。

“你猜对了，我押的……就是易洺。”

“好，比赛快开始了，那我们拭目以待，看看下个月考试周，有没有小学妹帮忙占座位喽。”

烟灰色短发男生对着姜薇粲然一笑，姜薇抿抿唇，微微勾起唇角，也笑了。

瞧见比赛马上开始了，几个男生纷纷回到了自己的座位上。

姜薇的座位离得并不远，她转身才刚要走，烟灰色短发的男生却又将她拉住了。

“学长，还有事吗？”

姜薇有些微怔，望着他。

“嗯……”男生晶亮的眼睛转了转，随后露出一个淡淡的微笑，“同学，有个问题想问你。”

“你说。”

姜薇停下脚步。

“你有没有男朋友？”

男生猝不及防的问话惹得姜薇后背一僵。

“啊？我……”

姜薇完全没有意识到他会忽然问出如此直接的问题，她像个稻草人一样静静杵在原地，两只手紧紧地攥着衣服的边角。

“你别紧张，我觉得你长得很漂亮，也很温柔，想和你认识一下。”

不知道为什么，男生的话虽然听起来就是明显的搭讪，但眼神却清澈的很，淡淡的笑意让人并不觉得介意。

“我还没有男朋友，但是我已经有喜欢的人了。”

姜薇抿了抿唇，坚定答道。

她冷静下来的第一刻就是和对方解释清楚，而何况易洺的比赛马上就要开始，她心里有些急。

她不赶快回到座位上，易洺找不到他，以他的急脾气没准儿就会摔了车子弃赛了。

“是易洺吧。”

烟灰色头发男生咯咯一笑，眼角像是一轮弯弯的月亮。

“是。”

姜薇吸口气，周边的人都在聚精会神地等待着比赛开始，看到并没有人注意他们之间的对话，她的胆子便也随之大了起来。

“那就好。”

“那就好？”

姜薇被这个学长的话说得简直一头雾水。

男生幽黑的眼眸望着她，随后轻笑着摇头，拍了拍她的肩膀，低声道：“别紧张，小姑娘，我跟你开玩笑的。我是心理学系的，刚才只是想试验一下我的微表情分析到底准不准，不过现在……我可以放心了。”

姜薇：“……”

这位学长，你这实验，可真是怪吓人的……

姜薇回到座位上的时候，某个人看上去真是急坏了。

易洺戴着头盔，鼻梁上挂着遮阳镜，喊话离得太远是听不清的，只好张牙舞爪地朝着姜薇比画——“你去哪儿了？”

姜薇从座位上站起来，赶紧冲着他比画——“安好，放心，好好比赛！”

易洺收到“信息”，这才安静下来，他视线重新向前，微微俯身，迅速做好了赛前的准备。

姜薇刚落座，身旁的姑娘敲了敲她的肩膀。

"同学,你认识易洺?"

姜薇顿了下,随后想了想,还是点了点头。

"那你可以给我要张他的签名吗?"

女生眸光恳切,带着点点光亮。

"这个……"姜薇面露难色,倒不是她不想帮忙,而是易洺最讨厌写字了,毕竟他的那手字……没个十几年的帕金森是写不出来那种精髓的……

"他不太喜欢给别人签名,如果我去帮你要,可能他也不会给……不过,我和他从小一起长大,有他写字的东西我倒是能拿出来一些给你,如果你不介意的话……"

"我不介意!"女生根本等不及姜薇说完,就已经一把抱着了她的手臂打断了她。

"好吧……"

姜薇叹了口气,见对方实在执着,便将自己的单肩包拿下来,探手进去,将一截卫生纸抽了出来……

昨天晚上,小十因为睡得迷糊,半夜去猫砂盆小解时不慎尿到了外面。

易洺有洁癖,起床拿水喝的他见此情景,顿时在家里炸开了……

"姜小薇,你快看看你儿子干的好事!"

姜薇打开门,瞅了瞅地面,随后睡眼迷糊地扔了一卷卫生纸扔给他,"它还是个小孩子,你小的时候也没少尿在马桶外面嘛……给你,擦擦就好了……"

易洺咬着嘴唇伸手接住:"我擦就我擦,干吗揭人家的短。"

姜薇忍住笑:"我错了,易少爷,您辛苦。"

易洺蹲下身,嘟嘟囔囔地给小十擦地板,擦好之后他一时兴起,拿了笔在卫生纸上画起了画……

弯弯曲曲的笔迹,看上去十分抽象的"简笔画",易洺画的是一只狗,不出意外的话，应该是小十的 Q 版画像。

光把小十画得这么丑似乎还不解气，易洺还兴致勃勃地搞了个图文结合。

写给小十的是一首打油诗，若是仔细读来，别说，还有那么几分押韵：

家中有狗叫小十，
自此安宁无一日，
只盼某日它跑丢，
定是哥来称霸时。

第二天姜薇起床后发现放在餐厅桌子上的卫生纸，简直笑到停不下来。她觉得很有意思，便小心翼翼地将易洺的大作“撕”下来，收进了自己的单肩包里。

“你看这个……你能看得上吗？”

姜薇艰难一笑，将卫生纸递给她。

女生双手接过，呆呆地望了许久，不知道在想什么。

姜薇在一旁瞧着她这副样子，心中不禁思忖，是不是自己表现得太不尊重人了？

人家女孩子想跟自己要一张易洺的签名，可自己居然拿了一截卫生纸去糊弄人家，上面还挂着那样一首不堪直视的打油诗……

“对不起同学……这个我还是收回来吧，我回去给你找找，我还有他做数学题时的演算纸……”

“别动！”

女生突然的一声尖叫吓得姜薇立刻把手缩了回来。

姜薇惊恐地抬起眼眸望着她，只见女孩颤颤巍巍地捧着那张卫生纸，眼眸微垂，眼看着眼泪都快掉下来：“这么优秀的诗作，多么得值得歌颂啊……我相信，这个‘签名’绝对是最独一无二的一个，我一会儿要去打印店把它塑封起来，然后放在我的床头……”

姜薇："……"

请问这位同学，你说的是认真的吗？

这个世界看起来真是太疯狂了……

安抚好女生之后，姜薇终于可以安安静静地坐下来看比赛了。

因为场地有限，所以 D 大的赛场上只设计了几段简单的障碍赛道，几个有比赛经验的同学将会在整个过程中稍微炫一下技巧，目的在于引燃现场气氛，因此，各个环节都要在有安全保证的前提下进行。

随着一声哨响，易洺骑着他那辆挚爱的美国崔克 Superfly 5 如风般疾驰而出。

现场尖叫声瞬间四起。

这一刻的易洺再也不是那个笑起来坏坏的，看起来没有正形儿的易洺。

不一样的灵魂在易洺的体内迅速燃烧着……

绝对的速度。

在观看易洺的比赛时，姜薇脑海里浮现出的只有这几个字。

其实对于姜薇来说，易洺喜欢骑行这件事儿她从小的时候就知道，但真正看见他参加比赛的时候却很少。高中毕业后的暑假，易洺参加了几次大型的骑行活动，但姜薇却都因为一些阴差阳错的原因，并没有亲临现场。

这是她第一次看到在赛场上认真比赛的他，不得不说，这小子虽然平时里吊儿郎当，但现在的他却真的像闪耀着光芒的星月一般，一瞬间就吸引了观众席上所有人的目光。

姜薇听到自己的心在"怦怦怦"地跳着，这一刻的易洺，真的有点帅啊……

身旁的小姑娘在扯着嗓子为易洺加油："易洺易洺你最帅！你是粉丝的小可爱！"

本来姜薇还因为心系易洺的比赛成绩而担忧着，听到这句话却忽然开始憋笑。

小可爱吗？

那是你没见到他气人的时候。

赛场上，易洺全程都保持着第一名的成绩，而后的几名参赛者都远不能及。

在过最后一道障碍时，易洺竭尽全力在跨越的中途完成了一个漂亮的旋转，最后稳稳落地。虽然在他那张俊俏的脸上挂着宽大的遮阳镜，但姜薇却依旧能够想象出他嘴角挂着一抹浅笑，一脸桀骜的样子。

他一直都是这样的，从未有过自卑，是因为他从来都足够优秀。

易洺不出所望，成功揽获第一名的嘉冠。

“我就说吧，我们家易洺最棒了！”

身旁的小姑娘激动不已地拿出来那张易洺的真迹“啪嗒”就亲了一下，随后她使劲地朝着易洺挥舞手臂，想要引得他的注意。

易洺倒也没“辜负”她的期望，他站在领奖台上，潇洒地摘下头盔，而后勾了唇角一笑，朝着她们的方向来了一记飞吻。

小姑娘差一点没激动得晕过去。

“你看，你看，他肯定是看到我了，他肯定是看到我了！”

姜薇的眼底一片欣喜，她配合地点点头：“嗯，他一定是听到你的鼓励了。”

台上的易洺意气风发，本就高挑的个子再加上那身帅气的骑行服，怎一个帅字了得。

姜薇托着下巴抿唇笑笑，不禁沉思。

从幼儿园就认识这家伙了，直到今天为止，她好像才发现……他是真的长得很好看，是那种陌生人看了一眼，就再也挪不开目光的那种。

这么说来，自己从幼儿园开始就说他丑，还真是委屈这孩子了……

易洺从领奖台上下来后，他单手拎着头盔，另一只手扶着自己的赛车，直接笑眯眯地朝着姜薇走了过来。

为了不引起新一轮的骚动，姜薇起身走出观众席，走到教学楼一处僻静的拐角处，朝着他招招手。

“哥帅吗今天？”

易洺漂亮的眼眸黑白分明，盈着欣然的笑意。

“嗯，还好。”

姜薇也笑了。

“还好是什么评价啊……”

某人拉长了尾音便是不满意，薄薄的嘴唇紧紧地抿在了一起。

“还好……没再继续下去，不然……我也要忍不住跟着一起喊了……”

“你要喊什么？”

“没什么。”

“姜小薇，到底是什么啊……”

姜薇顿了顿，忽然咧开嘴角，粲然笑道：“易洺易洺你最帅！你是粉丝的小可爱！”

# 第四章 桃花太旺不要怕，万一是神助攻呢

姜薇难得的“调皮”反倒是让易洺好一会儿都没反应过来。

等他终于意识到方才他的小青梅简直可爱到爆时，小丫头却抿着笑，跑开了。

接下来的健康骑行活动易洺不再参加，刚才的比赛让他的后背都湿透了，他将山地车交给学校的老师看管，自己便脱下骑行服，打算去校园浴池冲个凉。

去浴池的路上，易洺正低头走着路，身后忽然传来一声呼喊。

“易洺。”

声音细细的，小小的，像是带着几分犹豫。

易洺停住脚步，回头看。

“是你？”

他微微蹙眉，话语深处顿时凉了几分：“找我什么事儿？”

“你……你刚才的比赛，表现得很好。”

齐念咬着嘴唇，拘谨地站在原地。

“谢谢。”

易洺唇边不耐，他抬手下意识地捏了捏自己的额头，淡声道，“太热了，我去洗个澡，没什么事我先走了。”

说罢，易洺转身就要离开，但齐念却抢先一步，伸手拽住了他修长的手臂。

“易洺！等等。”

“怎么？”

“那件衣服……那件衣服……我要拿回去。”

瞧见易洺的眼神不善，齐念吓得迅速收回了自己钳制着他手臂的手，垂头低声道：“那套骑行服是我让晓雯给你的……就是开赛前给你送衣服的那个女孩……”

“骑行服？”

易洺微怔，要不是齐念提起，他倒还真是忘了，在姜薇给自己送衣服之前，自己确实已经收到了一套骑行服。

“你为什么要给我骑行服？”易洺想了想，那套衣服他并没有穿，而是换上了姜薇送来的那套。“而且，那套衣服现在不在我这里，我从更衣室出来就给后台的工作人员了，你可以去联系一下他们，他们暂时保管着。”

齐念闻言，蓦然抬起头来，幽黑的眸子里闪着几点微光：“那你比赛的时候穿的……”

“我家姜薇送来的啊。”

易洺坦然一笑。

易洺的话让齐念的脸色顿时变了几个色调。

在现场的时候，她是亲眼看着易洺拿着自己给他的衣服走进更衣室的，可没想到，那个叫姜薇的姑娘居然还是赶在最后一刻把衣服送了过来……

时间回转，比赛开始之前。

距离开赛还有十五分钟，齐念作为活动策划，她坐在后台的凳子上，用笔在一张布满铅印的纸张百无聊赖地画着圈。

那是一张因为打印机墨盒故障而废弃的参赛名单，齐念笔下画的，正是易洺的名字。

她是真心地喜欢他，只不过，他也是真心对她无感。

接到朋友的消息时，齐念因为愣神被提示音吓了一跳，手中的笔在纸上画出一道弯曲的痕迹。

“齐念，在干吗？”

“在后台啊，做开场前的准备工作，还能干吗……”

“哎，我问你，你喜欢的那个男生叫什么来着？”

朋友好奇地问道。

“易洺啊……怎么了，你也想追他？我跟你说，不行的，他就是块冰木头……”

齐念垂头丧气地敲击着手机屏幕。

“谁稀罕你的冰木头啊，姐有男朋友了好吗？我是想告诉你——你的机会来了。”

齐念的朋友是在马路上遇到正在前去给易洺送衣服的姜薇的。

姜薇急匆匆地抱着衣服往前走，一不小心就撞上了齐念的朋友，在赶忙道歉之后，姜薇拿起手机给易洺发了微信语音：“易洺，我已经出门了，你再等等，我很快就到。”

齐念的朋友认出了那个头像，易洺那张清秀又傲气的脸她在舍友齐念的手机上见到过。

想了想，她轻声问道，“同学，你是要去D大吗？”

姜薇怔了怔，随后点点头：“嗯。”

“这么巧，我也是D大的学生。”齐念朋友弯起眼睛笑笑，“我男朋友是今天骑行活动的赞助商经理，他的车能直接开进校园里去，我看你挺着急的，要不跟着我们一起去吧。”

姜薇性子本就淡，这么多年来最不喜欢的就是麻烦别人。

她想也没想就拒绝了：“谢谢你，不过不用了，前面就是学校了，我自己走一走也就到了。”

可没想到齐念的朋友却根本没有给她拒绝的机会，男人的车正好赶在这时赶到，她温柔笑着拉过姜薇的手臂：“走吧。”就这样将她直接“推”进了轿车中。

一路上，姜薇都表现得十分拘谨。

她不习惯这种陌生的氛围，而实际上，到了学校门前时，因为门口聚集的都是周边高校来参观的学生，汽车鸣笛了好半晌，才艰难地开进了校园。

“对不起，我还是下去自己走吧。”

姜薇实在挨不住，她有些为难道：“我要给别人送衣服，他要参加今天的骑行比赛，如果再晚就要来不及了。”

齐念的朋友不露声色地低头看了看自己的手表，顿了顿，她这才有些歉意地笑道：“不好意思，本来是想开车带你进来会快一些，没想到反而耽误了你的时间。”

“没关系，已经很感谢。”

姜薇微微俯首，随后拉开车门，抱着衣服就走了出去。

姜薇走后，齐念的朋友微微弯了下嘴角，随后拨通了齐念的电话。

“怎么样，衣服准备好了吗？”

其实刚才在车上，她就已经默不作声地通过微信和齐念做了沟通。她会让自己的男朋友将车故意开得慢一点，也猜到了在校门口会遇到人群聚集，在拖延的这段时间里，她安排齐念去备用物品时准备了一套新的衣服送到易洺手里。

这样一来，姜薇“迟到失误”和齐念的“雪中送炭”比起来，大概能让那个叫易洺的男生对她的这个朋友多上几分善念吧。

齐念也确实按照朋友的“指点”照做了。

只不过在抱着衣服朝着易洺走过去时，她的心里还是有些犯怵了。

“算了，还是让别人帮我送过去吧，等回头我去找他要衣服时，我再告诉他……”

齐念讪讪地缩回了脚步，踌躇了几分钟之后，转身还是将衣服交给了别人……

这一场临时的精心策划，没想到最终还是落了个“失败”的下场。

齐念忽然沮丧地觉得，自己应该是真的和易洺没有缘分吧，所以才会和他越来越远……

易洛转身走了，没有再跟她多说任何话。

齐念望着他高挑的背影，不住地叹气道："那个叫姜薇的姑娘，你真的……很幸运……"

和易洛分开后，姜薇去自己的寝室楼下等了一会儿，见到小梁像个孩子一样地朝着自己飞奔而来，她微微弯起嘴角，浅浅一笑，轻声道："慢点。"

虽然已经搬出了寝室，但舍友小梁和姜薇的关系却并没有因此而疏远。

两个人上课的时候常常会坐一起，易洛忙起来的时候，也几乎都是小梁陪在姜薇的左右。

用小梁的话说就是："我是你雷打不动的'友情备胎'，你家易洛啥时候抛弃你了，请立即给姐打电话，我们家可爱的小姜薇将转由我守护。"

每当听到小梁这样说，姜薇都会忍不住轻笑。

小梁个子小小的，脸蛋圆圆的，性格又迷迷糊糊像个小糊涂蛋，若是真让她来守护自己，怕是要带得她不知跑偏了多少方向。

不过一想到除了易洛以外，还有另一个人能够像家人一样在乎她、陪伴她，姜薇心中便油然一暖。

没有血缘关系的两个人本就是靠一种微妙的牵绊才能有了联系，是爱情的牵绊也好，是友情的牵绊也好，来自于他们的善意总是让人觉得更加珍贵，更值得去珍惜。

"你好些了吗？"

姜薇摸了摸自己的单肩包，将从家中带来的诺氟沙星胶囊递给小梁。

早上姜薇接到小梁的消息，说是开幕式她可能没办法参加了，大早起便开始闹起了肚子，跑了四次厕所还没完，眼看着就要坐不住再去一次……

比赛的时候，姜薇一边看着赛场上的易洛，心中一边担忧着小梁的状况。

等到比赛一结束，姜薇和易洛分开之后便赶紧直奔了寝室楼，拿着药去看小梁。

“好多了,第六次止住了。”

小梁吸吸鼻子,傻傻一笑,一把挽住了姜薇的肩膀:“我看到校园群里都炸了哎,你家易洺简直太帅了,那副飒气十足的小模样,怪不得你惦记人家呢,嘿嘿嘿……”

小梁这么一笑,姜薇瞬间觉得她好像才是那个惦记小绵羊的大灰狼……

姜薇笑着敲了敲小梁的脑门:“一会儿还有健康骑行环城游活动,你身体怎么样了,要不要参加?”

“不了不了。”

小梁连连摆手,满脸写着大大的“惊恐”二字。

“这要是半路没有厕所我又忽然犯病了怎么办,哎哟哎哟,我还没有男朋友呢,我的一世英名可不能就这么毁了啊……”

小梁站在原地夸张至极地手舞足蹈。

姜薇看着她,忽然觉得女孩子如果都活得像小梁这样也挺好。

单纯,简单,有着自己小小的、暖暖的世界,身上不必背负太多,心中也无须思虑太多。

“别担心,我会帮你介绍的。”

姜薇温柔笑着安慰她。

“我不需要你给我介绍,你呀,赶紧拿下你家大帅哥易洺就好了,我跟你说,份子钱我都准备好了,你可别让我这钱没地方花啊……”

“哦,是吗?”姜薇有意打趣她,“准备了多少啊,太少了我可不收。”

小梁闻言,一阵愉快地大笑,她撒娇似的抱住姜薇的手臂,摇晃道:“二十块够不够,能买好几根蒂兰圣雪的黑凤梨雪糕呢,我是不是可豪气啦!”

两个姑娘在寝室楼下笑得十分开心,若说人这一生,能得三两好友,如此谈笑风生,何不庆幸。

姜薇见小梁身体状况已好转,心中便放下心来。

今天的活动已经进行到最后一个环节——健康骑行环城游,这项活动由几所高校一起联合举行,参与人数十分庞大。

易洺给姜薇发了短信，他已经洗了澡回来，正在往现场走。姜薇想了想，便带了小梁一起回到现场，闭幕式上有个环节是需要易洺作为骑行代表发言，姜薇不想错过。

到了场地处，熙熙攘攘的骑行人群已经几乎都返回了终点。

姜薇远远便望见远处朝着她招手的易洺，易洺头顶上碎碎的头发湿漉漉的，还带着晶莹的水珠，他笑着甩了甩头发，露出一个潇洒又帅气的笑容。

姜薇抿了抿唇，轻笑出声。

“你笑什么。”

易洺走过来，抬手刮了一下她白皙的鼻尖。

“有点像小十洗完澡后甩毛的样子。”

“那小十洗完澡后有人抱抱，我可没有啊。”

“怎么会没有，易大冠军粉丝人数众多，哪一个不愿意给你抱抱。”

“别人我不知道，我就知道我的大粉头好久没抱我了……上一次让我想想是什么时候来着，哎呀，好像还是幼儿园呢……”

姜薇笑着摇头，轻轻戳了戳他的胸口。

她早已习惯了易洺的说话方式，赛场上的易洺飒气又执着，冷静得不成样子，赛场下的他褪去那层专业骑行手的身份，就立刻就完成了那个每天只会嬉笑调戏她的“没正形儿”……

易洺去后台准备接下来的演讲，姜薇抱着满满一袋易洺买来的零食坐在凳子上吃。

“你家易洺对你真好。”

小梁满眼艳羡地望着姜薇手中的零食，姜薇笑了笑，挑了一包最大的薯片递给她。

“非油炸的，对肠胃可能好一些，来——给你。”

小梁接过薯片，眼睛顿时弯成了一条细细的线：“感谢姜小姐对单身狗人群的热情关照，么么哒。”

两个姑娘正吃得开心，左前方的候演区忽然传出一阵骚动。

有人率先调高了嗓音起哄道:“求婚,求婚,求婚!”

女孩子天生都有“吃瓜”的本性,小梁耳朵竖了竖,听到有人求婚,顿时两眼放光,她一把抓住了姜薇的手腕:“姜薇,姜薇,那边有人求婚哎!咱们要不要去看看!”

姜薇闻声也觉得好奇,但脸上的表情却还算平静,相比小梁的心潮澎湃,她淡淡笑道:“别人求婚,我们就不要去凑热闹了,小心‘误伤’。”

小梁当然知道姜薇的意思,对于她这样的单身狗来说,去看这样的场景自然是“一顿狗粮吃到饱”。

“不行,我还是忍不住,你陪我去看看嘛。”

思忖片刻,小梁终于还是按捺不住心里燃烧的熊熊“八卦”之心。姜薇被她抱着手臂晃得头疼,只好无奈地扶额一笑:“好啦,知道啦。走吧——”

姜薇陪着小梁艰难地挤进围观的人群里,抬眼望去,人群之中已经围城了一个空圈。

空圈的正中站着两个人,不用想就知道,眼前这两位同学,肯定就是今天这场故事的主人公了……

在姜薇的记忆中,文学故事里在描述人学识丰厚时,常常会用到一个形容词——啤酒瓶底般的眼镜。

这种眼镜姜薇只在书本里读到过,但一直没见到三次元的真货。

眼前空圈中的男主人公正单膝下跪,微微仰着头,指节分明的手指捏着一个淡蓝色的精致盒子。姜薇没有被盒子里闪着微光的戒指所吸引,倒是被他高高的鼻梁上架着的眼镜给震惊了。

漫画里的学霸型宅男走出了二次元,活生生地出现在了姜薇的面前。

眼前的男生皮肤呈淡古铜色,头发修剪得板直且干净,嘴唇很薄,身材也略显单薄。

在他的面前,站着一个身穿深蓝色萝莉蓬蓬裙的女生,女生拘谨地揪着自己的袖子,姜薇抬眸望去,终于发现了她身上的奇特之处。

怎么说呢,相比于单膝下跪的男生来说,这个女孩子实在是有点……

“膀大腰圆”了些。

她身上穿着的衣服姜薇见过，是一会儿闭幕式上的舞蹈表演演员的服装，整体造型可爱且夸张。

女孩子的脸很圆，眉毛细细的，在面对男生的求婚时，她晶亮的眸子里闪着微微点点的光，轻咬嘴唇，有些娇羞局促的表情显得楚楚动人。

“说话啊，你不说话，别人怎么答应你啊！”

围观的群众见男主人公只跪着不说话，真心替他着急。

“我……我……”

男生满脸烧起了绯红的颜色。

“哎我说，你要是再不说，我就替你求了啊！”

一旁吹着口哨的体育生笑嘻嘻地插科打诨，听到他们这么说，厚眼镜男生显然急了：“别……别……”

“哥们，你这是要急死我们啊，你每次就说一个字，就算重复一万遍你也追不到妹子啊……”

“我说……我说……”

男生支支吾吾地抬起头，一双眸子清澈明亮。

他紧紧地攥着自己手中的戒指盒，深情地凝视着眼前的姑娘，迟疑半晌，才鼓起勇气说道，“吾……吾乃中文系研究生院学子沈瑜哲，窈窕淑女倾心久，君子好逑日夜思。”

男生的开场白让全场人都愣了愣。

真不愧是中文系才子啊，连告白都是古香古色的。

“我……”

女生颊边红透，嗓子像是被卡住一般，半晌吐出一个音色奇怪的单字……

“你先别拒绝我！”

厚眼镜男生的声音忽然变得急切，他焦急的神色紧紧锁在女生的身上，低声道：“你有没有听过司马相如的那首《凤求凰》？”

女生摇摇头，刚要开口，男生忽然又打断她：“不，你别说。”

众人满头黑线:所以你到底是让她说还是不说……

女生被他吓得一愣,赶紧将唇边的话咽了回去。

“你乖乖站在这儿,我背给你听,那就是我想对你说的心里话……”

男生蓦然起身,仰头望天,他缓慢地推了推自己鼻梁上的眼镜,而后挥舞着手臂幽幽然吟道:

“有一美人兮,见之不忘。一日不见兮,思之如狂。

凤飞翱翔兮,四海求凰。无奈佳人兮,不在东墙……”

啤酒瓶底男生吟得那叫一个如痴如醉,就连自己求婚的女孩子拽了好几次他的肩膀他仍旧望天沉醉着……

“同学……”女生第一次拽他,声音低哑。

“同学……”女生第二次拽他,音调开始有所提高。

“同学!”女生第三次拽他,这一次的声音彻底放开了,话音刚落,围观人群的下巴也差一点就掉下来了……

那抹声音,粗犷有力,浑厚得像沙漠,再雄性不过……

“我说大兄弟,你可憋死我了,你一直不让我说话是几个意思啊……”

原本看上去温柔可人的蓬蓬裙“女生”忽然变了脸,他无可奈何地望着眼前的男生,拽了拽上衣,道:“你说说你这是啥眼神啊,你好好看看,我是男的,男的,你难道一点也看不出来吗?”

“你说什么?”

啤酒瓶底男生的瞳孔瞬间放大,眼里写满了难以置信:“不可能,不可能!”

“怎么不可能啊……”

蓬蓬裙“女生”撇撇嘴,他将衣服重新拽好,而后面露鄙夷地望着他:“别以为跟你聊了几天微信,你就以为自己真的撩到了小姑娘,上次诗歌朗诵会上你非要上赶着要我的微信,我看你可怜才给你了,但好歹也聊了这么久,我都拒绝你这么多次了,别人看不出来,难道你还看不出来我压根就不是你小妹儿,我是你大哥吗?”

蓬蓬裙男生嗤笑道:“本来今天不想暴露身份的,你非要当着大家上演这么一出,那我也只能让你没面子一回了……回去先照照镜子,你这副啤酒瓶底的眼镜要是度数不够的话,可以考虑再叠一个,两层怎么样?保你秒变卡姿兰大眼……”

蓬蓬裙男生的话像刀刃入心一样伤人。

姜薇微微敛起眼眸,她的心一寸寸地沉下去,看得出来那个中文系的沈瑜哲是真心喜欢“对方”的,在整个相识的过程中,钟爱女装的男生并没有直白地向他表露过身份,但却在沈瑜哲已然深陷之后,堂而皇之地当着这么多人的面让他因此难堪……

“你……你怎么可以这样。”

沈瑜哲紧紧地咬着嘴唇,一米八几的身高落魄地杵在原地,像个被遗弃的孩子一般可怜。

姜薇实在看不下去了,她看了一眼身边的小梁,小梁读懂她眼中深意,便肯定地点了点头。

姜薇拨开人群,走到空场中间。

一脸沮丧地沈瑜哲站在灼灼目光之中留也不是,走也不是,挺大个的男生羞赧地眼眶都红了。姜薇走到他身边时,他都没勇气抬眼看她一眼。

这个时候过来的应该都是看自己笑话的吧,他在心底惆怅道。

“沈瑜哲。”

姜薇的声音清脆干净,她眼神镇定地望着他,片刻后,忽然开口淡笑道:“你怎么回事啊?”

沈瑜哲一愣,他这次抬起头来,望着她。

“你……”

“你什么你……”姜薇面容平静地抬手拍了拍他的肩膀,轻声道,“都跟你说了,刚才的大冒险输了就输了,没人逼着你非要找人告白,还有这个——”

姜薇拉长了声音,她转过眼眸,伸出手指自然地将他手指的戒指拿过来,随后一脸平静无波地塞进了自己的单肩包:“话剧社的戒指盒我说怎么不见了,原来是你这个'戏精'拿走了,我跟你说,你刚才的表演真的太差了……差到我都不忍直视,回去跟社长多学学,别丢他的人。"

"我……"沈瑜哲一脸迷茫地望着姜薇,他刚要抬起手说些什么,姜薇却不由他分说地拉起他的衣袖,冷静十足地往人群外围走:"赶紧跟我回去,一会儿闭幕式就开始了,再在这儿闹小心导员给你逮了去……"

沈瑜哲低着头望了望自己手臂上紧紧扣着的纤细手指。

在那一刻,他的大脑陷入了一片空白。

眼前的画面开始变得模糊,像是梦境,长长的马尾在眼前轻轻地甩动着,女孩瘦瘦小小的身体走在自己的前面,仿佛有她在,光就从黑暗的乌云中一瞬倾泻而来……

"什么啊,原来是大冒险啊……"

"是啊,还以为吃到了一个惊天大瓜,闹半天原来是话剧社的戏精们自导自演的……切,没意思……"

身旁的人群纷纷嘟囔着,见沈瑜哲已经被女孩带走了,无戏可看的他们也渐渐散开了。

蓬蓬裙男生站在原地,他呆呆地望着姜薇和沈瑜哲的身影,愣了半晌,才无限唏嘘道:"这叫什么事儿啊,闹半天,哥才是那个信以为真的大笑话,呸……可真晦气。"

热度消散,姜薇也将沈瑜哲带到了远离人群的安全地带。

姜薇瞧了瞧身后,已经无人再朝着这边张望,她这才长舒了一口气。

"好了,你安全了。"

姜薇浅浅一笑,对着他温声道。

"谢……谢谢你……"

沈瑜哲的视线落在姜薇漂亮得像星辰一般的眼眸上,他一时之间有些恍惚——是仙女吗?是天降的吧……

"不客气。"

姜薇语气温柔,嘴角弯起一个浅浅的弧度:"下次,不要再和那个同学联系了,他只是想取笑你……”

“我……我知道,我一开始以为她是女孩子,我……”

沈瑜哲手足无措地解释着,姜薇见他仍旧陷入紧张之中,便安抚地拍了拍他的臂弯,“没关系的,同学,你不用跟我解释,我只是看不过刚才的场景,才出手帮了你一把。”

“现在他们已经都散开了,你可以不用再害怕了。”

姜薇一边轻声说着,一边用眼神扫了一眼台上,易洺已经拿着稿子坐在了骑行代表的座位上,看到姜薇看他,还笑着起身,使劲地伸长手臂招了招手。

姜薇心一动,她不露声色地勾了勾嘴角,随后转过身,对着沈瑜哲道:“那我走啦。”

那抹天真无邪的笑容不属于他。

“同学你……”

沈瑜哲曾经试着伸手想要拦她,可那一瞬间脑海中百般思索,他哪有什么身份,再留她呢?

整场闭幕式,姜薇和小梁吃着零食,笑着闹着。她朝着台上笑,朝着台上招手,作为骑行代表的那个叫易洺的男生用似乎只有两个人才懂的方式和她进行着互动,等到发言结束,他下了台亦直朝着她奔来。

易洺温柔地抚摸了姜薇的头发,还伸手刮了刮她的鼻梁。

他们亲密地贴着耳朵攀谈着,不知道是否在聊发生在刚才的那一场自己的囧事。

整个参观的过程中,沈瑜哲观察到的,想到的,纷纷扰扰,全是这些……

易洺来了,小梁知道自己不应该再做那个电灯泡,她转了转鬼精灵般的小眼睛,忽然捂着肚子哀号道:“哎哟,我肚子怎么这么疼啊……”

“怎么了?”姜薇愣了愣,顿时紧张起来,“是不是肠炎又犯了?”

小梁:“可能吧,人生三急,我的小姜薇,我可能不能陪你了哈。”

说完,小梁朝着易洺不露声色地眨眨眼,那眼神似乎在说:“姐只能帮你到这儿了……”

易洺挑眉一笑，表示收到指令。小梁捂着肚子站起身，拍了拍姜薇的肩膀：“我先回寝室了，江湖再见，改日再聚。”

“那你小心，回去记得吃药。”

姜薇将零食袋中好消化的零食一股脑地塞给她，柔声道：“那些辣的暂时不要再吃了，不许偷馋，要以好消化的为主。”

“知道了，我的小‘婆婆妈妈’！”

小梁弯着嘴角笑笑，她抬起手和姜薇易洺告了别，随后转过身，一溜烟的工夫便没影儿了。

健康骑行活动正式闭幕，离场时，易洺和姜薇刚要离开，身后忽然有人一声轻唤，叫住了他们。

易洺最先回头，听到有男人叫姜薇，他的眉头微微皱了一下。

姜薇见是他，也有些迟疑地说道：“是你……你还没回去吗？”

顿了顿，姜薇抬起头，朝着身旁的易洺道，“这位就是我刚才提到的那位学长，中文系研究生。”

“我……我在等你。”

沈瑜哲透过厚厚的镜片望着眼前的两个人，女生温婉漂亮，男生高大帅气，倒真像是一对儿天造地设。

这一点让他的心仿佛压了一块巨石，闷涩难言。

“等我？”

姜薇怔了怔，她指了指自己：“学长……是还有什么需要帮忙的吗？”

“你叫什么名字？”

沈瑜哲忽然拔高了嗓音开口，姜薇吓了一跳，“啊？”

“我叫姜薇。”

出于礼貌，姜薇想了想，还是回答了他。

“对，她叫姜薇，葱姜蒜的那个姜，蔷薇花的那个薇。”

易洺脸上挂着淡淡的笑，即便心中对于沈瑜哲的“搭讪”并不快，但脸上却依旧保持着一份沉着冷静，他甚至主动替姜薇报上了她的“名字”，是因为他不曾恐惧和担忧。

他的姜小薇是他的，就是他的。

他骨子里有着桀骜不驯的性格，待人处事是如此，守护心爱的姑娘，亦是如此。

“你们……是什么关系？”

“学长。”

虽然易洺还没恼，但姜薇却已经对沈瑜哲的“刨根究底”有些不快，她微微垂了垂眼角，凉声道：“你如果有什么事儿……”

姜薇还没说完，易洺一双白皙有力的手指蓦然扣住了她的手腕。

他摇摇头一笑，示意她先冷静下来。

“她啊，是我的童养媳，三岁她妈妈就把她嫁给我了。”

这个问题，易洺嘴角一勾，眉毛一挑，替她回答。

姜薇简直要被他气到。

都什么时候了还开玩笑，她叹了叹气，伸手掐了掐他的腰：“易洺，正经点。”

“好，媳妇儿。”易洺粲然一笑，旋即换了个严肃的语气继续道，“听到了吗，我媳妇儿让我正经点，那么刚才那句话用正经的语气来说就是，吾妻已于三岁嫁入吾家，汝莫惦记，可懂否？”

姜薇：“……”

沈瑜哲知道刚才那场闹剧想必易洺也已经知道了，他现在这副语气实际上就是在模仿他……

沈瑜哲使劲抿着嘴唇，脸色红得像火烧：“我知道了。”

“知道就好。”易洺松口气，点点头。

“所以……她不是因为喜欢你才跟你在一起的，是她妈强迫她的。”

沈瑜哲忽然冷不丁地下了结论。

易洺听了这话，险些没站稳。

这家伙总结全文的能力果然……非同凡响！

“兄弟,请问你哪里看出来我家小姜薇不喜欢我?”易洺无奈叹气。

“我看不出来。”

“那不就行了。”

“可我也看不出来她哪里喜欢你。”

易洺被沈瑜哲的执拗简直气到心梗:“她喜欢我难道非要你看出来才行吗?她幼儿园的时候就主动抱了我,你呢?”

提到这个,姜薇还没来得及捂住易洺的嘴巴,沈瑜哲却也来了劲儿,他高声道:“她……她也抓了我,就在刚才,她救我的时候抓了我的手。”

沈瑜哲的话音刚落,易洺的身体立刻就僵了。

一双幽深的眸子转过来,易洺瞪着眼睛,状似“凶巴巴”地望着姜薇:“姜小薇,你居然摸了他?”

“我没有,只是抓了袖子。”

姜薇无奈地叹了口气,她伸手抓了抓他的衣袖:“隔着衣服,你冷静点。”

沈瑜哲静静地看着眼前的画面。

他的心微微抽动了两下,姜薇很纵容这个男生,即便她明明知道他只是在“撒娇”博取她的关注,可她却心甘情愿地陷入他的“图圄”。

这让他整颗心如坐针毡,再也待不下去。

从现场回来后,沈瑜哲一头扎进宿舍的床上,用被子盖住头,半天都没有出声。

上铺的兄弟战战兢兢地爬下来,伸出一根手指戳了戳他的腰:“喂,还活着吗,朋友?”

沈瑜哲浑身一机灵,那块是他天生的痒痒肉,他扭动了一下身体,往一旁挪了两挪。

“唔——还好。”舍友长叹一口气,“没死。”

舍友坐在沈瑜哲的床边,知心大妈似的拍了拍他的大腿,宽慰道:“我寻思着不就是告白失败吗?不就是小妹妹变成了大表哥吗,兄弟听哥的,这也不是什么大事儿啊……过几天学校的人就忘记你叫啥了，他们即将会被更沙雕的人吸引住视线……”

沈瑜哲从被子里冒出个头来：“更沙雕？”

“呃……”舍友一哽，“那个，你误会了，我没有说你沙雕的意思……我是说……”

“你别说了。”

沈瑜哲一脸悲伤地又把自己的头埋进了被子里去。

“哎，都怪我多嘴，兄弟你别往心里去啊……那个我要去打水了，你慢慢在这儿调节情绪，哥很快就过来陪你。”

“你等等。”

沈瑜哲忽然叫住他。

舍友蹑手蹑脚的动作停在了寝室中央。

“怎么了？”

“你还没说，你今天压根就没去现场，你是怎么知道的？”

“呃……我最近在研究《易经学》，这不，我早上起床，盘腿沉思掐指一算，不好，我兄弟要有难啊……”

“说实话！”

沈瑜哲彻底直起身来，似火的眼神盯着他。

“好吧，”舍友装不下去了，只好低下头来，小声道，“今天有人在视频软件上直播了你求婚的现场记录，没想到一下子竟然上了热门，这下子全学校都知道你告白告错了人，还知道你喜欢的人其实是个女装大佬……”

“滚！”

沈瑜哲拎起枕头砸过去。

“好嘞。”

舍友笑嘻嘻地接住，随后转身赶紧离开了山雨欲来风满楼的寝室。

舍友走后，寝室再次陷入一片宁静。

沈瑜哲站在窗前，打开窗使劲地呼吸着窗外的新鲜空气，仿佛只有这样才能让心底的压抑被吹散几许。

他太迷茫了。

为什么自己今天明明是向聊了很久的“女网友”告白的,而经历了如此这样的一番闹剧之后,他现在心里乱糟糟的,眼前浮现的画面却全是那个扎着高高马尾、走在自己面前的姑娘……

本以为过几天,这种令人不舒服的困惑感就会随着时间慢慢消失。

可令沈瑜哲万万没想到的是, 在三天后的一场校园小型综艺晚会上,他作为节目剧本顾问坐在工作席上参观闭幕舞表演时,竟再次遇到了心中那个朝思暮想的身影……

是姜薇。

他拿着笔呆滞地望着台上,她明明站在了最不起眼的角落里,可沈瑜哲却觉得舞台的灯光仿佛悉数打在了她一人身上。

她舞起来的样子像是遗落人间的精灵,只是那双眸子里却不合情景的淡漠且宁静。

遇见姜薇以前,他以为女生要穿蓬蓬裙,说话语气二次元才可爱。

遇到姜薇以后,他倒是真忍不住想吐一句脏话。

一见钟情这东西太狗血了,说来就来,是真的一点招呼都不打啊……

散场时,沈瑜哲鬼使神差地拜托其他工作人员以“探讨舞蹈问题”传信儿给姜薇,让她暂且留下来。

姜薇并不知道是沈瑜哲,她先去更衣室换了自己的衣服,而后便乖乖地在后台等。

“姜薇。”

沈瑜哲出现在她身后的时候,她微微转过身来,眼底闪过一丝惊讶。

“沈学长?”

沈瑜哲尴尬笑笑:“嗯,是我。”

“你不是已经走了吗?”

姜薇早就知道沈瑜哲是这场演出的剧本顾问,但她觉得自己和他并不算朋友,也没有太多的交集,因此她参演时全程都避开了他的眼神。

既然不准备以后再有过多的交往，姜薇对于这些，还是十分拎得清的。

“嗯，我是打算节目结束就走的，不过……我没想到闭幕式的舞蹈里面竟然有你。”

沈瑜哲的声音轻轻的，带着点点笑意。

姜薇是临时替补的，所以沈瑜哲不知道也正常。

“之前的舞蹈演员脚受伤了，我算是替补。”

姜薇礼貌笑笑：“练得不好，让沈学长见笑了。”

“不不不，你跳得非常好，正所谓——‘美人舞如莲花旋，世人有眼应未见……’”

姜薇嘴角抽了抽。

又来了。

“沈学长，”姜薇吸了吸鼻子，随后礼貌一笑，淡声地打断他，“舞蹈老师让我在这里等她，如果学长没什么事儿的话，还是先回去吧。”

姜薇下了逐客令，沈瑜哲摸了摸自己的后脑勺，这才不好意思地说道：“没有什么舞蹈老师……姜薇，是我拜托别人让你在这里等我的……”

沈瑜哲说完，姜薇当即就沉默了。

她的性子寡淡，喜怒不喜欢直接挂在脸上，但沈瑜哲的行为已经确实让她起了反感，这算是一种欺骗。

“你是不是生气了。”

沈瑜哲见到姜薇眼底的光淡去，立刻就紧张了。

他手足无措地站在原地，不住地向姜薇道歉道：“我……我不是故意骗你的，我是觉得如果你知道是我要见你的话，你可能会直接拒绝我，所以我只能想了这样一个方式……我……”

“所以……沈学长你到底想要说什么？”

姜薇耐着性子问道。

“我喜欢你。”

沈瑜哲猛然抬起头。

毫无预兆，毫无准备，姜薇被沈瑜哲的话惊得瞳孔都放大了。

这孩子……难道是有“每天不告白就浑身难受”的奇怪病症吗?

“沈学长,我和你认识只有几天,你是不是误会什么了……”

姜薇又气又笑,她无奈地摊摊手,尽量柔声道:“或者是……我哪里有让学长误会的地方……我……”

“不是的,不是你!”

沈瑜哲抬起眼眸,那双眸子虽然隔着厚厚的啤酒瓶底但却依旧能够看到一丝充满希冀的光。

“是我,是我对你一见钟情,是我对你痴心妄想,是我不知好歹地在第一次见到你之后就每天每天地梦见你,是我在今天再次遇见你之后奋不顾身地把你留下来……”

沈瑜哲慌了。

今天他的鲁莽是姜薇没能想到的,也是他自己没能预料到的。

他只记得在台上见到姜薇时的错乱心跳,一声,两声,三声,速度越来越快,就像被猎豹追逐的小鹿,马上就要跃出他的心房。

“姜薇,我真的喜欢你。”

他站在原地,声音都破碎了:“我是真的真的……很喜欢你……”

从后台跑出来时,姜薇望着头顶的天空,心跳得飞快,整个人都是蒙的……

单是沈瑜哲的告白并不能让她的情绪如此地波动,实在是因为这位中文系学长实在是太疯狂了……

姜薇拒绝了他的告白,这家伙便开始悲愤地对着姜薇念情诗,他说他给姜薇写了一百首情诗,如果她全部听完却依旧不能为此感动的话,他就甘愿放手。

姜薇眨眨眼,掰着手指数了数。

按一首诗的朗诵时间为1分钟算,100首诗的时间就是100分钟,100分钟是将近两个小时……

等这位“大诗人”把他的著作全部念完,怕是等着自己回家遛它的小十已经把家拆得剩不下些什么了……

“沈学长，对不起，我们真的不合适。”

姜薇无奈地叹口气，她微微俯身表示抱歉，“你的诗作我也不方便再听下去，因为我家里还有人需要我照顾……”

没想着把小十说出来，毕竟如果让沈瑜哲知道，他的诗还没有一只狗重要，估计当即就要崩溃了。

“是易洺吗？”

沈瑜哲脸色沉下来，闷声道。

“啊？”

姜薇一愣，随后拨浪鼓似的摇摇头：“不是。”

“就是他吧。”

沈瑜哲推了推自己鼻梁上的眼镜，微微撇嘴道：“我看出来了，你很喜欢他。”

姜薇：“……”

“他是没有手还是没有脚啊，还需要你来照顾。”

姜薇无奈扶额：“学长，真的不是他……”

“好了，你别说了……我知道了。”

沈瑜哲一脸受伤地摆摆手：“我知道你心里没有我，所以……我今天愿意放你走，但是这并不代表我以后就不会再努力地让你接受我，姜薇……”

“嗯……”

“我能不能抱一下你？”

姜薇闻言，连连倒退了三步。

她今天受到的惊吓可真是太多了！

“沈学长，你……”

“武侠小说里的人分别时，都会用拥抱来表示彼此之间的不舍，自此一别，江湖再会，你我……哎哎哎，姜薇你去哪儿啊？”

沈瑜哲正自顾自地闷头说着，等他再抬头时，小姑娘却已经不见了。

他回过头来，望着一路小跑的姜薇：“我跟你开玩笑的，我是君子，岂能占姑娘的便宜？”

姜薇听见这话，心中这才松了一口气。

不管怎样，她都要赶紧回家。

再不回家，她怕自己真的要被沈瑜哲给折磨疯了。

姜薇走到小区，上了楼，才发现易洺早就倚靠在门边等着她。

“小丫头，表演得怎么样？成功吗？”

易洺露出一排小白牙灿烂一笑，他伸手递给她一杯奶茶，姜薇接过，奶茶本身已经有些凉了，只有易洺掌心握住的地方还带着几分温热。

“还好。”

姜薇的眼神下意识地有点闪烁，易洺是个小醋包，沈瑜哲的事情是万万不能让他知道的。

“嗯，”易洺笑眯眯地站在一旁，等着姜薇开门，他话有深意般笑道，“我们家小仙女太过抛头露面实在危险，容易被人盯上。”

姜薇开门的手忽然一僵，钥匙在锁眼里卡住了：“不会的……”

“怎么不会啊。”易洺熟练地抬起长臂往姜薇的肩膀上一搭，那小嘴一歪，看上去简直愁得都快滴出水来了，“我怎么听说……今天有人在后台堵着了我的小青梅，还妄想用100首情诗拿下她来着？”

姜薇：“……”

真是好事不出门，坏事传千里。

这下好了，她该怎么才能安抚好这位小祖宗啊……

“你是怎么知道的？”

姜薇把门推开，小十闻声从房间深处飞奔过来，蹦蹦跳跳地对着姜薇“求抱抱”。

姜薇微微俯身，将小十抱在怀里，鼻尖在它头顶柔软的毛发上蹭啊蹭的……

“我在现场啊……”

易洛一脸的云淡风轻。

“你说什么?!”

姜薇猛然抬起头,陡然提高的声调让小十也吓了一跳,小十挣扎了几,直接从姜薇的怀里跳了下去。

看见姜薇这副吃惊的模样,易洛忍不住轻笑出声:“哎哎哎,我说姜小,你不要一脸‘完了,我被捉奸了’的表情看着我好吗?不然我觉得我的发有点绿啊……”

“易洛,别闹……”

姜薇眉头微微皱起,追问道:“你什么时候去的,我为什么没有见到你?”

“早就去了,我从老师那儿提前回来了,听说晚会已经散场,所以我就了奶茶去礼堂门外等你。”

“那你为什么不给我的打电话?为什么不进去找我?”

姜薇不解。

“我去了啊……”易洛慢悠悠地往沙发上一靠,两个手臂慵懒地搭在靠的两边,浅笑道,“那不是看到某人正在被沈学长激情告白嘛,我觉得我不合适,所以我就站在边上没有动。”

“你去为什么不合适?”

姜薇听罢,心里竟觉得有几分不舒服。

彼时自己的紧张和害怕他应该都是看在眼里的吧,为什么他没有及时现帮她脱困,却还等在一旁静静地看着她在原地为难……

“你觉得我合适吗?”易洛直起身,似笑非笑地凝视着她。

“合适啊。”

“什么身份合适?”

易洛追问道。

“你是我的……”

姜薇脱口而出的话忽然卡了壳,她的耳垂红红的,嗫嚅了半天,却还是住了。

“你瞧嘛,你自己都说不上来我为什么合适,那我还去捣乱干什么呢?”

易洺似乎有些失望地重新躺回了沙发上，眼睛也垂了下来。

“你是我的家人。”

姜薇涨红了脸，轻声道。

“家人也不能阻拦你的幸福，万一……沈瑜哲是你喜欢的菜呢。”

易洺淡淡一笑，他忽然站起身来，轻轻地拍了拍姜薇的肩膀，“你的‘家人’现在要去洗个澡，你先带着小十出去散步，我很快就来……”

易洺进了浴室，姜薇蹲下身，沉默地给小十系着牵引绳。

今天的易洺怪怪的，这让她觉得不安，心中简直快要乱成一团麻……

而浴室里的那位，当然也没有好过到哪里去。

他脱了上衣，眼眸微阖，直愣愣地站在热气腾腾的花洒前，听着水声陷入了无边的沉默。

沈瑜哲对姜薇告白时，他数次冲动地想要追过去，将姜薇拉到自己身后，而后霸道地告诉他：“姜薇是我的，我和她青梅竹马十几年，任何人都不可能染指。”

但他想了又想，却还是忍住了。

这些年来，他似乎一直都在想当然地把她护在自己的身边，他觉得她就应该是他的，这件事他深信不疑了这么多年，从未有过一丝一毫的质疑

可是现在，他仿佛忽然醒悟，自己是不是太过于干涉她的生活，给她造成了困扰和迷惑……

想到这一点，易洺的心忽然变得沉甸甸的，他连着做了三个深呼吸，然后告诉心中的自己：

“易洺，你丫给我乖乖在这儿站着，听到没？这一次，让姜小薇自己去选择……当然，那小子要是敢动她一下，我支持你武力解决……”

姜薇一路失魂落魄，小十觉得累了，趴在地上就不走了。

牵引绳一僵，姜薇这才猛然惊醒，她转过身，蹲下来柔声对着小十道“怎么啦？是不是累啦，累了咱们就回家。”

小十歪着头，黑黝黝的眼睛亮亮的，那眼神仿佛在说：“那个惹人烦

男铲屎官呢？今天怎么没跟来？”

姜薇苦笑了两声，他大概今天不会来了吧，遛狗的时间都已经快要结束了，可她依旧没有看到他的身影……

姜薇叹了口气，拍了拍小十的屁股：“走，我们回家。”

小十乖乖起身，“娘俩”才正要往回走，身后忽然传来一声急切的呼喊，那抹嗓音，熟悉极了。

是易洺。

“等等我，我来了。”

易洺拎着一个大大的购物袋摇摇晃晃地跑过来，有些潮湿的头发微微颤动着，笑容一如往日般灿烂。

“你去哪儿了？”

姜薇微微愣神，这家伙最近怎么总是神出鬼没，他什么时候出现在她身后的，她居然全然不知。

“去买东西。”

“买什么？”

家里不缺蔬菜水果，零食也有一些，姜薇想不到他为什么忽然就去了超市采购。

“到家你就知道了。”

购物袋看起来重量不低，易洺单手拎着觉得有些累，过了一会儿，又换了右手。

搞什么？神神秘秘的……

回到家，姜薇带着小十去厕所擦脚丫，易洺将购物袋一股脑地拎进了卧房里，临了，还把门关上了：“今天晚上我做饭，你给小十擦完爪爪后就去沙发上看电视剧吧，一会儿就好。”

姜薇闻言，眸底闪过一丝惊讶。

她没听错吧？

易大少爷要亲自下厨给她做饭吃？这到底是时空错乱了，还是她无意穿越到平行世界了？

最关键的是……从未下过厨的某人，做出来的饭，真的能吃吗？

她表示有些怀疑……

帮小十洗完爪爪后，姜薇真的按照易洺的吩咐，乖乖地跑到沙发上抱着抱枕看起了电视。

电视剧里的人物关系错综复杂，用一句话来形容就是“狗血至极”。

男一喜欢女一，可女一却喜欢男二，女一为了金钱关系不得不答应了男一“在一起”的要求，可没想到在一番相处之后，她竟然发现自己的真爱竟然不是男二，而是男一。

男二得知此事，悲愤欲绝地要跳楼，售楼处的小姐姐拼了命地拦住了他，男二一看，哎？

这姑娘也不错嘛……自己何必单恋一枝花？

姜薇看得简直一脸黑线：“……”

请问这位编剧，你敢写得再雷一点吗？

姜薇正无限唏嘘着，易洺忽然打开了厨房的门，露出了一张帅气的脸，他咧开嘴笑道：“好了，姑奶奶，可以来吃了。”

姜薇怔了怔，她趿着拖鞋走进厨房，目光扫了一眼桌子上的菜，原来是牛排，技术含量低，吃起来又方便，怪不得易洺敢提出今天由他来做饭的请求。

目光调转，姜薇将视线忽然落在了桌案旁的奇怪罐状物上。

“这是……什么？”

“酒味饮料。”

易洺眼弯如月，温声回答：“庆祝我们家姜薇表演成功，小酌怡情，不伤身。”

姜薇：“……”

今天的易洺，可真是太奇怪了……

罐装饮料是菠萝味的，甜甜的，混合着淡淡的酒香。

姜薇还是第一次和易洺一起“喝酒”。

易洛的父亲有着喝酒过敏的体质,他担心自己的儿子也遗传了自己的基因,因此一直到上大学之前都没让易洛碰过半滴酒精。

易洛的酒量到底好不好,即便从小和他一起长大的姜薇也不得而知。

“来,小十,”易洛破天荒地主动切下一块牛排递给在桌下徘徊的小十,“尝尝哥的手艺。”

小十欢快地摇起尾巴,小嘴一伸就把肉块叼走了。

“你们今天……”姜薇看了看易洛,又看了看小十,唇边微翘,“很和谐。”

“那当然,这在一起生活了这么长时间了,感情深厚嘛。”

易洛笑笑,他端起饮料,像模像样道:“来,姜小薇,碰一个,哥以前从来没喝过酒,第一次就给你了。”

姜薇也笑笑:“那你少喝点,万一一会儿醉了,我可背不动你回房间。”

她当然知道这小小的酒味饮料又怎能醉人,不过是两个人笑笑闹闹,在易洛面前,她才愿意展现出她更加鲜活的一面……

晚餐进行到尾声,易洛的脸有些微红,他深邃的眼神停在姜薇的脸上,慢哼哼地说道:“姜小薇,你真好看。”

姜薇一怔,不知道是不是酒味饮料的缘故,她忽然觉得脸上发烫,温度在爬升着……

“我……我来收拾碗筷吧。”

姜薇有些慌张地从座位上站起来,垂下眼眸不敢直视易洛的双眼:“你先回房间休息,我一会儿就好。”

“不用,我来吧。”

易洛弯起嘴角,笑容纯真得像个孩子一样。他扶着桌子起身,步伐不稳地走到姜薇身边,一把抓住了姜薇的手:“你不要洗碗,我来,以后——也我来。”

姜薇屏住呼吸,此刻的易洛和她站在近在咫尺的距离,他宽大的掌心明明温热,姜薇却觉得快要被它给灼伤。

她迅速地将自己的手从易洛的掌心下抽离,低声道:“那我……那我……”

姜薇的话还没说完，没想到，易洺高大的身躯像是忽然失去了重力一般，他俯身向前，姜薇一声惊呼，直接重新跌坐到了座位上。

“易洺！”

姜薇伸手抵住俯下来的胸口，她听见自己的心在剧烈地跳动着：“易洺，你喝多了……”

“我没有。”

易洺扶住桌角，孩子似的使劲摇头：“哥酒量三杯不倒，更何况区区饮料啊……”

“那你赶紧起来啊……”

姜薇又急又羞，易洺单臂将她环在了怀抱中间，她想起来就要碰到他的胸口，她若不起，却又只能在他的眼前让心跳越来越乱……

“姜小薇，你不许走。”

易洺摇摇头，头顶碎碎的头发晃动着。

“我不走。”

为了能让易洺尽快松开自己，姜薇叹了口气，强迫自己安定下来。

“我不走，那你乖乖的，好不好？”姜薇凝眸望着眼前的易洺，她惊讶地发现，喝醉酒的他竟然更好看了。

“好。”

“听我的，现在起来，回房间去睡觉，这里交给我……”

易洺淡淡一笑，乖宝宝似的点点头：“好。”

见易洺温顺应答，姜薇这才松了一口气，她小心翼翼地扶住易洺的身体，刚想将他扶起来带去卧室，没想到易洺忽然二度俯身，整个人直接压了过来。

姜薇可以说毫无准备。

她蓦然睁大的双眼里写满了慌张和惊讶，易洺俯身倾就，姜薇感受到他长长的睫毛扫过自己的皮肤，他的嘴唇是微凉的，而她的，却是炙热的。

那一瞬间，时间蓦然静止。

姜薇瞪大了瞳孔望着眼前的易洺，他的眉眼温柔，脸颊温热，醉了酒后的他像个孩子一样，完全不知道自己做出了何等惊天地泣鬼神的举动。

只是蜻蜓点水的一瞬，他蓦然起身，离开了她的唇。

姜薇的手指紧紧地攥着座椅的两边，她傻傻地坐在那儿，仿佛已经失去了说话的能力。

易洺勾起嘴角笑笑："好甜啊，是糖吗？"

姜薇脸颊彻底红透。

"嗯……开心，今天姜小薇惹我不开心了，我要怎么惩罚她呢，让我回去好好想想……"

某个罪魁祸首云淡风轻地摆摆手，竟就这样自顾自地走回了自己的房间！

姜薇僵在原地好久才慢慢缓过神来。

这个家伙！

居然喝醉酒了还要调戏她！

姜薇使劲地用自己手掌扇着风，想让自己脸颊的温度尽快散去。小十蹲在她的身边，它不知道刚才在男女铲屎官的身上到底发生了什么，它只知道自己的"妈妈"今天有点慌乱。

你瞧，不是把盘子摆到了放碗的格子，就是把需要冷藏的东西塞进了微波炉……

啧啧啧，两脚兽们的情绪变化好迷惑啊，不懂不懂，我还是安心啃我的骨头吧……

收拾好了厨房，姜薇蹑手蹑脚地回到了自己的房间。

易洺回到房间后便再也没有出来，想必是喝醉了酒，已经睡着了。

姜薇仰着头躺在床上，手里拿着一本书，但她的心思却完全不在书上。

原来……易洺的酒量居然只是一瓶酒味饮料啊……

姜薇微微勾起嘴唇，一想到看起来高高大大、整日里不服天不服地的易洺居然如此轻易地就被一瓶酒味饮料给"撂倒"，她只觉心底痒痒的，很想笑。

终于抓到了这家伙新的把柄了，以后他要是再惹她生气，她也有“黑料”来治他了。

轻笑了一会儿，姜薇将书放在一边，想了想，她忽然直起身来，还是给易洺的舍友发了个消息。

姜薇：“覃浩同学，你好。不好意思这么晚打扰你，易洺喝醉了，如果他早上头疼起不来，麻烦你给他请个假吧。”

不一会儿，覃浩的消息就回过来了：“弟妹，你好，我是你们的CP粉，那小子要敢欺负你，你就告诉哥，哥揍他。”

姜薇摇头轻笑：“好，那刚才说的事儿，就麻烦覃哥了。”

“等等，你刚才说什么？你说易洺喝多了？”

“嗯。”

“不可能啊，这家伙第一天来寝室的晚上我们就互相试过酒量，他喝了五瓶啤的都不醉……”

姜薇满脸震惊地呆在那儿。

五瓶都不醉……

所以，今晚……这家伙全都是装的了?!

“易洺!!!”

姜薇趿拉着拖鞋冲出去，她抬起手臂，站在易洺的房门前重重地敲门。

“易洺，你这个混蛋，你……你给我起来。”

易洺的房间里原本是一片寂静的，可没想到在听到姜薇的声音之后，房间里立刻就传来一阵奇怪且刻意的“呼噜声”……

姜薇这次当然不会再上他的当了。

“易小洺，你赶紧给我出来解释一下，我刚才给覃浩发了消息，他告诉我你的酒量根本不是今天这个样子的。”

姜薇等了半天，房间才传来幽幽一记慵懒的声音：“他记错了。我半杯倒嘛。”

“易洺！”

姜薇生气了，见他仍不出来，便拿出了杀手锏，“小十，过来，以后你的便盆改放进这个房间了知道吗？从明天起记得不要走错……”

姜薇的话还没说完，易洺的房门“哗啦”一下被打开，某个人嬉皮笑脸地探出头来，求饶道：“别啊，好歹青梅竹马一场，下手别这么绝情。”

“易洺，你刚才干的好事。”

姜薇叉着腰，小脸蛋气鼓鼓地望着他。

“我刚才干什么了？”

易洺挑挑眉，一脸纨绔子弟的浮夸模样，笑道：“我不记得了，哎哟，最近失眠，连记忆力都减退了……”

“你刚才……你刚才……”

姜薇支支吾吾地红着脸说了半天也没说出那个字，她羞赧万分不知如何发泄，竟抬起脚，重重地踩了易洺的脚趾。

“姜小薇，你来真的啊！”

易洺捂住脚，疼得原地跳圈。一张原本清秀好看的脸如今五官都拧到了一起。

“谁叫你戏弄人的。”

姜薇转过身，气呼呼地往自己的房间走。

“姜薇。”

“干吗？”

“我吃醋了。”

易洺突然的一句话让姜薇的脚步蓦然停住。

“姜薇。”

姜薇没回头。她不敢回头。

“我吃醋了。”易洺不管她是否直视着自己，他用轻柔的、平静的语气对着她一字一句道，“我很吃醋，看到沈瑜哲跟你告白，看到他居然想抱你，我恨不得直接冲过去给他丫的来个过肩摔。但是我没有这么做……”

易洺的声音带着点点的喑哑，很有磁性：“我告诉自己，我要给你足够的自由，让你去做出你遵从本心的选择。我希望我的存在不会给你带来困扰，所以我才没有站出来，没有在你需要我的时候，第一时间站在你的身边。”

“姜小薇，我知道你今天在怪我，我也后悔了。”

易洺走向她，他就这样静静地站在她的身后，用再轻不过的语气继续着。

“一瓶酒味饮料确实醉不倒我，但我今天……也是真的醉了。”易洺顿了顿，他有些自嘲地笑了笑，“你知道吗？我是醋喝多了，所以醉了。”

姜薇听到这句话，眼眶里的泪还没来得及落下，却忍不住哑声一笑。

这个家伙……

真是好煞风景。

易洺望着她，沉稳的眼眸之中黑白分明，他淡笑道：“我决定了，我还是要做回我的混世小魔王，我还是要赖在你的身边，直到你厌恶我，不再需要我的那天。”

沉默了好久，姜薇终于缓缓地转过身来，她以眸光和他对视。

“易洺。”

“嗯。”

“你以后改名吧……”

“改什么？”

易洺微愣。

“D 大小醋包，行不行？”

姜薇摇摇头一笑，这个傻孩子，他哪里需要吃醋，他的地位，又有谁能替代……

# 第五章

## 一起约好的，要永远心怀善念

“行啊，这个名字好，我喜欢。”

易洺嬉皮笑脸地俯下身，清俊的脸庞靠得离姜薇很近：“来，把手机给我。”

“手机？你要干什么？”

姜薇一怔，虽然心中不解，但还是乖乖将手机拿出来，递到了他的手里。

易洺勾了唇角一阵坏笑：“还能干什么？当然是把我的备注改成‘D大小醋包’呀。”

听到易洺这样称呼他自己，姜薇简直想笑。易洺改好了备注，把手机还给姜薇后，又把自己的手机拿了出来。

“你又要干什么？”

姜薇眉眼盈着笑，好奇问他。

“一会儿你就知道了。”

易洺一脸的神秘，片刻后他献宝似的将手机屏幕亮给她：“姜小薇，你瞧！”

姜薇定睛一看。

自己的微信名称被备注成了“D大小醋包的专属醋源”。

姜薇："……"

这位三岁大的小朋友，咱能不这么可爱吗？

"姜小薇。"

易洺忽然温柔开口。

"嗯？"

姜薇抬眸。

"明天上学前，你等我。"

"为什么？"

"你就按我说的做就行了，以后不管刮风下雨，还是酷暑严寒，你都要等我……行了，我要安排的都已经安排好了，你呢，现在赶紧给我去睡觉，乖。"

姜薇一脸茫然地被易洺推着后背进了自己的卧室，而后易洺还贴心地替她关好了门。

"怎么好像哪里不对？"

姜薇愣在原地，摸了摸头。

顿了顿，她这才猛然想起来：这个家伙，刚才偷亲自己的事儿就这么被他给插科打诨地骗过去了！

第二日清晨，易洺起了个大早。

"早。"

"早。"

思及昨晚的事儿，姜薇的脸不易察觉地红了一下。

"我去学校了。"

"我陪你。"

易洺今天上午明明没课，但他却非要陪着姜薇上学。

走在路上，姜薇就察觉到不对劲了。

姜薇用力地将他搭在自己肩膀上的手臂拿下来，易洺的手臂很长，长期搭在她的脖颈上，肌肉都开始发酸。

"易小洺，能不能好好走路。"

易洺一双眸子那叫一个清澈好看，他粲然一笑："不行，马上就要到学校了，我得宣誓一下对我家小青梅的主权。"

"宣誓你个头啊。"到了训练室的门前，姜薇浅笑，掐了一下他的脸，"好了，我的黑骑士。现在呢，你去打你的篮球，我练习一会儿，等会咱们再一起去吃饭。"

"收到。"

易洺双脚合并，敬了个礼，姜薇抿唇笑笑，摆摆手回头。

易洺走后，姜薇走进训练室，换上了自己的舞蹈服装。

其实她本可以不用这么辛苦，课上学习的舞步分解并不算难，但姜薇总是没有信心，她一想到自己的平衡障碍便心中沉甸甸的，她不希望成为被"同情"的那个特殊，也不愿意成为班级唯一一个拖后腿的人。

半小时后，姜薇正练着舞，某人三番五次地跑过来，趴在窗户前给她做鬼脸。

"姜小薇，你饿了吗？"

"姜小薇，要不要去吃饭呀，我饿了……"

"姜小薇，小薇，薇……"

"好啦，好啦，我这就来……"

都说撒娇女人最要命，殊不知，其实长得帅气可爱的男生撒起娇来，才最要命！

校园食堂有一处对外承包的面点摊，那里的笋丁牛肉面做得口味堪称一绝，两个人商量好了，每周都要去吃一次。

D大食堂的面摊前。

易洺脸上挂着笑，轻轻地敲了敲橱窗："阿姨，来两碗笋丁牛肉面，一碗加香菜，一碗加油菜。"

食堂阿姨瞧见是易洺，顿时便笑了，她转过身对着身后的做面师傅道："来两碗面，你知道的，就是那个长得可好看的小伙子和他的女朋友。"

姜薇乖巧地站在易洺的身后，听到阿姨这句话，小耳朵温度骤然飙升。

“得嘞,一碗加香菜,一碗加油菜!”

“是的,叔叔您记忆真好!”

易洺语气温柔,眉眼全是欣然笑意。

不多时,面做好了,易洺让姜薇坐在座位上等,他去端。

“烫不烫?”

姜薇瞧见易洺端着面的手指来回地换,她心中抽动了一下,赶紧站起身伸出手:“我来吧。”

“不用,你乖乖等着吃就行了。”

易洺将碗小心翼翼地放在姜薇的面前,帮她把一次性卫生筷掰开,一切都安顿好之后他才回去端属于他的那碗面。

食堂的阿姨笑意盈盈地望着他,趁着他端面时,小声问道:“小伙子,追上了吗?”

易洺一怔,咧嘴笑了:“阿姨,还差点。”

“哎哟,怎么还差点,我看你们两个人真是般配到不行,要是小姑娘心里还有什么顾虑的,要不要阿姨去替你说说?”

“不不不,不用的阿姨。”

易洺摆摆手,眉眼的轮廓弯成一个柔软的弧度:“我不希望她有压力……阿姨,我们认识十几年了,就算她一直不答应我,只要我还能这么守在她的身边,我也是甘愿的。”

“听听听听,这小伙子真是打着灯笼都找不着的好小伙儿了。”

阿姨不禁给易洺竖起了大拇指,与此同时,阿姨也没忘朝着身后的某人丢两句酸溜溜的话给他。

“也不知道我家那个糟老头子什么时候能跟我说说这样的话,他呀,每天就知道闷头做面,真是无趣得紧。”

食堂师傅闻言憨憨一笑,他摸了摸自己的后脑勺:“我哪有人家孩子有文化,我只知道做面给你吃,你爱吃啥面,我就研究啥面,没想到这一研究就是四十年……”

易洺闻言,心中不禁动容。

这四十年早已胜过所有的情话。

他不知道自己是否能够有幸在姜薇的身边再陪伴四十年,他只知道只要他还在她身边,他就会尽自己一切的努力对她好……

姜薇瞧见易洺好半天才把他的碗端回来,她轻声问道:“怎么了,是不是面没有啦?”

“没,还有的。”

易洺抿唇笑笑,看上去心情不错。他拉了凳子坐在姜薇的对面,拿了筷子却不吃,只是傻傻地看着她笑。

姜薇被易洺的笑惹得一头雾水。

“我脸上……是有东西吗?”

姜薇白皙好看的指节覆在脸上,擦了两擦,“在哪里,我看不到哎……”

“姜小薇。”

易洺轻声温柔唤她。

姜薇抬起头:“嗯?”

“你说,四十年后的你会是什么样子啊……”

“四十年?”姜薇愣了愣,并不知道他为什么会问这个问题,她想了想,小声回道,“应该会长出鱼尾纹,然后个子也会变小吧……听说人上了年纪之后,骨骼也会随之退化……”

“姜小薇。”

易洺忽然打断她。

“我愿意。”

姜薇闻言,愣在那里。

“我愿意陪着你,愿意陪着你长出鱼尾纹,愿意陪着你……一起变老。”

“我愿意把我的四十年都给你,只要你愿意……”

姜薇怔怔地望着他,心口处有什么东西在一点点融化。

“易洺你……”

她不知道为什么易洺会突然说这些话,但当她对上他似星辰般闪着熠熠柔光的眼眸时，她突然不忍心再去询问他。

她明白，不管他刚才到底经历了什么，现在他的这番话都是他内心真心想说。

“姜小薇，刚才我说的这番话，你感动不感动？”

姜薇正安静着，易洺忽然不合时宜地轻笑一声，他拿着筷子轻快地敲了一下碗边：“快说快说，你感动不感动？”

姜薇刚刚酝酿好的情绪瞬间瓦解……

这个易洺，真的是正经不过三秒钟。

姜薇无奈地瞪了他一眼：“易小洺，你是不是又皮痒痒了？”

易洺天真无邪地笑笑，将筷子调转了个，用尾部敲了敲姜薇的头：“是不是觉得肚子气鼓鼓的？那我的目的就达到了，牛肉你吃不下了吧？那可都归我喽。”

虽然易洺没正行儿地说着要将姜薇的牛肉夹走，但他实际上做的却是将自己碗里的牛肉都夹给了姜薇。

姜薇哭笑不得，这个家伙总是有能让人生气的本事，却又能在一秒之内让她原谅他。

记得九岁那年，姜薇也是在这样的一个早晨下楼陪着易洺一起吃面。

从那个时候起，易洺就已经展现出了“小绅士”的模样。

“来，给你，都给你吃。”

易洺将碗里的几块肉都夹给了姜薇，姜薇抿抿唇，奶声道：“那你吃什么呀。”

“我喜欢吃面条，不喜欢吃牛肉。你瞧瞧你，差一点都还没桌子高了，还不赶紧多吃点肉补补身体。”

“谁没有桌子高啦，我在女生队伍里好歹排第三的好吗？”

姜薇嘴上跟他争论着，但嘴角却细微地不可察觉地带笑。

她一口一口吃着易洺给她的牛肉，不知道是不是心理作用，她竟觉得从他碗里送过来的肉总是更加适口一些。

姜薇吃下半碗，再抬头时这才发现易洺正拿着筷子在碗里找什么。

“你在找什么？”

姜薇的声音吓了易洺一跳，他慌里慌张地将筷子拿出来，紧紧地攥在手上，随后咧嘴笑道：“没找什么啊，我快吃饱了。”

姜薇皱了皱眉，她其实都看到了。

“你在找肉渣渣，是不是？”

被姜薇一说，小易洺的脸竟然红了：“才不是呢，我没有。”

姜薇咬了咬嘴唇，她想了想，将碗里剩下的牛肉一股脑地又塞到了易洺的碗里：“给你，你吃。”

“我不吃，都说了，你太小了，你要多吃点长身体。”

易洺急了，把筷子往桌案上一拍。

彼时的小姜薇是何其的冷静，她淡漠的小眼神静静地盯了他一会儿，而后慢悠悠的用一句话就拿下了固执的小易洺。

“我家族遗传，就是这样瘦小的，将来我需要找一个男生来保护我，我得找个身强体壮的，你看上去……还差点。”

姜薇的话才刚说完，小易洺登时就把头埋进了碗里，嘴里一口一块牛肉，吃得无比香甜……

在这样一个清晨里，姜薇和易洺在嘈杂的食堂里安静地吃着一碗面，他们彼此都没有再说话，只是默默地陪伴着彼此把面吃完。

临走时，姜薇和易洺一起和面摊儿的老夫妻再见。

“叔叔阿姨，我们要回去上课了。”

“嗯，常来啊孩子们，叔叔阿姨在这里等着你们。”

“好。”

姜薇和易洺笑笑，他们朝着老夫妻摆摆手：“一定常来，肚子里的小馋虫天天惦记着笋丁牛肉面呢！”

老夫妻闻声笑开，看着姜薇和易洺的眼神就像是看着自己家的孩子一般，温柔又慈祥……

从食堂回去后，易洺和姜薇两个人分开，开始一天忙碌的课程。

易洺今天的课程里有一堂现场解剖课，为了能够让学生们更加真切地感受实验效果，今天的课程将不再从“大体老师”们身上学习，而是换上了实验用动物。

小白鼠是最常见的实验动物，学校和提供白鼠的养殖场沟通好的一笔订单临时出了问题，无奈之下，学校的采购负责人只好将小白鼠换成了小白兔。

这下可在女医学生们的群体里炸开了锅。

“我的天啊，为什么会是兔兔啊……”

“是啊，这怎么下手啊，你看它那红红的眼睛，我实在不忍心……”

“咱们去跟老师说说吧，能不能换一个动物啊……虽然小白鼠我也觉得很可怜，但兔子这种生物我是真的做不到……”

女孩子叽叽喳喳地讨论着，易洺穿着白大褂站在一边，他看了看地上笼子里趴着的小兔子，心中也不禁微动。

有的时候，人真的是身不由己。

医学这条道路上本就走得艰难，想要培育出一个合格的医生，光本科教育阶段就要五年制。

而为了能够更好地让医术在人体上准确地发挥作用，这条路上需要牺牲的事物实在是太多太多。

易洺轻轻叹了口气，他走过去，蹲下身，修长的手指轻轻地敲了敲笼子的边缘。

小兔子本来恹恹的，精神不佳，但见到有人来“看望”自己，它还是挣扎着起身凑过来，小鼻头嗅啊嗅的……

易洺抿唇有些苦笑。

沉默良久，他想了想，趁着上课铃还没响，他转身走出了实验室，朝着老师的办公室走去。

五分钟后，铃声响起。

易洺踩着铃声走进了教室，身后跟着的正是一袭白大褂，鼻梁上架着方框眼镜，一脸严肃的解剖学老师刘老师。

“同学们,上课了。”

刘老师扯了扯自己的白大褂,路过实验用的兔子时,他的眸光微微闪烁了一下。

“老师,我们今天的实验真的要在这些小兔子身上下刀吗?”

有胆子大的女同学率先开口。

“对。”

刘老师看上去一脸平静地点点头。

“可它们也太可怜了……”女学生声音都有些发颤,她低头望着地上的小兔子们,语气越来越难过,“它们也是生命,我们就不能有更加尊重生命的做法吗……”

“谁说没有。”

刘老师推了推眼镜,忽然开口。

“嗯?老师你的意思是……”

“这批小家伙将在麻醉的状态下进行,我会亲自操作,等实验结束后,我会监督着你们一个个进行缝合,它们……不会死的。”

“真的吗?老师!”同学们闻言纷纷欢喜起来。

“嗯,而且……实验完毕后我会送到宠物救助中心去,让他们等待被领养。”

“哦,yes!那可真是太棒了……”

同学们欣然笑开,刘老师意味深长地望了望墙角的易洺,两人目光交汇的一瞬,两个人都笑了……

解剖课的下课铃响了,易洺穿着一身白大褂从第四教学楼里走出来,远远便瞧见一个小小的身影站在树下等他。

他嘴角一勾,走过去。

“你怎么来了?”

平日里易洺喜欢见面就摸一摸姜薇头顶柔软的秀发,但这一次他的手上还沾着一些没能洗掉的医用试剂,所以这次他只是抿唇一笑,站在原地望着她。

姜薇的两只手紧紧地攥在一起，她的眼睛转了转，而后将手垂在了身前。

“你们刚才……是不是上的解剖课？”

她轻声问道。

“嗯，你怎么知道的？”

易洺有些惊讶，他上下打量着她，轻笑道：“莫非我们家小姜微偷看了我的课程表？想要更了解我的日常起居……”

“谁要了解。”姜薇俊秀面庞看上去清清冷冷，但嘴角却微微上扬，“是小梁，小梁有个朋友也在你们专业，她听她的朋友说，你们今天的实验动物将会送往宠物救助中心等待领养，是这样吗？”

“嗯，是的。”易洺点点头，温声道，“上课之前我和老师讨论了一下关于这些小家伙的处理决定，老师答应我将采用最人道主义的方式。”

姜薇点点头，她打心底为这样善良的易洺骄傲。

“小梁的姐姐在临近的城市工作，独居，她一直想养一只小动物陪伴自己，所以小梁想拜托我来问问你，你和老师的关系比较好，可不可以联系一下老师，送一只小兔子给她？”

易洺闻言微怔，旋即点点头：“应该没问题，我可以帮忙去和老师说一下。”

“好，谢谢你。”

姜薇轻轻呼出一口气。

“所以，你今天下了课过来找我，是为了别人的事儿啊……”

易洺骨节分明的手往白大褂的衣兜里一揣，他嘴角微微上扬，又换成了那副慵懒吊儿郎当的模样：“哎，我还以为某人是想我了，特地跑过来见我的，看来我是想多了……”

姜薇微微弯了下嘴角：“怎么才算特地，怎么才算不特地？本来我可以中午等你回家了再跟你说的。”

“所以你还是着急见我喽？”

易洺这下开心了,眉眼里都是满满的喜悦情绪。

姜薇没说话,她虽然不擅长像易洺那样直白地表达自己的情绪,但她知道,看到易洺笑起来的样子,她的心也会瞬间跟着活跃涌动起来……

易洺要回寝室楼整理一下衣物,将白大褂换下来,再好好地清洗一下。

姜薇陪着他往回走,路上,姜薇本来垂着头,忽然抬眸问道:“易洺,你们上解剖课隔壁楼的那栋小楼……是什么楼?”

姜薇的问题惹得易洺一怔,隔壁楼……是临床医学系的仓储楼,里面有一些和医学研究相关的物品。

“那个楼是隶属于临床医学系的仓储楼,你问这个干什么?”

“没……没什么?”

“姜薇?”易洺看见姜薇的脸色瞬间变得有些奇怪,他就知道这里面肯定是发生了什么事儿,他追问道,“到底怎么了?你要是不告诉我,我就自己去仓储楼问保安叔叔了。”

“哎,你别!”

姜薇冷不丁地抬起头来,急切切地一把抓住了易洺的手臂,她咬着嘴唇摇摇头说:“别去。”

“好,我不去,那你老实交代,到底发生了什么?”

易洺站在原地,眸光有些担忧地凝视着她,问道。

姜薇瞧他半晌,数次欲言又止。

易洺见她不说,便转过身朝着临床医学仓储楼的方向就要走,姜薇再次拽住他的衣袖,这一次才嗫嚅着声音道,“我刚才……闹了个笑话。”

易洺停住脚步,片刻之后,忽然回过头粲然笑道:“快,说来我听听!”

姜薇:“……”

这位同学,你就不能把你这副幸灾乐祸的小表情稍微遮一遮吗……

姜薇松开拉着易洺的手,而后垂下头来,轻声地叹了口气:“我找不到你的教室,只记得你是在这附近上课的,看到仓储楼我便想也没想地走了进去。”

"你去仓储楼找我了？"

"嗯。"姜薇点点头，她抿了抿唇，回忆道，"保安叔叔当时并不在房间里，我自己走进去绕了好几层楼也没找到像教室的房间，各个大门紧闭……"

"然后呢？"易洺抿住笑，在他的大脑深处几乎已经想到了在姜薇身上接下来到底发生了什么。

"然后……"姜薇顿了顿，随后深深地调整了一下呼吸，"然后我就一直走一直走，走到走廊的尽头，那里有一个铁门是正对着走廊的，我以为那里会是一间阶梯教室。"

易洺追问："然后你就走进去了？"

"没有，"姜薇使劲地摇摇头，她那双漂亮的眸子深处闪过一丝惶恐，她小声道，"我就在门边等，但是那里好冷，屋子里也没有什么声音……后来我觉得奇怪，便抬头一看，才发现那扇高门上方挂着一个牌子，荧光灯坏了，要仔细看才能看得见。"

"你看见什么了？"

"停尸间。"

姜薇咬咬牙，闷声回答道。

易洺插着兜站在原地笑得连腰都快直不起来了："我的小姜微，你是生怕我这个祸害活千年吗？居然直接去停尸间等我。"

姜薇叹口气，伸手拍了他一下："是走错，是走错好不好。"

"那后来呢？"

"后来保安叔叔就来了，他问我是干什么的，我说……我等人的。"

姜薇回忆及此，自己也勾勾唇角，无奈一笑："我把他吓坏了，叔叔跟我说，那你可能等不到了，里面的人都已经'睡'好久了。"

易洺摇头轻笑："那是临床医学的仓储楼，一些捐献给医学院做研究的遗体就会被储存在那里，你去那儿等人，哪里等得到。"

姜薇吸吸鼻子，自知闹了个大笑话，但想了想，又觉得有些心有余悸。

从来没有接触过那种地方的人头一次误入，从仓储楼出来时，姜薇的心跳声还是乱的。

“他们……很伟大……”

姜薇目视着前方，脚下慢慢地走着。

“你说什么？”

“我是说，那里面躺着的人们，真的很伟大。”

姜薇心里酸酸的，心怀大爱之人，在死后仍愿为这个世界奉献出自己唯一能够留下的东西，因为他们的存在，让医学研究得到发展，让各种病痛逐渐得到治愈，这种精神令姜薇心底撼然。

“嗯，我和我爸也说好了，将来如果有一天，我离开这个世界，我希望也能自己‘归还’母校，让自己成为对这个世界还能有益的人。”

“算我一个。”

姜薇抿唇一笑。

难得两个人终于意见一致了一回，对于这个世界，他们怀有共同的善意和最纯粹的爱……

省级自行车比赛即将开始的消息传来时，姜薇正拿着手机给小梁发消息，“叮”的一声响，姜薇看了看新闻的小标题，朝着卫生间里刷鞋的易洺道：“要省级联赛了，你报名了吗？”

别问为什么易洺总是在卫生间里刷鞋……

最近小十吃水果吃多了，总是腹泻，姜薇带着它跑遍了宠物诊所，但医生都说：

“该输的液我们都输了，该打的针我们也都打了，你家毛孩子其实病情并不重，他可能只是单纯的……有点不想憋着自己……”

姜薇有些不解地望着医生：“这个‘不想憋着自己’……是个什么意思？”

医生摸了摸下巴，沉思地蹙了蹙眉：“这个嘛，不好说……大概就是有的人很懒，喜欢躺在被窝里吃东西，然后有的狗狗也懒，不想走到便盆去解决，半路就释放了……”

姜薇似懂非懂地看了看他，而后点点头:“医生你说的这些我都懂,但是你能不能解释一下,为什么小十每次都要跑到人的鞋子里去排泄？是因为把鞋子当成厕所了吗？”

医生意味深长一笑,摇摇头:“小家伙们很聪明,智商还没有到分辨不出哪里是厕所的地步。”

“那是因为？”

“大概单纯是因为它不喜欢那个鞋子的主人，就类似于——一场恶作剧？嗯,就是这样……”

姜薇:“……”

抱着小十从医院回到家,全然不知情况的易洺一脸关切:“怎么样怎么样,医生有没有说是什么原因？”

姜薇想了想,觉得为了家庭和谐,不起人狗纷争,这件事还是不告诉他了吧……

“没事儿,医生说这几天多注意一下饮食就好了,可能再休养个几天,小十就能痊愈。”

“那太好了。”

易洺长舒一口气,拍了拍胸脯。

姜薇看着他,心中无限唏嘘……

这孩子,也太可怜了……

听到姜薇问自己的时候,已经看着自己屡次遭殃的“空军一号”鞋,他懊恼地抓了抓头发:“还没报名,最近课程有些紧,没想好要不要参加。”

抓完了头发他忽然又想起来自己刷完鞋还没洗手，便立刻炸了毛,奔到洗手池前打开了水龙头,“我觉得我最近心态有点崩啊……姜小薇,你能不能教育教育你儿子,下次再拉在我鞋上,我要监督着它亲自给我洗……”

姜薇听罢轻声地笑,她调皮地按了按身旁小十那双毛茸茸的小狗爪。

“这个不太方便吧,我家小十的爪爪分不开,拿不住刷子呢……”

“切,你就知道偏袒它。”

易洺擦了擦手,走出卫生间,装腔作势地说道:“我生病的时候都没见你这么宠着我，哎，没地位了，我仿佛已经听到了自己心碎掉的声音……”

“有地位有地位，你瞧，家里的大事都要你来做，你还能没地位吗？”

姜薇难得笑得如此开心，微微露出的一截牙齿很白，笑容像花儿一样好看。

“什么大事啊？”

易洺好奇地凑过来。

姜薇笑笑，伸手将茶几旁的垃圾桶打开，麻利地将里面的垃圾袋拎起：“喏，是不是大事儿？有没有感受到……这个家缺了你是不行的。”

易洺一愣，嘴上说着“哼，就知道是这样”，但手上的动作却飞快。

他换上鞋子，拎着垃圾袋出门，临走前，他眉眼弯弯地看了姜薇一眼。

“姜薇。”

“嗯？”姜薇回眸看他，“怎么了？”

“下次，你还让我扔垃圾吧。”

“为什么？”

“因为……‘这个家缺了我是不行的’……这句话……我好爱听啊……”

他眉梢一挑，粲然笑道。

关于自行车省级联赛，在姜薇的强烈要求下，易洺最终还是报了名。

“骑行是你的爱好，我知道你心里是想参加这次比赛的。”易洺下了课就接到了姜薇的电话，电话那头的小姑娘声音像冬日暖阳一样温柔，“你放心，我会照顾好自己的，你好好训练，要给我拿回冠军。”

姜薇知道学业繁重根本就是易洺的借口。

易洺智商超群，在本专业的学习上也从未有过懈怠，成绩在院系里也一直都是名列前茅。

她知道易洺是担心自己。

这次比赛在隔壁市，离着 D 市开车有大概三小时的车程，为了能够更好地熟悉赛场场地，在比赛前的一周内易洺需要到当地去参加赛前集训。

易洺的教练姓吴，为人严谨板正，不苟言笑，对于训练的要求他素来严格,为了能够让队员安心训练,他要求所有队员训练期间不得携带手机,统一上缴保管。

一想到不能联系到他的小青梅了,易洺的一张小脸愁得简直快要滴出水儿来了。

再一想,那个叫沈瑜哲的研究生学长仍然每天坚持着给姜薇写诗,姜薇不收,他就发表在校园论坛上,题目就叫:《To 我的薇》……

整个一个内忧外患啊这是……

“不行,我不去了。”

想到这儿,易洺一头扎在家里的沙发上,长腿往地上一搭,用抱枕把自己的脑袋盖得严严的。

“易小洺,你又闹什么脾气。”

姜薇抱着肩叹气,站在地板上望着他,“你是 D 大的骄傲,是夺冠的热门,畏惧比赛这种事儿不应该是你能做出来的。”

“我才不怕比赛呢,哥去了赛场,势必夺冠,这事儿没得讲。”

“那你在担心什么?”

姜薇不解。

“担心你啊……”

易洺将脑袋从抱枕里露出来,笑得很有内涵。

“担心我?”

姜薇抬手呆呆地指了指自己的鼻子,有些迷糊道:“我好好的,你干吗担心我。”

“我是担心那个《To 我的薇》,我怕他“‘To’着‘To’着,就真的成了他的人,这可怎么办。”

姜薇怔了怔,片刻之后,终于明白他话中之意。

她摇摇头,满眼柔光地笑开:“那我给你写个保证书吧。”

“好啊,你写。”易洺听完,立刻直起了腰来,他抱着抱枕乐呵呵地笑,眼睛都弯成了月牙一样,“你就写——‘今向易洺保证,他的小青梅姜小薇绝对不会跑到别人的树下乘凉,她会乖乖等着易洺回来,还要给夺得冠军的他一个大大的拥抱……”

易洺自顾自地在沙发上说得开心，姜薇也看上去十分“配合”地拿出了纸，蹲在茶几上“唰唰唰”地写着……

“写完了吗？”

易洺贱兮兮一笑，俯身凑过来。

“嗯，写完了。”姜薇神秘一笑，点点头。

“快给我看看。”

易洺从沙发上“蹭”地站起来，随后唰唰几步走到姜薇面前，抢过纸张放在眼前一看——

“今向易洺保证，他的小青梅姜小薇绝对不会跑到别人的树下乘凉，她会乖乖等着易洺回来，还要给夺得冠军的他一个大大的拥抱……但是……”

“若他没拿冠军回来，姜薇将考虑要不要给沈瑜哲回个帖子，和他一起对古典感情诗词的研究做进一步的探讨……”

易洺咬牙切齿地把纸条攒成了一个团，随后帅气地单脚往茶几上一搭：“不就是第一吗？半月之后，等哥归来，杀他个片甲不留。”

一晃，时光飞快，距离比赛还剩下一周的时间。

易洺安顿了好了学校诸事，将要前去邻市备赛。

离开那天，姜薇因为有课没能送他，易洺在颠簸的长途车上昏昏欲睡，发给姜薇的信息也一直没有得到回复。

就这么孤零零地走了，易洺的心中未免有些失落。

三小时后，车子抵达邻市，易洺刚下车，发现吴教练的私车也碰巧刚刚抵达。

“吴教练。”

易洺见吴教练走出车门，刚要往酒店走，他便笑了笑，赶忙叫住他。

“易洺，你来了！”

吴教练转过身来愣了愣，旋即欣然一笑。易洺是他最得意的队员，他在他身上倾注的心血也最多。

这次比赛前，吴教练已经多次联系他，可没想到易洺这小子几次打电话都闪烁其词，对于此次到底参赛与否一直没有给他一个明确的答案。

要不是吴教练近期一直在出差，没有和易洺在一个城市，不然他真想跑到他面前，照着这小子的后脑勺来一下。

“你小子到底在犹豫什么？”一个月前，吴教练在电话里恨铁不成钢地说道，“身上一点狼性没有，别让我知道你是畏惧退缩了。”

“教练，我不是这个原因。”

易洺在电话的那头轻轻叹了口气：“一周的时间……太长了……”

“什么太长？”

吴教练不解。

易洺没说话，眼神怔怔然地望着窗外，心底微动。

“没什么，教练我再考虑一下，很快给你答复。”

易洺迅速地挂断电话，因为他知道如果自己再晚一分钟，怕是吴教练真的要从电话线的那一头爬过来敲他的脑壳了……

其实那句话，易洺并没有说完。

一周的时间太长了，长到他不放心将姜薇一个人放在这座城市里。

自从和姜薇认识后，十几年来，两个人每天不见面的时间屈指可数，超过一周的则更是少见。对于易洺来说，母亲不在身边，父亲也常常出差，只有姜薇一直生活在他的世界里，他们彼此陪伴，一同成长。

他舍不得放她一个人，是因为她早已经住在他心底的最深处，就像海上的一座灯塔，是他的希望，是他的光。

姜薇心思玲珑，不多时便看穿了他心底所想。

她安抚易洺，要他安心比赛，她亦采用了一记小小的“激将法”，要他务必拿个第一回来。

看到易洺真切地站在了自己面前，吴教练心中的巨石这才落下来。

“我还真怕你小子给我来个临阵脱逃，之前怎么让你来你都反复拒绝我，现在搞得我不是亲眼见到你这个臭小子，我的心就没底。”

易洺有些歉意地一笑，眼尾弧度放缓：“是我的错，让吴教练担心了。”

“没关系，人来了就好。”

吴教练伸手拍了拍他的肩膀，淡淡笑道：“既然来了，就全力以赴，我手下的队员可没有一个是孬货，尤其是你，这次夺冠你是热门，你不光为了你自己，也要为了我们大家，别让我们失望！”

“得令！”

易洺勾唇一笑，随后双腿并拢，“啪”地一下就敬了个礼。

“对嘛！这才像样儿！”

吴教练拍了拍手，笑得眼角弯弯。

住进酒店之后，易洺收拾好了东西，便一头仰面栽倒在床上。

姜薇还没回信息，打电话也无人接通。距离两个人最后一次联系已经快五个小时，易洺的心里仿佛有一万只蚂蚁在搬家，密密麻麻地吞噬着他的理智。

“姜小薇，你要是再不回我，我就要报警了。”

易洺愁眉苦脸地抓了抓自己的头发，仰头望着天花板，闷声道，“再等五分钟，如果你五分钟再不回复我，我就……”

易洺的话还没说完，手机屏幕忽然就亮起来了。

几乎是一瞬间，易洺从床上猛地坐起来，不想起得太快，大脑血液回流没跟上，眼前瞬间一片漆黑。

他赶紧摇晃了两下脑袋，眼前才刚有些朦胧的光，易洺瞧见是姜薇的电话，火速就接了起来。

“姜小薇，你搞什么，是想吓死你未来老公，然后再找个小鲜肉吗？”

易洺一时之间没控制好情绪，对着电话那头的姜薇一顿噼里啪啦的指责。

虽然话很重，但语气却一寸寸变软。

天知道，当再次接到姜薇电话的那一刻，易洺的心中血液仿佛瞬间从停滞到恢复流动，联系不到她的时间简直分秒都难熬。

“对不起，易洺。”

姜薇早就料想到易洺肯定要奓毛，说来也是凑巧，她才刚刚接到易洺的消息得知他安全上车，自己的手机忽然就意外关机了，她一时心急，戳了戳身旁的小梁，想要借她的手机一用，可没想到……

小梁这丫头居然在课堂上偷偷用水杯挡着视线，手机放在大腿上看动漫……

姜薇这一戳她，委实给她吓了一跳。

“哎呀……”小梁一声低呼，水杯一下子没拿稳掉在了大腿上，凉白开洒透了裙子，也结结实实地将手机“泡”了个满怀。

“这下完了。”小梁欲哭无泪地捏起手机，甩了甩水，试着按了几下开机键，果然打不开了……

姜薇满怀歉意赶紧道歉，讲台上的老师一记“眼刀”飞射过来，两个人都乖巧地坐好，目光直视前方。

顿了顿，姜薇小心翼翼地动动嘴唇，小声对小梁说道：“对不起啊，下课我陪你去修手机。”

小梁也动动嘴唇，她觉得自己和姜薇简直像是电视剧里的两个卧底在人群之中对暗号：“没关系，我自己去修就行，但是你联系不到易洺，他会担心吧。”

姜薇想过再借一个手机给易洺回信息，只可惜后来整堂课老师都用犀利的眼神扫视着她们俩，无奈至极，两个人丝毫不敢再“造次”了……

“那下课呢，下课你怎么不给我打电话。”

易洺从床上蹦下来，跑到桌子前打开了一瓶纯净水，口渴了好久，但因为心里担心姜薇，他都忘记了去找水喝。

“下了课我就和同学借了手机想要打给你，但没想到沈学长突然出现……”

“等等，你说谁？”

易洺听到名字心下一惊，一口水哽住了喉咙，使了劲才咽下去。

“他去干吗了？是不是又去欺负你了？”

易洺重重地将水瓶往桌子上一放，心里顿时就凉了。

他就说吧，难怪自己走之前就一直心神难安，他就知道那小子一直贼心不死，整天惦记着他家可爱的小青梅。

难得碰上易洺没守在姜薇身边的这几天，沈瑜哲八成心都快从胸腔里飞出来了，赶紧借机扛起“锄头”，“挖墙脚”去了……

姜薇其实本不想将这件事告诉易洺，但想了想，她觉得隐瞒将会显得她更加动机不纯，她不希望易洺误会，更不希望日后易洺从别人口里听说这件事，这样他的内心会不舒服的。

因此姜薇决定将整件事情一五一十地讲给他听。

下课后，姜薇走出教室门的那一刻就拦住了同学借了电话，易洺的号码已经输入了一半，没想到一束鲜花忽然出现在她的眼前，连手机屏幕都挡住了。

姜薇吓了一跳，她两只脚往后退了退，微微侧身，这才发现鲜花的背后站着的人正是沈瑜哲。

“沈学长。”

姜薇的脸色很平静，她暂且将手机上的号码按掉，而后对着沈瑜哲道：“我以为我已经和你说得很清楚……”

“我知道。”

沈瑜哲微微弯起眉梢，他熟练地推了推鼻梁上的眼镜，憨憨一笑道：“这花是我打工的花店老板送给我的，他要关店不干了，剩下的花也无法及时卖出去，所以就让我自己挑了一束带回来。”

姜薇知道他心无恶意，但感情这事儿永远都没有道理可言。

她不希望自己不清不楚的举动让对方误会，她也不想耽误沈瑜哲的感情，所以她必须干净利落地解决掉眼前的这场“送花行动”。

身边越来越多的人在围观，最初借给姜薇手机的同学也小心翼翼地凑过来：“姜薇，我的手机你还用吗……要是不用，我就先回寝室了……”

姜薇知道沈瑜哲的事儿一时半会难以解决，她想了想，便点点头将手机还给了她。

归还手机之后，姜薇静静地转过来，望着沈瑜哲的眼，她淡声道：“谢谢你沈学长,但是我寝室同学有花粉过敏症,我不太方便将花拿回去,所以你看看还是送给其他人吧……”

小梁傻傻地站在一旁,伸手拽了拽姜薇的衣袖:“你的舍友不就是我吗?我没有花粉过敏症啊……你还别说,这花还挺香的……”

姜薇从背后轻轻捏了小梁的腰一下,小梁“哎哟”一声立刻站直了身体,立刻变了脸色道:“对啊,我花粉过敏可严重可严重了,我告诉你,我是不会同意姜薇把花拿到寝室去的,你死了这条心吧!”

沈瑜哲好歹是两个小丫头的学长,小梁拙劣的演技他一眼就看出了端倪。

“这位同学,你是对哪种花过敏?我有个朋友在医院的变态反应门诊坐诊,你如果需要……”

“你说什么?你居然说我‘变态’?”

要不是姜薇拉住了小梁,小梁那架势挽起袖子简直就要开打了。

姜薇赶紧小声提醒道:“变态反应就是指过敏……小梁别激动……”

还好跟在易洺身边久了,一些医学名词姜薇多少还是听过的。

小梁得知自己闹了笑话,气势顿时落下了几分。

她拧着鼻尖,愤愤道:“你管我对什么花儿过敏呢,我跟你说,你送的是什么花,我这鼻子就对什么花儿过敏,哎你说巧不巧,我这鼻子就专门为你长得……”

沈瑜哲一愣,他的内心顿时冒出一百个问号来。

这世上……为何有如此不讲理的女孩子?

后来他才知道,小梁岂止不讲道理,她讲的根本不是道理,而是态度……

“你瞪我?你居然瞪我?你一个大男人居然吵不过女孩子就用眼神瞪人家,你什么态度啊你……”

沈瑜哲:“……”

沈瑜哲一脸无可奈何地苦笑,他忽然发现他的追爱道路上的拦路虎何止是一个易洺啊……

这个叫小梁的姑娘才是一道难关……

本以为小梁和沈瑜哲拌几句嘴就算了，没想到两个人居然整整吵了两个小时有余……

对，你没听错，真的就是两个小时。

这边，小梁以沈瑜哲"态度不端"为主要辩论话题滔滔不绝地指出沈瑜哲的错误。

而另一边，沈瑜哲坚持不懈地给她背诵各种文言古诗，劝导她莫要生气，要有一个宽广的胸怀和一颗恬淡佛性的心。

"这位同学，你知道我的外婆为什么活了99岁才去世吗？"

沈瑜哲意味深长地问。

小梁叉着腰翻着白眼看他："我怎么知道！"

"因为我外婆不喜欢多管闲事，我喜欢姜薇，是打心眼儿里喜欢，所以你不该横加阻拦。"

小梁听罢，更加愤愤不平了："那你知道我三叔为什么才四十五岁就英年早逝了吗？"

"同学，四十五岁不算英年早逝了。"

沈瑜哲一板一眼地推了推眼镜框，纠正她。

"细节而已，不重要。"

小梁摆摆手，她继续追问："你想知道吗？"

沈瑜哲顿了顿，诚实答道："并不想。"

"你不想也得想！"小梁简直要被这块木头师兄气得跳脚，她横眉怒目地盯着他，"因为我三叔就是非要喜欢人家不喜欢他的姑娘，最后打了一辈子的光棍，郁郁寡欢去世了……你要是继续坚持下去，我掐指一算啊，你的未来已经可以预见了……"

"哎？这位姑娘，你怎么诅咒人呢……"

"哎？这位小伙，你怎么就听不懂人话，还不走呢？"

姜薇："……"

就这样,姜薇劝了一个半小时见毫无成效,便跑到空无一人的教室里发呆去了……

“事情就是这样的。”

姜薇深深地叹口气,整件事情听起来简直就像天方夜谭一样,可谁说生活又不是童话故事呢,往往现实生活里的人反而更加稀奇……

电话那端本来气鼓鼓的易洺听到最后,笑得都快喘不过气来了:“要我说,这俩才是绝配吧,以后他们两个如果不走在一起可真是可惜了。”

“如果他们将来结婚，都不怕生活会过得寡淡无味，一旦觉得没意思了,就可以吵一架,那气氛瞬间就活跃起来了……”

易洺朗声笑着,不知道为什么,有了小梁陪在姜薇身边保护她,他忽然觉得心中的担心不再那样沉重……

等比完赛回去,一定要买上一大包零食好好犒劳一下这位“女侠”。

他的小“墙角”的稳定性,会不会被别人扛着锄头挖走,可就全指仗着这位快嘴女侠了……

“那后来呢,后来这件事怎么解决的?”

“再后来两个人都吵累了，沈学长说他能背的古诗词差不多都背了个遍,他要回去去查查资料,回来再战。”

易洺:“……”

真是一位有毅力的仁兄,这一点他不得不佩服……

“沈学长走后,我就把小梁也带走了,我们去了手机维修的店铺,我把我的手机给老板看了看,说是问题不大,他摆弄了几下之后,手机便开机了。所以——我第一时间就把电话打给了你……”

“易小少爷,不生气,好不好?”

姜薇的声音难得软糯,带着讨好的语气。

易洺心满意足地咧嘴笑,声音上扬,清脆好听:“亲我一下,我就不生气了。”

姜薇:“……”

还知道要调戏她,看起来这家伙的气是全消了……

易洛和姜薇正在电话中交谈着,酒店房间的门忽然被敲响。

"姜小薇,你稍等一下,我去开门。"

易洛一手举着手机一边趿拉着拖鞋往门口走,"谁啊",他的语气不善,大晚上的被打扰,还是在和他的小青梅聊天的时候,易洛的心情自然好不到哪儿去。

"是我。"

门外的声音厚重而有定力。

是吴教练。

易洛的声音一下子削减了一半的气势,他打开房门,赶紧赔笑道:"教练,你怎么来了?"

姜薇和易洛的电话并没有挂断,得知吴教练的到来,姜薇想了想,对着电话轻声道:"易洛,我先挂断电话啦。"

姜薇刚说完,电话那头的易洛赶紧道:"哎,你别别别……"

只可惜姜薇的速度实在太快了,等易洛反应过来时她已然挂断。

易洛的一双小耳朵垂了下来,有些不舍地将手机放回了兜里。

"教练,您喝水。"

易洛给教练接了热水放在桌子上,自己坐在一旁,乖乖地等待训话。

"您可以开始说了。"

易洛搓搓手。

"说什么?"

吴教练淡淡一笑,端起水杯小抿一口:"你以为我今天是来给你做赛前指导的?"

"难道……不是吗?"

易洛微微哑然。

"臭小子,别给我装糊涂,给我。"吴教练作势瞪了他一眼,随后淡声道:"之前说好的,赛前训练期间要没收一切通信工具。"

"教练,我不打电话还不行吗?您就让我留着吧。"

易洺一度试图求饶，但吴教练铁面无私，言辞冷漠地拒绝了他的要求。

“看在你小子有可能给我拿冠军的份上，我给你个特殊的机会，三分钟后自己主动把手机上交到我的房间，我替你保管。”

吴教练说罢，迈着沉稳的步伐走出了易洺的房间。

三分钟。

时间说长不长，说短不短。但对于即将失去手机的易洺来说，这三分钟的时间显得弥足珍贵。

姜薇有些诧异，易洺的来电铃音如此急促，她按下接听键，听到易洺有些小忧郁的嗓音。

“姜小薇，吴教练要收手机了，我马上要一周的时间听不到你的声音了。快，唱首歌给我听听。”

姜薇闻言怔了怔，而后弯起眉眼淡笑道：“我五音不全，你也要听吗？”

“五音不全也没关系，我准备了脸盆，实在听不下去了就呕一呕……”

姜薇柳眉倒竖，头顶差点冒烟：“易小洺，你又耍我！”

电话那头沉默三秒，随后传来一阵“咯咯咯”的笑。

“姜小薇。”

“又干吗！”

“要想我，么么么么么么么么哒。”

“……知道了，不过为什么重复这么多遍？”

姜薇有些不解。

易洺想了想，颇为认真地回复道：

“我给你的飞吻，你得留着点用，要好几天不能联系了，所以我得多重复几遍……”

姜薇满头黑线：“……”

这也能储存？

这位小同学，瞧瞧你这小脑袋瓜天马行空的，都快赶上写小说的了……

和姜薇再度“失去”联系之后，易洺将全部心思都放在了赢得比赛这件事儿上，每天的集训专注又认真。

“好，不错。”

吴教练敛起眼眸，冷静的眸光扫视着自己手下的三个队员。

刘晓云是最勤奋的一个，他的天赋比易洺和陈泽屹都要差一些，所以为了能够匹及其他队友，刘晓云为这次比赛付出了诸多汗水。

吴教练常说，刘晓云身上最优秀的一点就是勇于接受。

他勇于接受自己的不足，并且从未因此而郁郁寡欢，怨天怨地，他最喜欢说的一句话便是：“老天爷在创造我时，肯定是忘记加天赋的药水了，不过没关系，我自己抓时间多练习几次，和高手们多学习学习，这点差距，还是能补上的。”

吴教练倒是真的很少见到刘晓云喊苦喊累的时候。

他之前带这几个人时，刘晓云总是自己主张要训练到最后一名，有时连吴教练都觉得累了，那小子却还是精神抖擞地骑在赛车上，仿佛才用去了半份的气力。

而另一个队员陈泽屹，则是典型的“优秀学生”的代表。

他有着足够的天赋，也有着该有的努力，在以往参加的各类自行车比赛中他的成绩也一直十分出挑，虽然揽下冠军的次数并不是很多，但低于第二名的次数却也寥寥无几。

只要陈泽屹平稳发挥，他的成绩一直不会让老吴担心。

三枚奖牌只要到了陈泽屹面前，他是势必要拿下一块的，这一点从来不需要怀疑。

吴教练手下的最后一个队员，就是易洺。

用来形容易洺的词汇，吴教练一直都没有找到一个合适的词汇。

他太过聪明，天赋亦出色得惊人，他的训练时长在三个孩子之中最短，但却是最出成绩的那一个。易洺在骑行上有着绝对的傲气，那股子年轻蓬勃的劲儿是吴教练最愿意看到的。

这样的易洺很像年轻时候的自己。

但是从另一方面来讲，易洺也是最让吴教练担心的一个。

他不担心他的技术和能力，他担心的是他的心是不是能够一直保持在这里。

尤记得五年前，吴教练第一次见到易洺是在一次和易父相识的酒宴上，无意间谈及自行车项目，易父拍了拍易洺的肩膀，笑着对着吴教练道："我儿子也很喜欢骑行，也很有天赋，你以后可以跟着吴叔叔一起学习，将来参加比赛给国家拿冠军。"

彼时的易洺剪着碎碎的短发，眉清目秀的像个姑娘，但眸子的顽劣和桀骜却藏不住。

十几岁的年纪，连笑容都像清晨的阳光，易洺笑眯眯地站起身来朝着吴教练鞠了个躬："吴叔叔，以后还请多多关照，我以后参赛夺冠，可都仰仗着您了。"

吴教练欣慰一笑，拍了拍小伙子的肩膀："好好，有你这份上进心，将来一定能为父母争光。"

"我爸不需要我争光。"

易洺咧嘴一笑，摇了摇小手："我爸在我心里已经是最成功的老爸了，他自己就是光。我想拿冠军可不是为了我爸。"

"那是为了谁？"

吴教练讶然。

"为了我家小姜薇，我得努力成长啊，只有这样才能保护她、照顾她……"

小伙子认真的表情老吴到现在都还记得清清楚楚。

没有孩子气，他是斩钉截铁，他是认真的。

这么多年来，吴教练一直担心姜薇会成为易洺夺冠路上的绊脚石，可没想到，事实证明那个生活在易洺口中的小姑娘，好像不仅没有拖了他的后腿，反而成为他奋勇夺冠的热血动力。

这一次的比赛易洺不参加则已，一参加就像是使出了浑身的力气。

"易洺，还在训练啊……"

刘晓云拿着矿泉水浅笑着走过来，能让他说出这句话可真的不容易，因为一般来讲都是他最后一个结束训练，可不知道易洺这几天怎么了，像是发了狂一样，没日没夜地泡在训练场地上。

“嗯。”

易洺一记漂亮的转弯而后稳步刹车，他帅气地摘下头盔，甩了甩头发上汗珠，淡笑道：“怎么没回酒店？”

易洺伸手接过刘晓云递过来的水，两秒拧开，水流顺着喉咙流下，性感的喉结上下微动着。

“回去也没有手机玩儿，没意思。”

刘晓云笑笑，他的手下意识地触碰了一下易洺的车把，触感很好，材质昂贵。

“嗯，老吴也是为了咱们好，现在能够更加专心地参加训练，以后才能夺得最优秀的成绩。”

易洺违心地夸奖着老吴，是因为他知道老吴就在不远处拿小眼神扫射着两个人。

“嗯……易洺，你家那个小青梅呢，交手机之前，安顿好人家没？”

刘晓云弯起眉眼笑笑，他从易洺的口中听说过关于姜薇的故事，也对这个每每易洺提起来都会挂上满脸笑容的小姑娘有着浓厚的兴趣。

“当然，我给了她好多个吻，让她省着用。”

易洺咧开嘴露出一排小白牙，笑得那叫一个开心。

“吻？你怎么给啊？还有……什么叫——省着用？”

母胎单身20年的刘晓云一头雾水地看着易洺。

“还能怎么给，当然是这么给了——”易洺骑在单车上，一只脚支撑着地面，一只脚控制着车身，他俯下身来，贱兮兮地就要往刘晓云的嘴边靠，“来，靠近点，哥给你演示一下。”

刘晓云蓦然瞪大了双眼。

“喂，我说，你恶不恶心啊 ——”

刘晓云一脸“恳求各路天神赶紧收了这个妖怪吧”的表情，捂着自己的嘴连连后退。

而这边厢，恶作剧得逞的易洺笑得简直直不起腰来，连车身都随之抖动着……

“下次记住，不要打探我和我家小青梅的事儿，不然你这个单身狗容易受伤……”

“易洺，算你狠啊……”

刘晓云先是佯装瞪了他一下，随后也欣然笑开来：“你啊，果然还是咱们三个人的开心果，只不过你这只开心果真的越来越烦人了……”

“可不是嘛！”

一旁买了水果回来的陈泽屹正巧也赶上了这个画面。

他不用想就知道，天生顽劣成性的易洺铁定是又在拿刘晓云开玩笑了。

“晓云别生气，哥买水果了，走，去我房间，让那丫只能看不能吃，咱们馋死丫的……”

“陈泽屹，你这招可就太伤人了啊。”

易洺笑眯眯地看着他，嘴上的话虽然豪横，但眼角的笑意却灿若桃花。

三个人的感情一直都是如此。

彼此打趣，彼此陪伴，彼此鼓励。

在赛前的短短几天里，严肃而紧张的氛围在琅琅笑声中逐渐消散，吴教练静静地站在一旁望着如朝阳般的三个俊朗少年，心中不禁十分欣慰，微微勾起了唇角。

一周时光很快过去。

没有一场比赛不是热血而“残酷”的。

吴教练在开赛前的一小时已经给三位队员开了会，要求每个人都要尽全力去争夺第一名，但有一个重要的条件要放在这一点之前——

那就是安全。

安全凌驾于一切之上。

易洺三人知道在这样的比赛中难免会有各种各样的情况发生，在历届的各类自行车项目中也不乏有人因此受伤严重。按照老吴的要求，在一切危急关头都要把自己的安全放在第一位，不要在那个时候还争抢，遇到恶意别车的人能躲避就躲避，不能躲避的也万不可出现“路怒”，导致意外伤害的发生。

“放心吧，吴教练。我们都记住了。”

易洺三人点点头，他们看得出来，老吴比三个孩子还要更加紧张。

对于老吴来说，易洺、刘晓云和陈泽屹三个人不仅仅是他的队员，他们更是另外一种意义上自己带大的“孩子”。他打心眼儿里希望他们能够在比赛中夺得优秀的成绩，但他也更希望自己在赛后能把三个孩子平安地交到学校手里，交到家长的手中。

只可惜，有的时候担忧的事情却总是像被染上了奇怪的魔法，你越担心，这件事情的发生率就越高。

当老吴在镜头上看到那个诡异的身影朝着易洺靠近的时候，他在心底就大呼一声：“不好！”

多年以来的参赛经验让他一眼就识出了那人的阴谋，这场比赛对于那人来说最重要的根本就不是拿下名次，他的技术和能力水平都不算高，本就夺冠无望，因此他便直接将心思放在了对易洺的阻挠之上。

但易洺心有玲珑，老吴一直相信他能够顺利地化险为夷，甩掉那个蓄意阻拦他的人。

可没想到，下一秒，易洺忽然以一种奇怪的姿势朝着一方倒下去，车子并不知道主人已经陷入危险，仍在高速前进。

易洺就这样狠狠地摔了下去，赛车在那一瞬间方向错乱，直接冲上了隔离带，而后重重地摔在了地上。

吴教练蓦然傻在了原地。

耳朵里仿佛失去了任何声音，吴教练只觉得两只脚像灌了铅一样的沉，他看着比赛直播镜头里躺在地上一动不动的易洺，他觉得自己的整颗心都停止了跳动，彻底冰凉。

“易洺……”

他用尽全身的力气，几乎嘶哑地喊了喊易洺的名字。

身边有越来越多的人在尖叫，吵闹着，大批大批的工作人员开始慌乱起来，有人率先喊了他的名字："吴教练呢，吴教练呢？快一点，他的队员受伤昏迷了！"

老吴仿佛在一瞬间蓦然惊醒。

呼吸复位，他蓦然起身头也不回地就往赛道上跑，一边跑一边撕心裂肺地喊着："赶紧叫救护车！赶紧叫救护车啊，快，快救我的孩子！"

姜薇抱着书本走出教室的那一刻，不知为何，心脏莫名地乱跳了两下，压得她闷涩气短。

"老天保佑易洺平安回来……"

# 第六章 樱桃好甜，但不及你

浓郁的消毒水味瞬间涌入鼻腔，是医院独有的味道。

吴教练跟在一群救护人员的身后，易洺静静地躺在救护床上，依然没有苏醒的他仿佛也察觉到了这股呛人的味道，一双眉毛几乎不可察地微微动了动。

“易洺，易洺……”

吴教练脱力般地喊着他的名字，他一想到方才发生的画面就心如刀绞。

这是他最优秀的学生，是他的希望和骄傲，可这个曾经多么孤傲的孩子此时此刻却脸色苍白地躺在救护床上，安静得像是一张白纸……

他该如何向他的父母交代，如何向他的学校交代，他又该如何向……如何向他的那个姑娘交代？

易洺被医生推进了急救室，吴教练懊恼地坐在旁边的椅子上，脑袋深深地垂了下去……

按照时间算，易洺应该已经完成了第一圈比赛。

姜薇坐在图书馆里，手中虽然翻动着书本，可脑海中却一直都是一片空白。

很奇怪。

吴教练收走了易洺的手机，但是为了方便万一家中或者学校有事需要联系队员，吴教练将自己的手机号发给了队员们拟好的可能联系他们的名单里的每一个人。

姜薇就在易洺写下的名单之中。

吴教练曾经发来过信息，几个队员的比赛结果他会第一时间通知大家。

姜薇久等短信不来，她心中的不安情绪开始越发地膨胀扩大。想了想，她还是起了身，抱着书快步走出了图书馆。

找了一处僻静的角落，姜薇立刻拨通了吴教练的电话。

"喂，您好。"

姜薇的声音很轻很柔，带着谦逊。

"我是……易洺的朋友姜薇，很抱歉打扰您，请问易洺的第一场比赛是不是已经结束了？那他现在……"

吴教练一听是姜薇，他的心便如重石蓦然压住。

"姜薇……易洺他……"

"他怎么了？"

姜薇握着手机，她强行让自己镇定，不让手指过度地颤抖。

不知道为何，从今天早晨起她就觉得好像有什么事情即将发生，整堂课都听得心不在焉，下了课她尝试了几次深呼吸，可那种沉闷的感觉却依旧没有得到丝毫的缓解。

"吴教练。"

见对方久久没有回应，姜薇的嗓音又低了几分："易洺是不是出了什么事情？他现在在哪里？"

姑娘沉稳冷静的声音让吴教练不禁觉得汗颜。

此时此刻的姜薇一定处于极度的恐慌和担忧之中，但她却能够让自己尽量保持冷静。

反倒是自己……

吴教练深深地叹了一口气，他哽咽着嗓音，对着电话里的姜薇缓缓说道：“易洺从赛车上摔了下来，现在在××医院，人已经昏迷了，正在抢救……”

正在抢救……

姜薇僵直地站在原地，大脑里反反复复回荡着的，都是这几个字。

她的嘴巴张张合合了半天，想要努力地说些什么，可最后却都是徒劳无功。

她根本说不出任何话，只有豆大的眼泪蓦然坠下，一滴，两滴……滴在草坪，而后消失不见。

姜薇已经忘了自己是如何向辅导员请了假，而后又如何跑到车站买到了最近的班车，前往邻市的。

姜薇从学校冲出来的时候，跑到大马路上拦了好多辆出租车，但那些车都以不想去那么远为由而拒绝，百般无奈之下，姜薇只好跑到了汽车站，挤上了最近的一趟班车。

整条路上，吴教练一直通过微信给姜薇汇报最新情况。

吴教练：“我在外面等，你不要着急，有消息我一定及时告诉你。”

吴教练：“刚才有医生出来，我抓住他问了，他说易洺的情况并不是十分严重，让我放心。”

吴教练：“好像是易洺出来了！”

吴教练：“姜薇，易洺被送进普通病房了，医生说这孩子很幸运，这次只是头部轻微震荡再加上一些外伤，没有伤及内脏。”

接到吴教练的最后一条信息时，姜薇坐在长途车上的座位上，用手盖住脸。

是极度害怕过后的释然，让她的坚强一瞬瓦解……

车子终于抵达邻市。

下了车姜薇用最快的速度打车到了××医院，她向导诊台询问过后急匆匆地跑向病房区，连电梯都没坐，直接跑着上了楼梯。

看到易洺的病房门虚掩着，姜薇忽然觉得两条腿像是灌了铅一样沉。

她慢慢走过去，在房门前深吸了一口气才伸出手去推开了房门。

易洛已经醒了。

瞧见是姜薇，易洛先是瞪圆了双眼，随后忽然一个鲤鱼打挺背过身去，捂着脸嚷嚷道："是谁把姜小薇叫来的啊……快让她出去，快点……"

姜薇闻言心中咯噔一下。

易洛居然不想见自己，这让她十分震惊，难道是事故真的伤到了脑袋……他……已经忘记两个人之间的事情了？

吴教练坐在一旁无奈地笑，他伸手拍了拍易洛的肩膀："臭小子，你不是想人家吗？我这次给你叫来了你又埋怨我……给我像点男人，人家姑娘大老远过来的……"

易洛窝在床上，仍旧用背冲着姜薇，哀号道："不要，我丑死了！"

听到易洛这句话，姜薇唇角微动，心中这才松了一口气。

"易洛。"

姜薇叫了叫他的名字，她安静地走过去，坐在他的床边，既没有强迫他转过脸来，也没有强迫他立刻跟自己说话。

"你想吃什么，橘子、苹果还是樱桃？"

姜薇的声音很平静，这句话说得仿佛稀松平常，并没有询问任何关于易洛的病情。

"我什么也不吃……姜小薇你快出去……"

易洛依旧埋着脸不说话。

姜薇抿唇笑笑，她温柔地看了看一旁的吴教练，吴教练憨厚一笑，立刻明白了她的意思。

"我那个……其他队员的比赛还在继续，我还是要回现场看一下。"

说罢，吴教练迈着大步赶紧溜出了病房。

吴教练走后，房间里瞬间陷入了宁静，偌大的单人病房里只剩下姜薇和易洛两个人。

"易小洛，樱桃好不好？"

姜薇看着易洛的后脑勺，本来帅气的头发被枕头压得乱糟糟的，她笑着伸出一双葱白似的小手上去轻轻拨动了两下，温声道："要最红的，个儿最大的，一咬就甜到心里去的那种，就像……以前的你一样的，好不好？"

姜薇的话像是一串小小的鞭炮，在易洺的心里炸响，随后掀起烟雾缭绕。

她夸我了。

她夸我甜。

她夸我像樱桃一样。

易洺的心瞬间柔软下来，化成一摊清澈的水，他咬咬嘴唇，忽然闷声道："嗯……要两斤！一斤太少……不够我塞牙缝……"

姜薇："……"

她笑了。

"好。"

姜薇买了樱桃回来，发现某人已经转过身来，直挺挺地躺在病床上看着她。

"你这是……"

姜薇拎着袋子，眼神愣愣地望着眼前造型"奇特"的易洺……

易洺的脸上夸张地盖着一个大大的纸袋子，眼睛处被挖出了两个大洞，姜薇忍了又忍才没有笑喷出来，她强忍着嘴角的抽动，指了指易洺的脸，"这是最新巴黎时装周的面具吗？"

易洺似乎也觉得自己的造型有些……不堪入目。

他干巴巴一笑："咳！这不是风大，风大嘛。我脸受伤了，我怕吹得我脸疼……"

易洺还没说完，姜薇就已经走到他的跟前，她将樱桃放在桌子上，随后转身，二话不说就把易洺的"脸罩"给摘下来了……

"哎？姜小薇你……怎么能这么粗鲁呢……"

"你脸上受伤了，这东西上面有细菌又不通风，不利于伤口的恢复。"

姜薇的声音轻轻的，带着一丝恬淡的笑意。

摘下了“面罩”的易洺又要躲，却被姜薇伸出一双小手抓住了：“别躲了，我都看见了。”

易洺头部的伤虽然不重，但脸上的伤却有些触目惊心。

易洺的肤色白，因此那一片血红色的擦痕显得尤其引人注目，姜薇的心底动了一动，她心疼极了，但却仍要强装镇定：“还好，伤口没有感染，下次不要再乱扣些七七八八的东西了，要乖。”

“可是我太丑了，我家小青梅要是不要我了怎么办？”

易洺撇撇嘴，小眼神快速地看了姜薇一眼，又收回来。

“不会。”

“怎么不会。”

姜薇想了想，忽然就笑了，眉眼温柔：“你忘啦，你小时候就好丑了，你想想看，我不是还是没有嫌弃过你？”

姜薇想起幼时说他丑的玩笑，此时此刻提起来便用上了。

“也对哦。”

易洺配合地咧嘴笑笑，一排小白牙露出来，看上去心情还挺好。

“我去给你洗樱桃。”

姜薇回来的时候买了一个小小的饭盒，盒体是天蓝色的，上面画着一只可爱的叮当猫的图案。她想着易洺总是要住几天院的，吃起饭来不方便，路过一家小超市，她进去转了一圈，便把它买了回来。

姜薇觉得，易洺就像是自己的哆啦A梦。

这么多年来，只要自己需要他，他总是会守在自己身边，神奇地“变”出任何她想要的东西。

而现在这家伙突然变成了一个可怜兮兮的小病号躺在那里。

她又心疼却又欣然。

这一次，终于可以轮到她来做他的哆啦A梦了，她一定会让他重新笑起来，做回那个帅到人神共愤、眼神傲气可爱的易洺同学……

红润的大樱桃晶莹剔透，个个饱满，看上去圆滚滚的，很可爱。

姜薇将盛满了樱桃的蓝色饭盒递给他,柔声道,“少吃一点,水果吃多了也会上火。”

易洺挺了挺腰背,坐直了倚靠在摇起来的病床上,他晃了晃手臂,朝着姜薇示意:“哎呀,胳膊疼,这是咋回事……肯定是摔着骨头了……”

姜薇愣了一下,关切道:“哪里疼?我看看?”

他将手臂伸给她,姜薇白皙的小手朝着他的手臂轻轻捏了两下:“看上去不像受伤的呀,刚才医生也说了,你的骨骼没有受伤,只是皮肤表面有些擦伤……”

“是吗?”易洺一脸镇定地眨眨眼,慢悠悠地说道,“那肯定是他的医术不行,这都没看出来,哎……疼死哥了,手臂都快要抬不起来了呢……”

姜薇皱皱眉,小心翼翼地把易洺的手臂放在床上,最后转身就要走:“我去叫医生。”

“哎,你别去……”

易洺一着急,心急火燎地用手臂拉住她。

姜薇有些怔然地望着他看上去十分“有力”的手臂。易洺一愣,这才发觉自己好像露馅了……

哎呀!

不行,得赶紧再装一装……

易洺迅速收回手臂,抱着自己的手肘吱哇乱叫:“姜小薇,你看你,为了你拉住你,我的手臂又抻到了。”

姜薇心有七窍,一下子就看穿了他的“骗局”,她淡淡一笑,并不打算现在就戳穿他。

“易小洺,不让我找医生,可你又喊‘疼’……所以,你到底是想怎么样呢?”

“我要你喂我吃樱桃。”

某个人厚着脸皮地转过来笑,大言不惭地说道。

“早说嘛。”

姜薇一脸平静地坐下来,拿了一张纸巾擦了擦手,捏出一颗樱桃递到他的嘴边:“病人嘛,理应受到这样的待遇。”

易洛一见“阴谋”得逞,心里顿时乐开了花。

他美滋滋地张开了口,眯着笑眼惬意地等着水润的小樱桃入口,可没想到等了半天,却丝毫不见动静。

待他再睁开眼时,竟然发现樱桃却在姜薇的口中,而这位同学正咀嚼得满脸笑意,一看就是被甜到了。

“姜小薇!”

“嗯?”

姜薇嘴里吃着樱桃,含糊回应。

“不是说喂我吗?”

易洛瞪圆了双眼,可怜兮兮地望着她。

“病人嘛……理应受到病人的待遇,我怕你上火,想了想,决定痛定思痛,还是替你吃掉吧。”

说着,姜薇轻声笑起来,眉眼弯弯,像一轮好看的弯月。

“你还别说,这樱桃真的好甜……”

“姜小薇,你欺负我。”

“我哪有。”

姜薇拨浪鼓似的摇头,嘴角却忍不住在笑。

恰在此时,易父的电话打了过来,易洛气鼓鼓地接了电话,对着那头说道:“爹,你儿媳妇欺负我,她吃樱桃不给我吃,还让我看着。”

易父在电话那头一愣,本来还在担心儿子伤情的心立刻就放了下去,看起来这小子无大碍啊:“你个臭小子,净让人担心……人家姜薇那么乖,怎么可能欺负你,都是你调戏人家的份儿……你给我好好养病,爸明天就去看你……”

“不用来了,这里有姜薇呢。”

易洛笑笑,他抬头望了一眼自己的小青梅,能再次见到她,真是太高兴了……

“不行,爸不放心……”

“爸——”

易洺偷偷转过身来，悄咪咪地对着电话说道：“你别来了，你来是要做电灯泡吗……”

易父一听，立刻了然：“得嘞，儿子加油。”

“谢谢爸。”

挂了电话，姜薇好奇问道：“叔叔说什么了？”

“没什么。”

易洺抓了一把樱桃塞进嘴里，眼角弯起来，吃得那叫一个快乐。

易洺的伤无大碍，这让吴教练不由得松了一口气，但心中的疑团仍尚未揭开——易洺到底为何突然被甩出了赛车，导致坠地受伤？

回到比赛现场之后，吴教练见到了早就等着自己的刘晓云和陈泽屹。

两个孩子都已经参加完了第一轮比赛，老吴心中不免愧疚，最应该陪伴他们的时刻他却无奈缺席。

“教练！”

“教练！”

见到老吴回来，两个人焦急地跑过来，关切道：“易洺怎么样了？”

“易洺已经醒了，没什么大碍。”

老吴拍了拍两个孩子的肩膀，随后眼里的光一点点暗去：“只是可惜了这个孩子……准备了这么久的比赛，如今却落得个这样的结果。”

老吴痛心不已，一声接一声地叹气。

“教练，你放心，我们会替易洺完成比赛的。”

刘晓云咬紧嘴唇，易洺的事故连他和陈泽屹都知道其中必有蹊跷，想必吴教练肯定更是心中有数。

在易洺脱离危险之前，他们三个人心中最重要的是易洺苏醒。

但现在易洺已经安全，接下来该做的事儿自然将由他们来替易洺完成——完成比赛，并把藏在阴暗中做手脚的那个人给揪出来，给易洺一个交代。

第一轮比赛易洺因伤缺失，但刘晓云和陈泽屹都成功晋级。

晚上，两个人都面色沉重地坐在吴教练酒店房间的沙发上，老吴怎么劝两个孩子去休息他们却都不肯。

老吴掐掉手里的烟，喟叹一声："你们明天就要决赛了，今天必须要保证足够的睡眠。易洺的事儿有我在，我不会让他白白受这一次伤，我一定会让造成事故者给易洺一个交代。"

"不行，教练，这事儿不是你一个人的事儿，我们都是易洺的兄弟，我们做不到袖手旁观。"

有的时候，友情也能够纯粹到无视任何竞争，刘晓云、陈泽屹和易洺虽然在一起的时间并不长，但彼此感情一直很好。

赛场上可以争个输赢，但生活中只认"兄弟"二字。

"明天的比赛，我们会全力以赴，但到底是谁在背后做了手脚，我们也一定不会放过他——让他走着瞧。"

陈泽屹将手中的全体比赛成员名单捏在手里，随后用力一团，狠狠地丢进了垃圾桶中。

刘晓云和陈泽屹离开后，老吴站在落地窗前，望着窗外的车水马龙，心中五味杂陈。

赛场上几次强行别路的选手已经被赛委会的工作人员叫去谈话了，可那个人却油盐不进，坚称自己并没有故意伤害易洺，数次违规行为也只是无意识做出的。

老吴紧紧地蹙着眉，他合眸沉思，回忆着当初在赛场直播视频里看到的那个画面。

虽然那个人确实一直在挡易洺的路，且意图明显，但易洺在危急时刻都惊险躲过。

他并没有真切地和易洺接触，所以……如果他坚持不承认易洺的意外与他有关，竟真的很难找到确凿的证据来惩处他。

如果不是他，那为什么又会如此凑巧？

就在那个人实施违规行为的几秒钟之后，易洺的车子像是忽然出现问题，在根本来不及反应的极短时间内易洺整个人就被甩了出去，坠地受伤。

老吴捏着自己的眉间，一遍一遍地回想。

比赛，选手，别车，道路，赛车……

蓦然间，大脑深处似乎忽然闪过一个画面，吴教练立刻睁开了眼睛，愣神瞪着前方。

赛车……

如果不是那个人的行为直接导致了易洺的意外，那么只有一个可能，就是易洺的赛车在比赛前就被人做了手脚，所以才会凑巧地在那一刻出现了故障，从而导致了意外的发生。

想到这儿，老吴转过身迅速地穿上外衣，随后急匆匆摔门而去。

夜已深。

易洺躺在病床上，望着黑幕降临挂满繁星的窗外，心事重重。

姜薇就睡在自己身边的陪护床上，易洺傍晚时几次让她去找个酒店去住，可她却总是拒绝。易洺知道她是在担心自己，可他却是实在心疼她瘦小的身躯蜷缩在陪护床上的样子。

这一场意外的发生是他始料未及的。

在赛场上，那个人几度用蛮横的方式来干扰自己，易洺紧紧蹙着眉头，数次躲开了他的牵制。

虽然彼时心弦确实处于一个极度紧张的状态，但易洺的脑袋却还是清醒的。

他记得很清，那个人并没有真的撞到自己，但自己的车子却仿佛忽然被什么东西遏制住了一般，巨大的惯性让他根本控制不住身体的平衡，直接从赛车上栽了出去。

是车子出了问题。

他心底十分明晰这一结果，他也相信这件事在自己的两个朋友和吴教练的心中也是了然的。

半个小时前，他接到了刘晓云的短信。

刘晓云:“兄弟,你在医院安心养伤,别的事儿你不用管了,我和陈泽屹一定会帮你把这件事查个水落石出。”

易洺想了想,他背对着给姜薇,消声回复道:“等我出去,不要乱来。”

刘晓云没再回,过了几分钟,倒是吴教练的消息声响起。

吴教练:“身体情况怎么样了?需不需要我去陪护?”

易洺:“姜薇留下来了,身体已经没什么问题了。教练,这次比赛不能给你拿冠军了,很抱歉。”

吴教练:“该抱歉的是我,是我没有保护好你的安全。不要多想,安心养伤,等你归队。”

易洺知道吴教练在这短短的一个下午经历了多少。吴教练向来最看重他,这一次的意外让易洺失去了参加决赛的机会,长久以来的心血便算是全部付诸东流了。

他的心血,吴教练的心血,朋友的看重,和姜薇的期待。

易洺纵然白日里总是喜欢没心没肺地笑,一副无所畏惧吊儿郎当的模样,但他一直奉行人不犯我我不犯人的道理。没有平白无故就受伤的可能性,这一次因为自己错失决赛,让姜薇难过,让教练伤心,这个“责”,必须有人来担。

谁干的,就别想逃掉。

易洺住院四天,就提出要出院。

小护士听到这个消息,脸色红红的,满眼的不舍:“小帅哥身体彻底恢复了吗?按照之前的情况来说,一般最好是住院一周以上,在医院多观察几天,才能放心嘛……”

易洺眯眼一笑,大长腿在地上转了个圈:“姐,你看,我这完全没事儿了嘛,健康得很。”

小护士害羞地点点头:“嗯,是很好看。”

“什么?”易洺挑眉一怔。

“啊,不对……我是说……是很‘健康’,对,是很健康……”

小护士用病例夹子挡住脸,柔软的小声音有些小慌乱。

她见过很多年轻的男病患,但长成易洺这样子的,她还真是第一次见。她觉得这个男孩子像是淡蓝色的海,笑起来很甜,眉眼里的那股子阳光和天真的劲儿让人看了就挪不开眼……

“易洺。”

从医务室回来的姜薇轻轻地唤了一声。

“在在在,公主什么吩咐?”

易洺笑嘻嘻地弯腰俯身,做了一个西式童话里绅士鞠躬的动作,姜薇忍不住弯起嘴角,轻嗔道:“别乱动,小心又抻到了。”

“放心吧,为公主服务,我会小心的。”

易洺直起身来,温柔地笑着摸了摸姜薇的头发。

一旁的小护士见了,咬咬嘴唇,转过身,一路嘟嘟囔囔地走了:“柠檬树上柠檬果,柠檬树下有个我……坚持住,不酸不酸我不酸……”

姜薇去医生办公室和易洺的管床医生询问了易洺的病情,虽然现在出院确实有点早,但如果回去能够得到安静休养,倒也问题不大。

关于具体的出院时间,在保证病患的病情稳定的情况下,医院还是遵从患者的意愿的。

“医生说出院以后要多注意休息,这是给你开的药,药量只有五天,等出院后一周我带你再去复查一下。”

姜薇将一袋子药递给他,袋子里面还有一张小小的纸条,是姜薇一边听着医生的嘱咐,一边在上面写下了药物的服用方法。

“遵命,公主,我都知道啦。”

易洺欣然一笑,看着面前的姜薇,他的心里一片柔软。

这样子好的姑娘,能在幼时就与她相识,他上辈子是拯救了银河系吧?所以老天才会待他这样好。

姜薇和易洺和医护人员告别后就离开了医院,而吴教练和刘晓云、陈泽屹一行人早早就站在医院门前等着他。

“恭喜出院！”

吴教练弯起眼角，憨憨一笑，伸手将果篮递给易洺：“男人脸上挂点伤不算什么，你这细皮嫩肉的没几天就能恢复如初了，不耽误你追女孩子的，放心吧。”

吴教练下意识地看了一下姜薇。姜薇一愣，脸色微红地侧过脸去。

“谢谢教练！”

易洺毫不客气地接过果篮，抱在了怀里。

闻着淡淡的果香，易洺没来由得心情大好，他眯起眼睛笑笑，伸手轻轻地戳了一下刘晓云的肩膀：“行啊兄弟，这次拿了冠军，给吴教练争气了，没白辜负我的期待！”

这次比赛确实是刘晓云夺了冠，易洺虽然有些惊讶，但也觉得是在情理之中。

陈泽屹的水平一直很稳定，但他有个缺点，就是为人比较佛性，对于每场比赛他都只要求自己能够正常发挥就行了，超常发挥什么的，他从来不期待，只是顺其自然。

但这一次的刘晓云却是不同。

因为易洺的意外受伤，平日里一向勤奋苦练的他这次在赛场上更像是发了疯一样拼命，他知道一定是背后有人想要阻止易洺夺冠，所以才会有这样的事情发生，他心中为易洺愤愤不平，强烈的信念告诉他，自己务必要拿下整场比赛的冠军。

他不会让那个人得逞的，绝对不会。

他也不会让自己的兄弟白白受这一次伤，他不仅要拿下第一，还要找到那个罪魁祸首，让他站在易洺面前，亲自鞠躬道歉。

而事实证明，他做到了。

在这次比赛上，刘晓云拿了冠军，陈泽屹拿了季军。

这次比赛的第二名是一个陌生人，这个人隶属于一个社会骑行团体，真名程毅，人送外号灰虎。

关于灰虎这个人，易洺也略有耳闻，几次比赛他都没能和这个人正面交战过，但灰虎的实力他是知道的。

这个人为人雷厉风行，留着短短的板寸头，眉毛上挑，人情味很淡，比较冷漠，传闻有暴力倾向。

但除去这些，在骑行运动上他的天赋完全不亚于易洺，只要有灰虎在的地方，每一次的夺冠热门名单里绝对缺少不了他。

吴教练开车，姜薇坐在副驾驶，三个兄弟坐在后面，开始低声交谈。

“我们怀疑这件事是灰虎干的。”

刘晓云拧紧了眉毛，最先开口。

“有证据吗？”

易洺点点头，他的五指攥紧，神情也渐渐变得严肃。

“还没有，但快了。”

陈泽屹冷声道：“易洺，你还记不记得当初在赛场上一直违规阻挠你的那个人？他叫方安，我们在比赛结束后就把他堵在了路上，问了他很多问题，虽然那小子一开始闭口不言，但最后他无意间提到的一件事，让我们觉得你受伤这件事，绝对和那个叫灰虎的有关……”

那一日吴教练那天夺门而出，其实就是去存车间里寻找易洺那辆摔坏的赛车去了。

不出意料，经过吴教练的一番查看，果然车子被动了手脚，制动上出了问题。

老吴一脸阴云地从存车间里走出来，他内心的怒火简直快要蹿出胸口。他最得意的门生就这样被人恶意伤害，他无论如何也咽不下这口气。

就在老吴正要着手追查这件事的幕后黑手时，陈泽屹和刘晓云那边也传来了消息。

两个人把当初在赛场上几次故意别车的方安拦下，在严词逼问下，他们发现方安果然只是那个人的“替罪羊”。

有人煽动了方安对易洺的仇恨。

彼时的方安倚靠在墙壁上，一脸的无所谓：“你们天天问，天天问，真是的烦不烦啊，我都跟赛委会的那群人说过了，易洛不是我撞的，我压根就没有碰到他。”

“那你为什么要那么做？”刘晓云质问他。

“我怎么做了？”

方安翻了个白眼。

“少装蒜。”

陈泽屹瞪了他一眼，“你别以为易洛不是你撞的你就没有责任了，比赛就有比赛的规矩，你好几次违规只为了针对易洛，你到底为什么要这么做？”

“我就是单纯地讨厌他，不行吗？”

方安像是终于被问烦了。

这几天的时间，不断地有人来问他关于易洛坠地受伤的事儿，方安简直恼得不行。

虽然他确实是有过几次违规的别车行为，但是他的身体确实没有碰到过易洛，至于易洛为什么会忽然摔下赛车，他是真的毫不知情。

“大概是有别人在他的车子上动了手脚了吧，反正他的仇家也不止我一个，不是还有别人吗？”

方安撇撇嘴，嘟囔道。

方安的话让刘晓云和陈泽屹都陷入了震惊。

易洛的个性虽然有些桀骜不驯，但他为人善良，又很喜欢笑，待人温和，怎么会有这么多人对他产生如此大的敌意？

“你说的别人……是哪个别人？”

刘晓云试探着问道。

“没什么别人，就我自己，可以了吗？”

方安突然不想谈了，他很烦躁。

“你和易洛往来无交集，你为什么要讨厌他？”

“因为他说我无能，他说我没资质，他说我来参加比赛就是个笑话，他易洛以为自己是谁啊，有点天赋就沾沾自喜，就可以瞧不起别人了吗？”

“你从哪里听说这些的？”

刘晓云蓦然怔在那里。

不可能的。

易洺这几天一直和他们在一起，更何况，这些话也绝不可能出自他之口。

“你管我。”

方安负气地甩甩手，不给二人继续盘问的机会，扭头就走了。

方安无意间说出的这句话让刘晓云和陈泽屹留了个心眼儿，仔细一想不难发现，方安听到的这些话一定是在赛前准备的这几天里，有人通过“耳旁风”的方式灌给他的。

刘晓云和陈泽屹找到吴教练，将此事告诉了他，吴教练想了想，便动用了自己的人脉，联系了几位也在现场的教练朋友，稍加打听便知道方安最近都接触了什么人。

是灰虎。

灰虎和方安之前并无交集，他们是到了集训场时才初次见面的，但这几天他们的见面极度频繁，频繁得让人觉得可疑。

“我觉得灰虎对易洺下手的可能性非常大。”刘晓云对吴教练说道，“因为灰虎的好胜心极强，在最近几次有他参与的比赛中，他没有一次是不拿冠军的，但这一次比赛他的对手里面有易洺，如果易洺真的夺了冠，按照他的性格，他会觉得颜面尽失，绝对会难以忍受的。”

“我也觉得这件事一定和灰虎有关。”

吴教练点点头，三个人略一商量，打算在易洺出院后将这件事儿告诉他，然后大家一起再做打算。

在吴教练的车上，大家几乎一致认定了灰虎就是背后捣鬼的那个人。

“你觉得应该怎么办，咱们要不要把这件事告诉赛委会？”

陈泽屹眉头微皱，严肃地望着易洺。

“我觉得必须要狠狠惩罚这个灰虎，他害得易洺失去了这次比赛的机会，还差一点把命都丢了，如今他居然还有脸站在奖台上去领奖，我简直是气不过……”

刘晓云重重地拍了一下自己的大腿。

身边的人在激烈地谈论着，然而事件的主人公易洺却坐在车上，合眸沉思着，半天没有任何反应。

他在想。

如果只是名次问题，是不是真的会引起灰虎对自己如此大的仇恨？

他和灰虎之前互不相识，只是一场省级联赛而已，如果这件事儿真的东窗事发，不仅灰虎的比赛成绩会被取消，在以后更高水平的比赛中，他的参赛资格也有可能会被撤回。

他到底为什么要做出这么愚蠢的事情？

易洺揉了揉自己的眉间，想了半天却也想不出一个答案，他轻叹一声，往后仰靠在座位上。

“我想见见灰虎。”

易洺极淡的话语一出，车上除了开车的吴教练以外，其余的三个人全部齐刷刷地转过头来，望向他。

刘晓云最先喊出口，他急切道：“你不要命了吗？他有暴力倾向，而且他害得你差点摔死在赛场上！”

“我知道。”

易洺直起身来，两只手握在一起，眼神平静得像一潭深水。

“但我想知道为什么，我不希望自己稀里糊涂地成为他的攻击对象，这件事儿，我不会放过他，当然，除了道歉以外，我还要他给我一个答案。”

易洺顿了顿，他以幽幽目光转向姜薇，再向教练和两个兄弟：“我这次没能参加比赛，失去的不仅仅是一次第一名的成绩，还让担心我的人伤心了，让期盼我的人失望了，这些账，我要跟他一笔一笔地算。”

越是冷静平淡的声音，听起来却有无限强大的气场。

姜薇有些讶然地凝视着这样的易洺，她忽然觉得，易洺仿佛在一瞬间成长了。

他从来都是爱憎分明的，但现在的他开始有了更加成熟坚韧的锋芒，人不欺我，我不欺人，人若欺我，我必不会委屈隐忍。

"易洛。"

姜薇轻声开口，声音细小而温柔："我支持你，但……要注意安全。"

"姜薇，你……"

刘晓云皱紧了眉头，表示不解。

这个小姑娘平日里不是最担心易洛的身体了吗？怎么现在……

"好，谢谢你。"

易洛勾唇笑笑，他轻轻地舒了一口气，这一瞬，他忽然觉得全身都轻松了。

果然，他的小青梅还是最懂他。

如果他选择了一条路，她是不会去阻拦他的。她永远坚信易洛的选择是正确的，她能做的就是支持他，做好他身后的港湾，尽其所能地保护好他的安全，剩下的路，她会让易洛去按照他的心去走。

吴教练一路都沉默无言。

听到这里，他的内心不禁如波涛般翻涌不已，他似乎忽然就明白了为什么易洛会一直对这个女孩子念念不忘十几年。

原因很单纯，就是简单的几个字：她值得。

这样好的姑娘，值得一切纯粹且坚韧绵延的爱。

易洛约见了灰虎在第二天见面，令人惊讶的是，灰虎竟然答应了。

两个人约在了室内的训练场。

去见灰虎前，易洛他自己倒是心底一派平静，毫无波澜，但他的那几个小伙伴却看上去都比他还要紧张。

刘晓云抱着一瓶 2.5 升的矿泉水站在易洛身边，愤愤然道："易洛，你尽管去，我和陈泽屹去门口守着你，他要是敢动你一根手指，我就直接抱着水桶冲进去，我……我……我泼死他！"

陈泽屹在一旁也摩拳擦掌，手中还捏着一瓶防狼喷雾："哥也有货，瞧，这是我从我妹妹手里拿过来的，据说喷射距离可远了，那丫要是敢造次，我保证让他明天变成猪头脸……”

易洺站在一旁，扶着墙笑得腰都直不起来了：“我说兄弟们，咱们能不能稳重一点？你瞧瞧我家小姜薇，多淡定，就算我和灰虎真动起手来也不一定是他赢啊，你们也太小瞧我了，放心啊，哥没事儿的。”

易洺的话才刚说完，他忽然就发现两个兄弟的脸上好像有些不对劲……看上去应该是在……憋笑？

“你确定她很淡定吗？”

陈泽屹抿唇一笑，挑挑眉毛，指了指站在易洺身后的姜薇。

易洺微微一愣，不知所然地转过头来，发现自家小青梅正满脸严肃地站在那儿，手中抱着一把比她还高的“乡村大扫帚”，腰背挺直得像棵树。

易洺惊讶地张大了嘴巴：“姜小薇，你这是……”

姜薇一瞧自己被发现了，顿时脸色“唰”地一下红透，小声结巴道：“啊……我……我来扫地……”

说罢，小姑娘赶紧垂下头，满地找树叶……

易洺心中动了一下，他勾起唇角，笑着走过去：“好啦，别装了，我知道你是想要保护我。”

易洺伸手扣住姜薇的手腕，五指真切温暖。

“来，把扫帚给我，那上面有刺，小心别扎到了。”

易洺从姜薇的手中拿过扫帚，轻轻拿到一旁，倚靠在墙壁上：“其实我挺奇怪的，这种型号的大扫帚一般只有农村晒粮食的时候才有吧，姜小薇你是从哪里搞到这个的？”

姜薇搓了搓手，小声道：“跟外面的环卫阿姨借的……”

易洺：“……”

也真是难为了环卫阿姨了。

朋友们的关心让易洺颇为感动，他摇头轻笑，招招手，对着面前的三个人道：“你们放心，我来见灰虎只是想问个清楚，都是成年人了，没必要非要用武力来解决事情。为了我的兄弟，为了我家姜小薇，为了吴教练，我会保护好我自己,不会让自己再被120送进医院的。”

说到吴教练,易洺顿了顿,抬起眼眸来:“对了,吴教练去哪儿了?”

刘晓云和陈泽屹大眼瞪小眼地看了看彼此,两个人一起结巴道:“呃……这个嘛……”

顿了顿,最后还是刘晓云硬着头皮解释道:“老吴知道你要去见灰虎之后,他怕灰虎欺负你,但你又严词拒绝任何人陪你去……”

“所以?”

“所以老吴就自己偷偷在酒店里练起来自己小学学过的那套跆拳道,想着万一你出事了给他打电话,他就替你收拾灰虎去,没想到老胳膊老腿儿的一下子抻到了,现在正在正骨店按摩呢……”

易洺:“……”

真是让人不省心的老小孩啊……

易洺单枪匹马去见灰虎时,整个训练场也只剩下灰虎一人。

比赛结束了,其他的参赛选手都已经纷纷回到了自己的城市,至于为什么灰虎自己选择了留下没有离开,其中原因无人得知。

他好像很早就已经在训练场里等易洺了。

易洺今天穿得很休闲,一双白色的球鞋,蓝白色上衣和卡其色九分裤,再配上他那张看上去像是只有十七八岁的俊秀少年脸,和角落里右臂满是文身的灰虎相比,完全是两个画风。

灰虎看见他,像是在笑,却也像是冷哼了一声:“来了。”

易洺目光平静地望着他,点点头。

“嗯。”

“怪不得那群看比赛的小丫头都喜欢你,你这小子……不穿骑行服的样子还真是挺帅的。”

灰虎的开场白让易洺一愣。

别啊大哥……你的人设不应该是冷酷阴鸷的吗?

易洺无奈一笑,他朝着灰虎招招手:“吸引不吸引小姑娘我不知道,但我知道……你对我的兴趣应该是不小……灰虎，你既然答应了和我见面，我觉得我们还是有话直说的好，省得浪费彼此的时间。”

“行啊。”

灰虎从凳子上站起来，膀大腰圆的模样看上去快有易洺两个宽了。

“你小子既然能再次站在我面前，就算你福大命大，所以我必须要给你这个机会见我一面……至少，得给你个明白不是。”

易洺微微弯起眉梢，似笑非笑地看着他：“为什么要动我的车？”

明明是带着笑意的发问，但语调却冷。

“因为你不该拿第一。”

灰虎咧开嘴一笑，露出一排泛黄的牙齿，笑得阴冷：“你才多大啊，你才接触骑行几年？你瞧瞧你那细皮嫩肉的，哪里像个赛车手的样子。”

易洺闻言轻笑：“没有谁规定冠军就必须长成你这个样子吧。”

“我什么样子？”

“熊样子。”

易洺云淡风轻地说出口，嘴角微微勾起，笑得十分邪气。

“你！”

灰虎瞪圆了双眼朝着他走了两步。门外候着的一排易洺“亲信”刚要提了嗓子眼冲进去，却听易洺忽然说道：“暗地里动手脚不让我赢，不是熊样子是什么？大家都是男人，有想法可以放在明面上来，你这么做可就不地道了。”

灰虎气得眼睛溜圆，胸脯微微起伏着。

他的性子本就烈，被易洺这一番激怒早就被火气堵了喉咙，灰虎朝着地面啐了一声，道：“易洺，你别以为自己有点儿天赋就了不起了，我早就看不惯你这副桀骜不驯的样子，那只不过是老天赏给你的罢了。”

灰虎的话让易洺本来慵懒的眼神忽然聚拢。

“你见过我？”

易洺敛长了眼眸，眼角的笑意渐收。

“何止见过。”

灰虎冷哼。

“为什么我不认识你？”

易洺颀长的身材站在那儿，灰虎努力地伸伸腰，抬头望他：“你当然不认识我，因为你压根就没有低头看过我。”

“我这不低头了吗？”

易洺无奈地俯身，这人要求可真多。

灰虎：“……”

灰虎真的要跳脚了：“你是故意的……你一定是故意的！你明知道我说的不是这个意思！”

易洺：“……”

“能不能行了大哥，咱们别搞文字游戏了，有话直说吧，我都饿了。”易洺打了个哈欠，慵懒地说道。

灰虎是个简单的人，脑子简单，性子简单，他的故事也简单。

这几年来，他不过是把易洺当成了自己的假想敌。

第一次听到易洺的名字是在和自己队友聚餐的一个晚上，几个大男人在烧烤摊喝多了酒，东南西北地侃大山，其中一个队友聊起最近他知道的几个好苗子，提及易洺时，他没过心地说了句：“这小子堪比咱们虎子哥，要我瞧着他就是现在还年轻，等他资历再高一些，虎子哥根本就不是他的对手。”

另一个队友红着脸嘿嘿一笑，伸手拍了拍他的肩膀：“哎哟，你可别这么说，这要是被虎子哥听到了，非要给你揍到满地找门牙不成。”

“不会的不会的，虎子不会知道的，咱们偷偷说，不让他听见。”

队友正抱着酒瓶“嘿嘿嘿”笑着。灰虎沉着脸，“啪”地一下抢过啤酒瓶杵在了桌子上：“龟孙儿，你爷爷我就在这儿呢！”

几个人实在是喝大了，谁在现场谁不在都已经分不清。

那天闹了个不欢而散，灰虎憋着一股气回到家，心里却把“易洺”这个名字给记下了。

再之后，易洺的名字在骑行界声名鹊起，越发地引人注目。灰虎想到这个名字就气得牙根痒痒，他几次想要和易洺比试一番，但却都因为各种原因错失了机会。

得知这一次省级联赛易洺也会参加，灰虎简直兴奋地坐立难安。

赛前一周，他去偷偷看过几次易洺训练，每次看完回来他都会把自己关进酒店里，不吃饭也不和别人聊天。

心里的火苗在一寸寸地暗去，直到最后将所有的理智都变为灰烬。

他知道自己根本就赢不了易洺了。

正如队友所说，成长中的易洺年轻有朝气，天赋又令人惊叹，即便易洺吊儿郎当地去参赛他都不一定能赢过他，更何况这一次的易洺浑身都透露着一股要全力以赴的劲儿。

灰虎慌了。

他在来参加比赛之前就和队友们打了赌，这一次如果他输给了易洺，他会将自己的赛车砸毁，永不再碰。

这样的结果，他说时信誓旦旦，但真要面临时他却只能选择退缩……

"你的意思是……你根本没见过我，只是在别人的口中听过我。"

易洺心中撼动，灰虎心里的压力太过沉重，他太在乎输赢，以至于能够疯狂到把一个从未谋面的人当作自己的假想敌，并不断地滋生恨意。

"是。但我就是恨你。"

因为恨他，所以不惜代价去挑拨周围人和易洺的关系。

因为恨他，他极度恐慌自己会输给易洺，因此趁着所有人都不注意的情况下，他对易洺的赛车动了手脚。

"可你有没有想过，这个世界可能不只有一个我？"

"你什么意思？"灰虎紧蹙眉梢。

"你今天怕我赢了你，就用这种方式干扰比赛的公平，可明天可能还会有更厉害的'易洺'出现在这个世界上，到时候你要怎么办？继续去拆他的赛车，阻碍他的比赛吗？"

灰虎："……"

灰虎咬紧嘴唇:“我没想过。”

“以前没想过,那现在就想一想。”易洺喟叹一声,他走过去拍了拍灰虎的肩膀,“我不会报警,也不会告诉组委会,是因为我知道你对骑行事业的热爱是真切的。但是……你这次害我失去了比赛的机会,让我的亲人和朋友失望了,这件事儿,你得担着。”

“你……你想要我怎么担?”

灰虎皱眉望着他,眼神不解道。

在听到易洺并不打算把自己上报赛委会时,灰虎的内心震惊到无以复加。

自己的行径恶劣,他心知肚明,虽然在易洺受伤送医的那一刻他也慌了,怕了,甚至……后悔了,但这些情绪他都只是闷在了心中。

比赛结束后,他一直没有离开,在易洺出院的消息传来之前,他下意识地想要留在这里。

易洺托人找到他的联系方式时,接到电话的灰虎站在原地,眼神恍惚:“行,我等你。”

他知道易洺七窍玲珑,肯定猜到了这场事故是自己所为。

那一刻,他的心情错综复杂,有几许惶恐,却也有几许终于可以不再担惊受怕的释然……该来的,已经来了。

“在我告诉你你要怎么承担之前,你要先回答我一个问题。”

易洺眸光微闪,静静地望着他。

“什么问题。”

“在我出院的前一天傍晚,那个人……是你吗?”

“你在说什么……我……我不知道……”

灰虎闻言一愣,而后眼神瞬间闪烁,不敢直视易洺:“我没去过医院,你在胡说什么?”

“看着我。”

易洺话语的温度直线下降,带着压迫感。

灰虎尴尬地转过脸来，看着他。

“护士告诉我，我有一个队友来看了我，还给我送来了擦伤的药，那个人……就是你吧。”

易洺淡淡的语气听起来平静无波：“我在这里的队友只有两个，他们下午的时候都已经跟我有过联系了，所以不可能是他们，其他的选手和我的关系尚不足以来医院看望我……况且……没有哪个人能见到我出来了，掉头就跑的。”

易洺说的是事实。

那天傍晚，姜薇去医院的食堂买饭，易洺觉得病房里待着无聊，便打算去走廊里转转。

刚一推门，护士站前一个五大三粗的身影忽然扭头就朝着楼梯口跑去，易洺一怔，还以为是小偷刚要追，小护士却弯起眉眼朝着他走过来：“哎，小帅哥，你来得正好，你看，你队友刚给你送的东西。”

“我队友？”

易洺蹙眉。

“嗯啊，就刚才那个……他说他突然肚子疼，跑掉了的那个……”

易洺接过药膏，站在原地思忖了片刻，回忆起那个背影，易洺心中诸多疑问的答案开始逐渐清晰。

“灰虎，我知道是你。”

易洺的话让灰虎心中撼动，灰虎知道自己再也装不下去了，便垂下头道：“对，是我。”

易洺望着他：“为什么不敢见我？”

“我怎么见你，把你害成那个样子。”

灰虎一声接一声地叹气。

“这话倒是说得没错，”易洺微微勾起唇角，云淡风轻地笑笑，他伸手轻轻摸了一下自己的脸蛋，“你瞧瞧，我这小脸蛋被你害得险些留疤，不过看在你给我拿了药膏的份儿上，我原谅你了。”

“你说什么？”

“我说……我原谅你了。”

易洛无奈一笑,又重复了一遍。

“可是我害得你……”

“停——别抒情。”易洛竖起手指,做了一个“停止”的动作,他淡笑道,“你要感谢,就感谢我家姜小薇,是她曾经告诉我,人性无绝对的善恶,如果可以,给他人一个机会赎罪,也算是一件善事。所以……灰虎,这是第一次,也是最后一次,再有下次,我会让你从骑行界消失。”

“那你之前说的,让我承担……”

“这个好说,”易洛潇洒一笑,随后转身往外走,背对着他挥挥手,“下次比赛,大大方方地输给我就行了,让我帅气地拿个冠军回去给我家姜小薇,她笑了,我就原谅你了。”

灰虎愕然。

怪不得易洛会那么喜欢这个姑娘。

是她让易洛的心变得柔软,让他目有炯炯微光,成长为如此温文尔雅,心有大海的少年郎……

这一次省级联赛之行虽有遗憾,但也算圆满。

虽然易洛没能拿到冠军,但刘晓云替他拿到了。虽然自己的脸上挂了点伤,但易洛得了姜薇数天来无微不至的照料,他觉得这一摔,还是挺值的。

“别乱动,上药呢。”

回到D市后,易洛脸上的伤也在日渐痊愈,这都得益于姜薇每日按时替他上药。

“痒啊——”

易洛仰靠在沙发上,虚张声势地嚷嚷:“姜小薇,要吹吹才能好。”

姜薇嘴唇一抿:“吹你个头啊。”

“姜小薇,你凶我,你居然凶一个病人,我的命好苦啊……”易洛眨眨眼,作势抱住抱枕就不干了,“我算是看出来了,你心里没有我,你心里只有小十，从那边回来之后你天天给他做骨汤、买零食，而我呢？就落了个种类齐全了……”

说罢，易洺一脸“愤愤然”地将茶几的抽屉拉开，哗啦啦地将里面的方便面都拿了出来：

红烧牛肉、葱香排骨、老坛酸菜、鲜虾鱼板……

姜薇知道理亏，摇头轻笑：“这几天我落下的课程很多，你又说你没胃口不想去食堂吃，所以这几天只好委屈你了……”

“骗人，都是借口。”

易洺撇撇嘴，眼神盯着小十的饭盆，一脸幽怨道：“那放学回家你怎么有空给它熬汤喝啊……”

“熬汤时间虽然久，但主要是中间等待的时间，这段时间我可以拿来看看书，做做练习。”

姜薇乖乖解释。

“那我也要喝骨头汤。”

易洺露出一排小白牙，笑得一脸孩子气。

“真拿你没办法，”姜薇的表情看起来风轻云淡，她微微勾起嘴角起身，幽幽然说道，“那我去看看小十的饭盆里还有没有，应该差不多喝完了，估计还剩几滴……”

“姜小薇！”

易洺被姜薇气得整个一个痛心哀号。

但他却没发现的是，在他住进姜薇家里之后的这段岁月里，这个不爱笑的小姑娘确实越来越喜欢笑了……

这段时间以来，姜薇对小十的照顾确实多了一些。

几天前，姜薇得知易洺在比赛中坠地受伤之后便第一时间赶往了邻市。在路上，她想了想，还是给小周姐姐打了电话：“小周姐，我是姜薇。易洺受伤了，我现在正在赶往邻市的路上，目前还不知道几天能够回来，我一时之间实在找不到别人，只好耽误小周姐一点时间，小十这段时间就拜托你照顾了。”

姜薇将家里备用钥匙藏在了门框上的事儿告诉了小周姐，小周姐在电话里不断宽慰她：

“放心吧，你安心去照顾好你的‘小猫’，我会替你照顾好你的小狗的。”

对于这段时间小周对小十的照顾，姜薇十分感激。

易洺出院回到D市后，姜薇去小周的住处去接小十。

“你终于回来了，小家伙很想你，这几天也没怎么好好吃饭，总是守在门边不肯动。”小周叹口气，赶紧把瘦了一圈的小十抱给姜薇，“是我不好，我养狗的经验不足，没有替你照顾好小十。”

“不是的，小周姐，已经很感谢了。”

姜薇将欢喜地摇着尾巴的小十紧紧地抱在怀里，小十对自己的感情纯粹又可爱，这大概就是宠物对人类来说，最珍贵的地方。

“我回来了，宝贝，以后，我再也不会丢下你自己了。”

姜薇在小十的头上落下轻轻的一个吻，小十像是也听懂了一般，眼里闪烁着欣然的微光。

告别小周姐之后，姜薇将小十带回了家，想到这些天小家伙没能吃好也没能喝好，姜薇难免心疼，因此近段时间以来对小十的照顾自然就多了些。

可某个小醋包不依啊。

小十有骨汤喝，他也要；

小十有零食吃，他也抢；

就连姜薇最近新给小十买了几双小袜子，那人也依依不饶，杨树似的高个子倚着门框，笑嘻嘻地对着姜薇道：“我的袜子也坏了，姜小薇你不考虑送我一双吗？”

“哪里坏了？”

姜薇闻言愣了愣，易洺喜欢干净，袜子本身就是常换的，如果衣物要是有破损的迹象，这家伙大概早就换新的了，又怎么会还留着穿。

“你瞧。”

易洺说完，拎直脚背往前一伸，叮当猫的卡通拖鞋里，一只雪白的袜子刚巧露出一个脚趾。

“你这缺口……”

姜薇摸了摸下巴，意味深长地啧了两声：“有点整齐啊……”

易洺一听，顿时心虚地收回了脚，眼神飘忽地笑道：“凑巧，凑巧。”

“我怎么记得刚才好像有人问我找剪刀来着，然后有人好像还把自己关进房间里窸窸窣窣地不知道在做些什么……”

姜薇澄澈的眼神凝视着他，看得易洺一张白皙俊俏的小脸破天荒地红了。

“哪有，你记错了。”

“我没记错，易小洺，浪费东西可耻你知不知道？”

姜薇忍笑瞪他一眼。

易洺转身要逃，姜薇向前一步，伸手拽住他的手腕，“想去哪儿？”

“我去看看小十吃饱了没有……”

“不用你看，来，把袜子脱下来……”

“你要干什么？”

易洺一怔，转过身来，双手做环胸状：“这……不太好吧，光天化日之下让男生脱衣服……”

“是脱袜子，脱袜子！”

姜薇抬起脚，轻轻踢了踢他的小腿：“就知道贫嘴，快，脱下来。”

易洺乖乖地回到屋子里，坐在床沿处，脱下了才刚刚穿上的“破洞”袜子。

姜薇伸手接过，她熟练地取下针线盒，坐在易洺的身边就给他缝补起了袜子，边缝边轻柔地对他说：“这个袜子才买不久，你就这么把它剪了太浪费了，我给你缝一缝，你还能穿。”

易洺点点头，他笑眯眯地望着姜薇的侧脸：“姜小薇，你知不知道你现在缝衣服的样子很像我奶奶。”

“是吗？那我不介意你叫我一声姜奶奶。”

姜薇笑了，有意打趣他。

“行啊姜小薇，知道占我便宜了。”

易洺也笑了，他温柔地凝视着姜薇的眼睛，那双眼睛很漂亮，像夜幕里的星辰，“姜小薇，你对我真好。”

姜薇缝袜子的手顿了顿，半晌，她微微勾起嘴角，慢悠悠回道：“好吗？一般吧，我觉得。”

“你看你，都说男生的袜子臭，可是你却一点也不嫌弃我的。”

易洺在一旁“嘿嘿嘿”地傻笑，正在他觉得气氛变得粉红浪漫时，姜薇忽然开口道：“这有啥，你五岁那年有一次和叔叔吵架，和叔叔赌气说要一天不上厕所，结果后来在我家就憋不住了，你的那条小短裤……”

“停停停！”

易洺捂脸长叹：“姜小薇，你是老天派来折磨我的吧，这么美好的时刻你跟我提这个……”

姜薇扑哧一笑，她停住手上的动作，抬起头来，望着他：“喏，给你，好了！”

# 第七章 当母后大人突然驾到

和易洺住在一起的这段时间，两个人有笑有闹，像是回到了幼时夏季的傍晚，自在又欢愉。

可谁也没想到，就在一个再平常不过的夜晚，姜薇和易洺才刚刚回到各自房间睡下，外面的防盗门却忽然被人敲响。

“咚咚咚。”

声音急促而有力。

“小薇呀，你睡了没有啊，是妈咪呀，快来开门。”

姜薇母亲尚文莉的声音很有特点，清脆好听得像个娃娃，光听声音就不难猜出此人的长相——年轻，漂亮，富有朝气。

姜薇听到是妈妈的声音，大脑似乎停顿了三秒，下一瞬，她猛地从床上坐起来。

“我妈怎么来了——”

姜薇慌张地一抓头发，眼神充满了绝望。

她趿拉着拖鞋赶紧跑出门，跑到隔壁把睡眼惺忪的易洺揪起来，急声道：“快快，我妈忽然来了，不能让她知道咱们俩住在一个房子里，你快去躲躲……”

易洺顶着一头枕乱的头发，眼神迷离：“啊……我去哪儿躲啊……”

姜薇想了想,随后伸出手将他往外推:“你先去阳台躲一躲,万一我妈也去那儿了,你就去空调外挂机上藏一下,上次你不是说你就试过一次,你有经验的……”

易洺:“……”

上次的事儿就不必再提了,他和小十的初见委实是有那么点……不堪回首。

按照姜薇的吩咐,易洺稀里糊涂地抱着一堆自己的衣服藏进了阳台里。

易洺唯一一双放在外面的鞋子也在五秒钟后被姜薇丢了进来:“快藏好。”

把易洺安顿好之后,姜薇这才搓着手往门的方向快步走去,到了门前,她“霍”地一下打开门,对着门外粲然一笑:“妈。”

“你这孩子,是在蹲厕所吗?”姜母一脸不解地拎着包包进门,“怎么这么久不来开门,害得我还以为我走错了房间呢……”

姜母说着,俯身打开鞋柜找拖鞋换,姜薇眼疾手快地扑过去,用身体挡住鞋柜,讪笑道:“妈,我来给你找。”

姜薇背对着鞋柜,两只手在身后鼓鼓捣捣,片刻后,她揪了一双拖鞋出来递给尚文莉。

“妈,给你,这双新的,没穿过。”

鞋柜里三分之一都是易洺的鞋子,在这么短的时间里也没办法完全都藏起来,所以姜薇只好用身体挡着鞋柜的正面,不让母亲发现里面的秘密……

“粉色的哎,适合妈妈。”

尚文莉弯起柳叶眉一笑,有着一颗少女心的她竟是比女儿还喜欢这样粉嫩的颜色。

“嗯,想着万一哪天妈妈来了没有鞋子穿,我提前给你准备的。”

这句话说得倒是不假。

姜母得知女儿搬出来住之后一直表示想要来看看,但是以姜薇对母亲的了解,母亲和父亲的关系一直如胶似漆,这么多年来都没变过,最近父亲很忙,都在各地出差,而母亲作为一名无须坐班的兼职财务人员,都是和父亲一道前行的。

只要父亲没时间,姜母就一定不会过来这边的,他们两个人绝对不会分开。

至于这次姜母为什么突然自己一个人就来探望姜薇了,姜薇也没能想到原因。

"妈,你怎么突然来了,怎么都没提前告诉我一下。还有……我爸呢?"

"你爸今晚要加班一整夜,要盯一个工程,他怕我晚上睡不着,便把我送到你这里来了,明天他就过来接我。哦,对了,你爸最近就在你们附近的城市出差,离这里很近。"

姜薇点点头,顿了顿,她又抬起头来:"等等,妈,你的意思是今晚你要住这里?"

尚文莉极其自然地点点头:"当然。"

"不是,妈,你来之前应该提前通知我一下的……"姜薇哭笑不得,她眼神飘忽地望了一眼阳台的方向,而后又收回来,"我……我好准备一下。"

"哎哟,你准备啥,我看你这旁边不是还有一个房间吗?你不是和人合租吧?不是的话,妈今晚就住这儿了……"

尚文莉说完笑嘻嘻地就要往易洺的房间走,姜薇跑过去横身挡在姜母面前:"这里面有人!"

"什么?"

姜母闻言,瞬间瞪大了眼睛,讶然道:"你有室友呀,哎呀,那你怎么没和妈妈说呀,这大晚上来万一吵到人家怎么办,你快让开,妈得跟人家见个面,再道个歉……"

"不用的,不用的妈。"

姜薇讪讪一笑,摆摆手:"那个……住在这里的小周姐今天不在,她回寝室去住了,她平时喜欢干净,不太喜欢别人未经允许进她的屋子……"

"哦哦哦,原来如此。"

姜母信以为真地点点头，赶紧拉着自己女儿的手腕退回来："那咱们还是不要进去的好，别人的行为习惯要懂得尊重，知道吗小薇，尤其是你和人家合租，更要学会互相体谅、互相帮助……"

"知道啦，妈。"

姜薇松了一口气，她淡淡笑道："妈如果你真要住下，就来我的房间住吧，咱们娘儿俩挤一挤，还能说说悄悄话……而且，我还有个惊喜要给你看。"

"惊喜？什么惊喜？"

尚文莉挑了挑眉梢，听到有惊喜，她那双漂亮的眼眸里顿时发了光。

姜薇笑了笑，她拉着妈妈的手走到自己的房间前，打开门。

小十歪着头站在那里，凝视着眼前的两个人。

一个是自己漂亮可爱的女主人，而另一个……长得和它的女主人也好像啊……

姜母望着眼前毛茸茸的小家伙，她简直难掩心中的激动，她蹲下身来摸了摸小十的头，轻柔道："小薇，你什么时候养了这样一只小天使呀……"

姜薇搬出学校住的真正原因姜母其实并不知晓，姜薇在电话里只提了因为能有个不被打扰的学习环境，因此她选择了尊重女儿的想法，并没有就此多问。

姜薇曾经也没想着要这么早就告诉母亲，不过今天既然母亲已经到了家里，姜薇便也不想再瞒下去了。

"路上捡到的，其实我搬来这里也是为了这个小家伙……妈，关于养狗这件事儿，你会支持我的吧。"

"当然。"

向来开明的尚文莉满脸笑容，她温柔地抚摸着小十头顶毛茸茸的毛发，轻声笑道："别说养只狗了，你就是养个男朋友在这儿，妈也是支持你的……"

姜薇："……"

姜薇听完脚下一软，差点摔了。

尚文莉要留宿在姜薇这儿已成定局，姜薇把母亲安顿在自己的房间后，便找了个借口关上卧室门出来了。

姜薇一路蹑手蹑脚地跑到阳台，发现可怜兮兮的易洛正蹲在角落里瑟瑟发抖。

“我妈晚上要住在这里。”

姜薇悄悄从易洛的房间拿了外套递给他，阳台风大，易洛又只穿了睡衣跑出来，她担心他会着凉。

“啊？”易洛正穿着衣服，手上的动作蓦然停住，“阿姨要留下……那我怎么办？”

姜薇抿着唇，低头思忖了几秒：“你等我消息，一会儿我妈妈睡着了我再来叫你，我和她说了隔壁房间的室友不喜欢别人进她的房间，这样你到时候悄悄进去睡，我妈妈不会发现里面有人的。”

易洛想了想，似乎也只能这样了。

“好吧。”

交代好易洛之后，姜薇火速回到了自己的房间，打算用最快的时间“哄睡”自己的老妈。

然而尚文莉却对女儿新收养的小狗十分好奇，不断地抚摸着小十的小脑袋，尚文莉十分喜欢宠物，但因为自己居所不定，所以一直没能去养一只属于自己的。

小十对于这个“外婆”也是出奇地亲热，大概是因为姜薇的眉眼和尚文莉十分神似，所以小十对她从一开始就有了善意。

“妈，您跟着我爸忙活一天了，肯定累了吧。”姜薇端了一杯热牛奶递给她，“喝了牛奶早点睡吧，我记得您之前曾经跟我说过，女孩子们都是要睡美容觉的，不可以熬夜。”

尚文莉对于女儿的用词听上去十分满意，她腾出手接过杯子，笑呵呵地望着姜薇：“还是我的女儿贴心。”

姜薇乖顺点头一笑，她将柜子里的备用枕头拿出来，放在自己的枕边。

“妈,我们好久没有一起睡了。”

姜薇躺在自己的枕头上,头发柔软地散在一边,她弯起眉眼望着天花板,轻笑道:“上一次好像还是我很小很小的时候,有一次我发烧了,难受得一直哭,你就留在我身边陪着我睡,还给我唱歌听……”

“是啊,可惜妈唱得太难听,唱到最后你还记不记得你哭得更厉害了。”

喝过牛奶之后,尚文莉也躺在了女儿身边,声音温柔得像涓涓水流,她拉着女儿的手,像小时候一样摩挲着:“那个时候的你跟我说——‘妈,太难听了,好吓人,可不可以换易洺来唱啊……’”

尚文莉话音才落,自己先笑了:“你那个时候就很依赖易洺,那个娃娃也确实招人喜欢得紧嘞。”

姜薇闻言,心中不由得动了一动,她抿唇轻笑:“可他那个时候只会唱《黄河大合唱》,结果他来了之后唱给我听,听得我心潮澎湃,更睡不着了……”

姜薇说完,娘俩儿一起笑个不停,小小的房间回荡着的都是喜悦的笑声……

“女儿。”

“嗯,妈。”

“那个易洺……不是也和你一个学校吗?他现在住哪儿?”

姜母突然间问道这个问题,姜薇身体一僵,攥紧被子道:“他在寝室住。”

“嗯……”姜母若有所思地点点头,“回头妈得见见他,你们在一起上学,我得让他照顾着你一点。”

“妈,你不用去见他,他知道的,他……会照顾我的。”

“那不行,我得亲自跟他说说才行,还有我家姜薇的终身大事……我也得……”

“哎呀,妈,你快睡觉吧,太晚了,明天我要起不来床上学了!”

姜薇心系仍藏在阳台挨冻的易洺,她撒娇似拍了拍母亲的胳膊,笑道:“明天我爸早上来接您,您想啊,要是睡太晚了眼睛会有黑眼圈的,有了黑眼圈可就不漂亮了……”

尚文莉一听，顿时惊呼了一声：“哎呀，那可不行，无论什么时候见我家老姜，我都得是最美的样子……好了好了，妈不跟你说了，妈要睡美容觉了。”

话音刚落，尚文莉将被子往上拽了拽，竟直接转过身合上眼眸酝酿起睡意来。

姜薇抿唇一笑，她的这个妈呀，果真还是老样子。

说实话，姜薇有时候真的羡慕父母之间的感情，两个人明明已经快要五十了，可每天还像热恋一样如胶似漆。

都说女人为悦己者容，这句话在母亲的身上则体现得更加淋漓尽致。

就像是十七八岁怀春的少女一般，母亲在父亲下班回来前都会化好精致的妆容，而父亲也会每一天都换着不同的词汇来称赞母亲。

姜薇觉得，自己这辈子吃得最大的“狗粮”就是来自于自己亲生父母。

当然，也正是因为父母感情的和睦，让姜薇得以生活在一个充满爱和善意的家庭里，养成了一个如此平静祥和的性格。

过了大概一刻钟的时间，母亲的呼吸声渐渐平稳。

姜母的睡眠质量一直都很好，睡着之后便很少会被细小的动静惊醒。姜薇悄悄地从被窝里钻出来，轻手轻脚地打开门，溜了出去。

到了阳台后，姜薇发现易洺竟然身上披着外套，倚靠在阳台边睡着了。

“这个家伙。”

姜薇无奈一笑，晚风很凉，怕是明天又要给他熬热姜汤喝了。

姜薇悄悄地蹲在易洺的身边，好奇地凝视着他的脸，不得不说，这个家伙长得真的是很好看，睫毛竟然比女孩子还要长，真是令人羡慕。

“易洺。”

姜薇用极轻的声音试图唤醒他。

等了几秒钟，见易洺仍然没有反应，姜薇皱了皱眉，抬起手指轻轻敲了敲他的手臂：“易洺，快醒一醒，这里凉，该回去睡了。”

又等了几秒钟，还是没反应……

姜薇心中“咯噔”一下。

难道是……冻生病了？

想到这儿姜薇心中一阵焦急，就在她俯过身去想要用手背试一试易洺额头的温度，二人距离越来越近之时，不承想易洺的眼睛蓦然睁开了。

黑夜里这样漂亮的一双眸子简直和夜幕上的星辰无异，摄人心魄，动人心弦。

“易洺你……”

姜薇一时看愣了。易洺深邃的眼眸凝视着她，半晌，忽然冒出来一句极其欠揍的话：“姜小薇，你干吗贴我这么近啊，想亲我就直说，我又不会躲……”

易洺笑盈盈地看着她，姜薇小脸一垮，伸手朝着他的脑门就来了一下：“亲你个头呀，赶快回去睡啦。”

见他没事儿，姜薇这才松了一口气，她音调渐柔，温声说道：“我妈睡着了，你悄悄回去，她不会发现的，明天一早我爸就来接他，你不要出声就好了……”

易洺就这样蹑手蹑脚地回到了房间。

姜薇替他关好了门，而后又悄悄地回到了自己的房间。

本以为母亲正睡得熟，可没想到姜薇才刚刚脱下拖鞋爬上床，母亲却忽然转过了身来，一双晶亮的眼睛在黑幕里望着她：“小薇，你去哪儿了？”

姜薇吓了一跳，她捂住胸口：“妈，你醒了怎么不告诉我一声，差点吓死我……”

尚文莉勾起唇角一笑：“你这丫头，妈这不是出声了吗？妈要是醒了光看着你不出声，那才叫吓人呢……”

说完，姜母自己倒是先小声地笑了起来。

姜薇平复了一下心情，她慢慢躺下来，强装镇定地问道：“妈，你什么时候醒的啊……”

“就你刚才进来啊……我正做梦梦到我和你爸银婚纪念日，你爸给我做了一大桌子好吃的菜，还买了好大一束玫瑰花，我这连花香都还没来得及闻一下，就被你开门进来的声音给吵醒了……”

听到母亲是才醒的，姜薇不由得心中安心了几分。

“妈，我记得你之前睡眠都是很好的，这点动静是吵不醒的，怎么现在睡眠变得这么浅了？”

姜薇关切地望着自己的母亲，心中有些担忧她是不是上了年纪，有些神经衰弱，可没想到姜母却摆摆手，笑道：“其实我是骗你的，我不是被你的开门声音吵醒的……”

“啊？那是……”

“我是被小十踩醒的。”

说这句话的时候，母亲的脸上不仅没有半分的不高兴，反而满脸的骄傲和幸福。

“我本来搂着它睡觉，可这小家伙大概是听到了你开门的声音忽然就醒了，为了能够以最近的距离奔向你，它直接踩着我的肚子蹦了过去……”

姜薇：“……”

怪不得她刚才悄悄推开门时，小十就已经蹲在自己面前摇尾巴了，她出门之前明明记得它是在母亲的怀里的。

“没踩坏您吧。”

“哪能，小肉垫那么柔软，踩一下跟按摩似的，是种享受。”

姜母对宠物有着足够的爱心和耐心，这一点大概也遗传到了姜薇的身上。

“你刚才……是去上厕所吗？”

姜母问道。

“嗯。”

姜薇心虚地点点头，幸好房间里没开灯，不然母亲一定会发现她“撒谎”后的脸红。

“睡前少喝一点水，不然夜晚容易去厕所，这样子睡眠质量就会不好了，第二天起来眼睛还会浮肿。”

姜母耐心地教育着女儿。姜薇亦乖顺地点点头，轻声应道："嗯，知道了妈，放心吧。"

"小薇呀。"

"嗯？"

"你在学校里，有没有遇到过合适的男孩子？"

不知道为什么，姜母又提起了这个话题。

姜薇想了想，回道："目前学业比较繁重，我们专业的男孩子也很少，所以……"

"这样子可不行啊。"

姜母有些心急地继续道，"校园恋爱是最纯粹的一段感情，你别看你爹百般不舍不想让你去谈恋爱，但妈是支持的，你瞧瞧你，性子又冷，朋友又不多，大学不谈一个，毕业后妈担心你再也找不着对象了呀……"

姜薇："……"

这就是来自亲妈的嫌弃吗？

"妈，你女儿还没丑到那个份儿上吧，"姜薇哭笑不得地望着她，"您太心急了。"

"傻姑娘，这怎么是妈心急呢？"姜母皱着眉梢，一骨碌地从被窝中坐起来，"你腾腾手，帮妈把那边的包包拿过来。"

姜薇虽然不知道母亲要做什么，但还是按照她的要求照做了。

姜母"哗"地一下打开包包的拉锁，伸手进去摸索了一会儿，片刻后，两指一合，竟是夹了一本"书"出来。

"喏，宝贝女儿，给你。"

"这是什么，妈？"

姜薇直起身，一脸迷茫地接过。

"你妈从十几岁就喜欢你爸了，这是妈这么多年以来专心编纂的《追爱宝典》，当初我追你爸就是靠着这套《追爱宝典》才追到手的，里面全是你妈的心血，你一定要珍惜。"

“妈,没想到你还有这样的宝贝。”

姜薇摇摇头,忍俊不禁道:“没看出来,我的妈妈还是个大文豪呢。”

“臭丫头,就知道取笑妈妈。”

尚文莉宠溺地摸了摸姜薇头上柔软的发,她轻柔地和姜薇说道:“别怕接受感情,也别怕失去,你现在还年轻,你需要做的就是勇敢地去体会生活,然后大胆地去爱,只有这样,在你老了以后再回忆起这段时光来,才会不觉得遗憾。”

母亲的话让姜薇不禁觉得动容。

母亲向来活得通透,从小到大,姜薇做出的各种选择她也很少加以左右。

尤记得十一岁那年,姜薇和父亲因为一点小事起了一点争端,母亲为了维护自己破天荒地第一次和父亲红了脸,她一直记得母亲当时和父亲说的那句话:“她是我身上掉下来的肉,我给了她生命,也有权保护她做她自己任何想做的事情,只要是正确的,不妨碍他人的,就都是她的自由。”

“你们不要强加自己的想法在她的身上,她就是姜薇,是她自己的姜薇,也只属于她自己。”

母亲的话让姜薇在很多年后都仍然难忘,她的母亲又何止只是给了她生命。

她给她的,是无限的爱与包容,是一生都磨不灭的感动……

虽然……那天母亲和父亲吵架之后没有24小时,妈妈就被爸爸的一根雪糕哄好了,但是关于姜薇身上的“自由”问题,父亲却真的再也没有过度地干扰过。

“妈,你放心吧,我一定会选择一个对的人陪着我走过余生。”

姜薇微微弯起嘴角,幸福地抱着母亲的手臂,像孩童时期一样蹭啊蹭的:“会像您和父亲一样,相爱一生,扶持一生,既然选择了彼此,就再也不会放弃……”

“所以,你现在遇到那个人了吗?”

姜母欣慰一笑,她温柔地拍了拍姜薇的手。

“嗯。”

姜薇想了想，竟勇敢地向母亲承认了。

“是谁？妈妈见过吗？”

姜母闻言，十分好奇地瞪大了眼睛。

“嗯，见过。”

姜薇抿唇淡笑。

“是吗？妈妈见过呀，那可要让妈妈来猜一猜了——嗯，能配得上我家女儿的，我还见过的男孩子都有谁呢……”

姜母正笑着要开口说，却忽然听到身侧传来一阵温和平稳的呼吸声。

等等。

所以……这孩子是在这么关键的时刻……睡着了?!

“小薇？”

“……”

“小薇？是睡了吗？”

“……”

姜母见状，无奈一笑，摇摇头：“哎，这孩子……”

第二天清晨，姜母早早起来给女儿做了小米粥，备了煮鸡蛋和牛奶。

“这丫头，平时一个人住，备的主粮倒是不少。”

尚文莉抿唇一笑，勤快着给女儿收拾着厨房，打开碗柜之后，她忽然发现柜子里面有一对儿十分奇怪的碗。

色系相同，款式相同，只有碗面上的卡通图案不同。

是一对儿情侣碗。

“这对儿碗，怎么这么眼熟啊……”

姜母微微讶然地端出其中一只，拿在手中打量着。

女儿很喜欢哆啦 A 梦，甚至连小时候的床单被罩都央求着妈妈要买叮当猫的款式。尚文莉记得姜薇六岁那年生日，她当时也送了女儿一对儿这样的碗。

"妈妈,我可以把这个碗送人吗?"

女儿收到碗之后爱不释手,但不想过了几分钟之后,女儿竟然提出了这样的要求。

"怎么了,小薇,是不喜欢吗?"

尚文莉蹲下身,有些担忧地凝视着女儿的眼睛。

"不是的,很喜欢。"

小姜微眼睛泛着微光,眼尾弯起一个温柔的弧度:"妈妈,我想把其中一只碗送给易洺。"

"嗯,当然可以呀,"姜母闻言轻笑,温声道:"妈妈送给你的东西,就属于你所有了,你可以随意地去决定它的去留。"

再后来,隔壁的小易洺来家里"蹭饭"时,姜母发现易洺拿着的碗确实是自己送给女儿那对儿的其中一只。听易父说,小家伙爱不释手,连去奶奶家都带着。

一晃,十几年光阴已过。

姜母惊讶地发现眼前的这两只碗和当年的那两只简直太过相似,要不是图案太过清晰,她真的就要以为这就是当初她送给女儿的那对儿碗了。

姜母正愣神,姜薇起床趿拉着拖鞋揉着眼睛走过来:"妈,在干什么?"

"女儿,你快过来。"

尚文莉激动地招招手。

"你瞧瞧这对儿碗,是不是很像当年妈送给你的那对儿啊。"

尚文莉指给姜薇看。

姜薇往碗柜里看了看,旋即勾了嘴角一笑:"妈,你送得那对儿早就掉得没瓷儿了,这是新的,前不久易洺刚买来的……"

姜薇想也没想就说出口,但话刚落地,她就后悔了。

姜母心思玲珑,立刻听出话中深意,她眉梢一挑,追问道:"等等,易洺?"

"啊……"

姜薇懊恼地皱了皱眉,赶紧讪笑道:"是啊,前阵子他过来看望我,给我送了好些个东西，里面就有这对儿碗，他说他是专门从网上找的，因为有童年的记忆……”

“哎哟，我就说这孩子好吧。”

姜母喜滋滋地笑，谈起易洺满脸的欢心：“就是这孩子啊，多少有点傻……”

“啊？”

姜薇闻言一愣，抬起眸子：“易洺傻吗？我怎么不知道？

姜母笑笑，一边拿着筷子一边朝着餐桌走：“怎么不傻，可太傻了……这孩子当时就应该把自己当成礼物送过来，这样为娘还用担心你的婚姻大事吗？我岂不是早就可以安心地陪你爸去环游世界去了……”

姜薇：“……”

姜薇有点哭笑不得。

感觉自己的亲妈有点不爱自己了。

怎么天天净盼着把她嫁出去啊？

姜薇乖乖拿了两个碗跑到妈妈的对面坐下来，睡衣兜里的手机忽然震动了两下，姜薇不露声色地将手机握住手中，悄悄划亮了屏幕。

是易洺。

易洺：“我觉得妈刚才说得挺对的。”

姜薇挑挑眉，敲敲手机键盘回复：“注意言辞，是我妈。”

易洺：“哦好……”

顿了顿，易洺又回：“我觉得‘我妈’刚才说得挺对的……”

姜薇：“……”

不理会他这茬，姜薇担心易洺饿肚子，而母亲在这儿他又不好露面，便安抚他道：“一会儿我爸就来接我妈妈了，等这边都落定之后，我陪你去吃笋丁牛肉面。”

电话那头的易洺显然不是这么好被“收买”，他用了一大串“哭唧唧”的表情包回复道：“不行，我要吃我丈母娘亲手做的小米粥、煮鸡蛋，还有牛奶……”

姜薇和姜母在厨房聊天时，易洺没忍住从卧室偷偷露了个头出来，透过客厅的落地镜他瞧见了餐桌上摆放的早餐。

“锅里还有粥，一会儿……”

姜薇正全神贯注地发着消息，话还没敲完，却忽然听到尚文莉一声低呼：“小薇你看，小十怎么了？”

姜薇闻言抬头。

小十正端坐在易洺的卧室门前，鼻头紧贴在门缝里嗅啊嗅的，光闻好像还不够，它忽然后腿儿支撑着站起身来，两只小爪子开始剧烈地挠起了门……

“小十！”

姜薇心底一惊，赶紧站起身来。

“姜薇，你这房间……是不是闹鬼啊……”

尚文莉惊恐地也站起身来，赶紧躲到了女儿的身后，她的眼睛紧紧地盯着小十挠的那扇门：“你不是说你的舍友没在吗？那里面应该没人啊，小十为什么会这样？”

姜薇心知肚明，大概是某个家伙就在里面搞鬼了……

姜薇安抚地拍了拍母亲的肩膀，干笑道：“妈，你别怕，我去看看。”

姜薇一边朝着卧室的方向走，一边快速地给易洺发微信：

“易小洺，你又在房间里搞什么鬼？小十都开始挠门了。”

几秒后，易洺回复：“饿了，偷偷从书包里拿了一个真空鸡腿吃……就你昨天逛超市让我帮你装着的那个……”

姜薇一愣，她忍着笑蹲下身，将馋坏了的小十抱在怀里。

“那个是宠物食品，是给小十吃的……”

姜薇抱着小十往回走，背后的房间里似乎传来了一阵隐约的干呕声……

“怎么回事呀，小薇？”

姜母仍然心有余悸的样子。

“没事儿的妈，平日里小周姐早上起得早，习惯先给小十做些早饭吃，今天见小周姐不在，小十肯定是想她啦……"

姜薇随便想了个理由搪塞了过去。

"哦。"

听到女儿这样说，尚文莉这才半信半疑地重新坐回了座位上，埋头喝起了自己的那碗粥。

"小薇啊……"

尚文莉喝了两口，忽然又抬起头来。

"怎么了，妈？"

姜薇刚把煮鸡蛋剥开，她抬起眼眸望着母亲。

"我觉得……你还是应该找个男朋友来保护你，你昨天晚上跟妈说，你遇到了一个你觉得合适的人……那个人……到底是谁啊……"

姜母的话让姜薇一愣。

完了，她昨晚困得不行，自己在睡眼蒙眬的前提下爹着胆子到底说过什么做过什么，真的记不清了。

"我……我说了吗？"

姜薇脸颊微红地望着母亲，呼吸都变得紧张起来。

"说了呀，而且你还跟我说，你喜欢的人是从小跟你一起长大的。"

尚文莉一脸镇定地剥着鸡蛋，一点也看不出是在撒谎。

"这句我也说了？"

姜薇震惊地瞪圆了双眼，昨晚的自己不是太困了，这是……喝多了吧？

"嗯啊。"

尚文莉微微弯起眉眼，欣然一笑，她支起胳膊，朝着女儿的脸靠了靠，小声道："我猜那个人就是易洺吧？你小时候脾气冷得像块冰木头，只有人家易洺每天愿意围着你转，妈猜你一定喜欢他，是不是？"

"妈！"

姜薇脸一红，眼神下意识地往易洺的房间瞟了一瞟。

"别害羞孩子，妈昨晚不是给你《追爱宝典》了吗？晚上你睡觉前好好研究一下，妈保证你能追上那小子，易洺长得帅，脾气又好，关键是个子还高，将来你们两个生了孩子那小脸蛋一定像瓷娃娃一样，哎哟……”

“妈妈妈，粥凉了，你赶紧喝吧，不然一会儿我爸都该到了。”

姜薇红着脸将尚文莉面前的粥碗朝着她的方向推了推，羞声道：“吃完了我就送您下楼，看着您安全被接走我就直接回学校了。”

“你这孩子，一说到关键时刻就打岔。”

尚文莉狠狠咬了一口鸡蛋清，恨铁不成钢地说道：“你得抓紧点，易洺那小伙子多招风呀，高高大大的，人又聪明，模样又好看，大学里女孩子那么多，别一不留神就被别人捷足先登了。”

“妈，我知道了。”

姜薇点点头，笑得很温柔。

“小薇。”

尚文莉嚼了两口鸡蛋，而后眼角的弧度忽然放缓，声音变得稍稍有些严肃。

“嗯？”

“你……你是不是……还因为那件事在自责啊……”

尚文莉抬起眼眸，有些担忧地凝视着女儿。

姜薇闻言怔了怔，举着筷子的手在半空僵住。

“妈，我没有。”

她垂下头，眼神低低的，盯着自己的粥碗。

“小薇，很多事情虽然有因果，但那不一定就是你的错，你不要背着包袱过生活，那样会很累的……”

尚文莉放下筷子，心疼地摸了摸女儿的头发，温声道：“你是个好孩子，你值得被爱被尊重，易洺也是，如果你们之间真的有感情，就不要错过彼此。”

“妈，我明白的。”

“你明白什么，傻姑娘。”

尚文莉无奈地喟叹一声，她凝视着女儿的眼眸，眼底一片心疼：“你也不要因为你的病而自卑，你的平衡功能障碍不是你的原罪，我的女儿有瑕疵又怎么了，有瑕疵的美才更动人，完美无缺的东西是不存在的，反正在我这里——"

尚文莉指了指自己心脏的位置，眼睛泛着微微莹光："我的女儿，姜薇，是这个世界上最好看，最优秀，最善良的女孩……"

"妈，你干吗这么煽情啊……"

姜薇眼眶一红，鼻子立刻就酸了。

"妈得时不时地跟我女儿说说心里话，不然也不能光给女儿吃我和她爹的'狗粮'不是。"

尚文莉说完，自己就笑了。

姜薇也笑了。

她静静地凝视着母亲慈爱的脸庞，在心底一遍遍地说给自己听：

会放下的，她会放下的，给她一点时间。

她会做到母亲说的那样，成为一个虽有瑕疵，但仍有自己独特光芒的人……

一个配得上易洺的，好姑娘……

姜父来电时，母女俩已经穿好衣服下楼等了。

"我马上就到姜薇楼下了，你们下楼吧。"

姜爸爸在电话里的声音清脆嘹亮，姜薇笑笑，对着电话里的爸爸说道："我们早就下楼啦，我妈说她简直一分钟见不到她的老帅哥就想死他了，非说要提前下楼等你，第一时间见到你。"

"小薇，说什么呢？"

尚文莉抿唇一笑，有些害羞，但仍难言喜悦："我明明说的是'有点想他'，哪里有说'想死他了'啊，你这么说，你爹他会骄傲的。"

姜薇对着电话赶紧道："爸爸，你听到了吧，这可是她自己说的，我妈她想你啦，你赶快过来吧。"

"你这孩子……"

“好嘞，爸爸这就来啦。”

电话那头的姜爸爸听起来心情大好，连汽车轰油门的声音都大了几分。

姜爸爸到后，姜薇拥抱了爸爸。

姜爸爸平日里工作很忙，和女儿的沟通并不多，但这并不妨碍父女感情的递增——因为有姜薇妈妈不断地和女儿在微信上聊起姜爸爸，诸如你爸爸最近又做了什么好事呀，帮助了哪些员工呀，给你妈妈我又做了什么好吃的，还有为了给你准备礼物，自己带着老花镜学雕刻等等等等。

姜薇通过这些消息就知道自己的爸爸一直都是一个不善言辞，但内心温热的好爸爸。

他体贴员工，心地仁善；他爱妻爱家，感情忠贞；他心系女儿，舐犊情深。

这样的父亲，难怪母亲会如此地深爱着他，姜薇深深地理解着这一点。

“爸爸和妈妈走了，你好好照顾自己。”

姜父眯着眼睛笑笑，拍了拍女儿的肩膀：“自己在外面住，要注意安全，晚上睡觉要锁好门窗，遇到陌生人敲门是万万不能开的。”

“爸，我记住了，您啊，还当我是小孩子呢。”

姜薇抿唇一笑，柔声道：“您就照顾好您身旁的这位‘小女生’就好啦，我会自己照顾好自己的，还请二位放心。”

尚文莉温柔一笑，挽住姜父的手臂：“乖女儿，那我们走了，你好好生活，别忘了妈跟你说的，抓紧点啊。”

姜父一听，扭过头来，好奇道：“抓紧什么啊？”

“没什么。”

尚文莉笑着看了姜父一眼，随后朝着女儿眨了眨眼：“我女儿知道就行了，你个大老爷们儿，别管。”

姜薇简直被孩子心的母亲逗笑了，她温顺乖巧地点头：“遵命，我的母上大人。”

送走了父母之后，姜薇转身跑上楼。

易洺还藏在自己的房间里不敢出来，姜薇要赶紧回去，把可怜的易小洺“放”出来才行。

“易洺，我妈妈走啦。”

姜薇进门踢了鞋子，光着脚就往易洺的房间跑，她急急忙忙地打开卧室的门，却赫然发现易洺竟然趴在书桌上一动不动，背部均匀地起伏着……

这家伙，居然睡着了……

姜薇放缓脚步，轻手轻脚地走过去，她坐在一边，静静地凝视着易洺的侧脸。

这是她喜欢了十几年的少年……

他对于她来说就像夜幕里的皎然月光，是心底最柔软的地方，也是最珍贵的地方……

等到易洺醒过来时，姜薇已经先去学校了。

易洺伸了个懒腰往后靠了靠，抬头时发现原来桌旁还放着一张写着娟秀字体的纸条：“看你睡得香就没有叫醒你，你上午的课晚，不急。锅里还有粥，保温盒里有我给你新做的土豆丝汉堡，请你尝鲜。”

纸条的末尾画了一个大大的笑脸，易洺觉得这个笑脸画得也太难看了，可他却还是看着它傻傻地笑了半天……

姜薇上完了第一堂课，见门外没有易洺的身影，便发微信给他。

“还没来学校吗？”

等了五六秒钟，易洺回复道：“你回头看。”

姜薇先是一愣，而后蓦然回头。

她的身后是一段长长的走廊，走廊上方的铁架上布满了绿油油的藤蔓，翠绿光影下，少年身材颀长，笑容温暖，就像是从漫画里走出来的一般。

姜薇蓦然一滞。

凝眸怔愣间，那人笑着朝她走来，旁边的人仿佛一瞬色彩暗淡，只有他一人落进她的眼睛里。

“易洺？”

易洛走到姜薇面前站定，他的个子比她高出半个头，他微微俯身看着她，眼底皆是笑意："刚才某人出了门就四处找我，看来是一分钟看不见我就思念如狂啊……"

姜薇耳畔热了热："你什么时候来的？我怎么没看见？"

"来很久了，一直在等你下课。"

易洛笑笑，他伸手摘下姜薇身上的背包，熟练地挂在自己的肩上，"走吧，你不是没课了？下节课是我们的大课，和其他系一起上，你陪我吧。"

D 大的课程是开放的，允许其他系旁听，姜薇常常会陪着易洛一起听课，医学的世界是神秘且高尚的，带着它独有的魅力。

"易洛，你来啦。"

舍友覃浩大老远看见易洛和姜薇，他这个资深"CP"粉使劲地摇着手臂，嘴角都快扬到天上去了："哎哟，这不是弟妹吗？"

姜薇还没说话，易洛倒是自然地一揽姜薇的肩，痞笑着朝着覃浩伸了伸大拇指："兄弟会说话。"

姜薇抿唇淡笑，朝着覃浩点点头："覃哥好。"

乖巧可爱的小模样让覃浩不由得心中微动，他弯着嘴角连连道："你好你好你好……"

"给我们占座了吗？"

"当然，我是那种拿人东西不办事的人吗？"

覃浩哈哈一笑，修长手指朝着角落里一指："喏，那两个，我都查看了，那两个座位左边和右边的凳子都是坏的，怎么样，这地理位置不错吧……"

姜薇抬眸望了易洛一眼，不解道："坏的？"

覃浩和易洛对视一笑，随后易洛一脸平静地轻轻拉起姜薇的手臂就往教室后面走："管它坏的好的呢，咱们快去吧，不然一会儿座位被人占了就麻烦了……"

等到落了座，姜薇才发现事情到底是哪里不对劲。

因为姜薇和易洛周边的座位是坏的，而他们又坐在了阶梯教室的最后一排，因此除了他们两个会坐到这里，其他人大多都会坐到和他们有些距离的地方，这样就形成了一个小小的空间。

这个家伙，老是喜欢搞这样的小计谋。

姜薇无奈一笑，她抬头望着眼前，乌压压的医学生们正开心地交谈着，有的女孩会时不时地将头转过来，朝着姜薇投去羡慕的目光……

“哎，你们看，易洺身边的那个女孩又来了。”

“嗯，叫姜薇的那个嘛，听说是青梅竹马。”

“是吗？青梅竹马啊……”女生一有些失落地撇撇嘴，“都说青梅竹马之间的感情最牢固了，如果易洺真的喜欢的是她，但估计其他女生肯定都没有机会了……”

“其他女生？”女生二好奇地八卦。

“啊……是啊，我有一个朋友，从大学开学就蛮喜欢易洺的……”

“等等等等。”

女生二笑着用手指做了一个“停止”的动作，她挑挑眉梢，饶有深意地问道：“此友可是‘无中生友’？要我看，你的这个朋友不是别人，就是你自己吧……哈哈哈哈……”

“哎呀，你说什么呢？再说我就不理你了，真是讨厌……”

女生一红着脸转过头去，把书本竖起来，挡住了自己整张脸。

女生们大多内敛含蓄，但男生们却都大胆好奇，有男同学笑呵呵地走过来，用胳膊肘轻轻碰了一下易洺，有意打趣他道：“哎哟，我说易洺你这可就不地道了啊，平日里狗粮在校园里给我们吃一吃也就行了，这咋还带进教室了？”

易洺挑眉一笑，身子往椅子上慵懒一靠，活脱一个混世小魔王的样子：“我知道我家小青梅长得超可爱，所以你们啊——都羡慕嫉妒恨。”

“切，谁嫉妒你了，我们有‘学习’为伴，从不觉得孤独寂寞。”

男同学煞有介事地昂起头，愤愤然振臂高呼：“为医学事业而奋斗终生，绝不被爱情给拖住前进的脚步。”

易洺被他逗得大笑，开玩笑地踢了踢他的小腿：“别神经了啊，快回去，张主任已经进来了。”

男同学回去之后，这间教室随着张主任的到来开始慢慢变得安静。

姜薇乖乖地坐在易洺身边，脊背挺得笔直，眼睛认真地凝视着前方。

易洺嘴角噙着笑，他托着下巴好奇地望着她的侧脸：“我说姜小薇，这是我的课，你为什么看上去这么紧张啊？”

“啊？”姜薇闻声侧眸，“这个……这个张主任应该蛮严肃的吧，我看他一进来大家都不敢说话了，不知道为什么，我自己下意识地就紧张了……”

易洺听了姜薇的话，伏在桌子上笑得那叫一个开心：“我的傻丫头，张主任人很好的，不要因为外在因素去猜测一个人，要看内心。”

姜薇似懂非懂地点点头，抿唇一笑：“难得你也能这么像样的给我讲道理听，我姑且信了。”

“你瞧瞧，你又用外在因素去评判一个人了吧？”

易洺笑着摇摇头。

“我评判谁了？”

姜薇笑着望他。

“我呀——”易洺凝视着姜薇的侧脸，眼睛弯得像明月，“你别看我平时吊儿郎当的样子，其实我只是表面上有些不羁，但实际上我是一个十分靠得住的男人，姜小薇，你要不要试一试？”

“我试过了。”

姜薇忍笑。

“什么时候试过？”

易洺闻言猛地直起身来，漂亮幽黑的眸子里写满了疑问。

“小学三年级，运动会上的男女混合短跑，有个人说好了要输给我，结果最后背信弃义地拿了冠军。”

姜薇用笔轻轻地敲击着桌面，回忆起这个场景，她的嘴角就不自觉地扬起。

“啊？姜小薇，我那还不是为了给你拿奖品，得了冠军有一个漂亮的八音盒,我看你实在是跑不动了,我心一急就只好超过你了……”

易洺在座位上心急如焚地伸手比画着,看那小模样是急坏了。

姜薇看着他这副样子实在忍不住,朱唇微启,轻笑出声:“我说……我试过了,但是我没说结果。”

易洺闻言一怔,一时没有反应过来姜薇的意思。

“嗯?”

“我是说——”姜薇顿了顿,她看易洺一脸懵懂的样子实在是太可爱了,忍不住竟伸手笑着捏了捏易洺的脸蛋,“我试过了,你很靠谱,外在内在都是一个值得依靠的大好人,小傻子,懂了吗?”

“小傻子”听了这句话,顿时变成了“真傻子”呆在了那里。

他的小青梅又夸她了。

这简直像是吞了一百罐蜂蜜,好像心里的血液都变甜了……易洺笑得眼睛都快看不见了:“姜小薇,你快再捏一下我的脸,我要看看我是不是在做梦啊……”

“别闹,上课了。”

姜薇摇头轻笑,将易洺的书推到了他的面前:“乖。”

姜薇的话在易洺这儿简直堪比“圣旨”,上课铃一响,易洺抱着书本乖巧地盯着黑板听课,除了时不时地要偷瞄几眼小青梅之外,全程都乖巧得像个小学生……

一堂课下来,姜薇揉了揉自己发酸的脖颈。

“医学知识真的好高深,”姜薇不好意思地笑笑,“我几乎都听不懂张主任在讲什么,专业性很强。”

“术业有专攻。”易洺敛眸淡淡一笑,他抬手揉了揉姜薇的头发,“你舞蹈专业的知识我也不懂,我这长胳膊长腿的也跳不动,在我眼里,我的小姜薇也是很优秀、很高深的……”

“请停止互相吹捧。”

姜薇抿唇一笑。

“日常操作,日常操作。”

两个人笑闹着,甜蜜的气氛羡煞旁人。

“哎? D大快校庆了,你知道吗?”

姜薇和易洛下了课往回走,半路上,身旁的同学们纷纷讨论着。

“嗯,知道啊,大下周吧,学校要组织一次文艺会演,听说这次的舞蹈演员不再外聘,将由咱们学校舞蹈系的学生来参演。”

易洛听到这句话,侧过身来望着姜薇:“是真的吗?”

姜薇顿了顿,点点头:“嗯。”

易洛闻言兴奋极了,他笑眯眯地转过身来,走到姜薇面前,背着手倒退着走:“哎哟,那我家小姜微这次有没有参演呀?”

姜薇一笑:“有啊。”

姜薇这次不仅要参加这次校庆演出,还要作为舞蹈系优秀学生代表在校庆上担任领舞。

听到这个消息,易洛简直要比姜薇自己还要激动。

“我就知道我家姜小薇就是一块金子,早晚会发光的!”

他不顾众人的目光,在校园里开心地笑,像个得了糖果的小孩子一般……

易洛太了解姜薇在学舞蹈这一路上经历过的种种,因为平衡感稍微欠缺的原因,姜薇这么多年以来一直都要付出更多的努力才能做到匹及他人。

但姜薇从未甘心,她不断地努力训练,坚韧又刻苦,是因为她希望自己不仅仅是能够成为“合格”的舞者,她真正期盼的,是拔尖的,优秀的,让人仰望的那一个。

在接下来的这段时间里,姜薇的生活重心逐渐转移到了为艺术演出排练这件事儿上。

姜薇所在的舞蹈小组是一个九人的小团队,组长并不是姜薇,而是一个大三的学姐,名叫任娇娇。

任娇娇的舞蹈水平很高,技巧娴熟,也有着自己对舞蹈独特的领悟,姜薇一直很尊敬这位小组长，但她性格淡薄，除了必要的沟通之外，姜薇和她接触倒也不算很多。

“姜薇，要喝水吗？”

同小组的小叶在练完舞后顶着一头汗水笑着看姜薇，她拿了一瓶崭新的纯净水递给她：“休息一会儿吧，我看你也很累了。”

姜薇微微地喘着气，她停住最后一个舞蹈动作，想了想，决定还是休息片刻。

“谢谢。”

姜薇淡淡一笑，礼貌地双手接过。

两个女孩子坐在休息区的凳子上，望着训练场的天花板闲谈。

“姜薇，你的舞蹈跳得真的好棒，怪不得老师选了你做领舞，而不是娇娇姐。”

小叶笑着望着她，姜薇闻言却皱了皱眉。

她不喜欢这样的比较，优秀不优秀从来不应该是踩一捧一的结果，更何况自己只不过是因为发挥得比较稳定，单论经验和能力，自己是无法比过师姐任娇娇的。

“娇娇姐也很优秀。”

姜薇轻声道：“她是个十分敬业的舞者，这次我得了领舞的位置只是机缘巧合，论组织能力和舞蹈能力，还是组长要远胜于我。”

姜薇说的是实话，并非吹捧，也确实发自真心。

但从姜薇身后路过的任娇娇却脸色一沉再沉。

前几日，舞蹈老师打算从团队里选拔一个人来做领舞，在众人眼里，唯有任娇娇才是众望所归，作为舞蹈小组组长的她不仅舞姿卓越，人也生得妩媚漂亮，身上有一股子那种古典美女的劲儿，很能吸引观众的目光。

可没想到，就在那场选拔考试中，因为任娇娇的过度轻敌，考试的曲目她并没有怎么训练，这就直接导致她在那场考试中频频失误，没想到，最后任娇娇竟输给了一直表现得“中规中矩”的姜薇。

高傲惯了的人是接受不了低头的感觉的。

任娇娇在考试失败之后几天没有再出现在训练室，她对外宣称病了，要修养几天。

三天后，任娇娇再出现时，漂亮的双眼皮都是微微浮肿的，看得出来这几天她过得并不好，眼泪已经流了有一箩筐那么多。

“不就是捡了我剩下的吗。呵。”

任娇娇归队后，路过姜薇身边时就轻飘飘地落下了这么一句话。姜薇闻言一怔，脚下的动作蓦然僵了僵。

看起来这个梁子是结下了。

姜薇无奈轻叹，这种事情她不知道该如何化解，毕竟自己并没有做错，她也无须给她道歉。

在接下来的几场训练中，姜薇一直都受到任娇娇的刁难。

傍晚时分，易洺站在练习室门前的大树下来接姜薇回家。

舞蹈系的姑娘们鱼贯而出，易洺远远就瞧见自己的小姑娘眼神闪烁，还把葱白似的手臂藏在身后，不让他看。

“来。”

易洺深邃的眸光凝视着她，声音温柔有磁性，但却不容置疑：“把手给我，我看看。”

姜薇起初不想给他，但见易洺的脸色难得严肃，她的心也开始慌慌的。

顿了几秒之后，她知道逃不过，只好将背后的手臂抽出，乖乖伸到了他的面前。

藕白似的手臂上面布满了青紫色的伤痕，显得触目惊心。易洺的手轻轻地扣住姜薇的手腕，掌心滚烫，他压低了嗓音，凝视她：“怎么弄的？”

姜薇垂眸：“训练时不小心磕到的。”

“看着我。”

易洺的声音又沉了几分，难得眸光里没了往日的顽劣，他单手扶住姜薇的下颌，将她小小的脸轻轻抬起。

目光交会的瞬间，他瞧见了她眼底隐忍的情绪。

易洺一瞬间就疯了。

心仿佛一下子就被撕裂，理智被疯狂吞噬。

他咬了牙，嗓音冰凉，周身似乎都涌动着寒气："是那个任娇娇对吗？是她吧？"

"易洺。"

姜薇看见易洺这样，她小小的手指抓住他的衣袖，拼了命地摇头："别这样。"

"这事儿你别管。"

易洺将书包往身后一甩，脸色铁青，转身就要去追。

姜薇无奈地上前拉住他的手："易洺，你乖好不好。"

她的声音细细的，小小的，带着一丝求饶的意味，易洺的心一下子就软了。

她知道她是他唯一的软肋，只要她让他做的事情，他根本就没有勇气去抵抗。

易洺深深地叹了一口气，沉寂良久之后，他无力转身："你照顾好自己好不好，姜小薇。"

易洺的喉间喑哑，"你照顾好自己，不要再受伤，否则你就是让我难过，姜小薇，你知不知道我看见你满身的伤，我的五脏六腑都在叫嚣着疼啊……"

"我知道。"

姜薇弯唇，看向他的眼底都是微光："我都知道，以后我一定会好好保护自己的，不让你再担心我。"

她的声音温柔得像夏季的晚风，拂过易洺的心房。

易洺心底焦躁愤怒的情绪渐渐被平复下来。

他再次喟叹一声，随后扣住她的手腕，拉着她往家的方向走："回家，擦药。"

姜薇乖乖地跟在他的身后，踩着他的影子走。

"你今天……有些话少。"

一路沉默无言，姜薇只好想办法找话题和易洺沟通。

“没心情。”

易洺的声音闷闷的，往日里每天叽叽喳喳的“小话痨”突然就变成了冷淡范儿，姜薇还有些不习惯。

“那我回家给你做冬瓜丸子汤喝吧，你最喜欢的，喝了心情就好了。”

姜薇温柔一笑，凝视着他的侧脸。

易洺使劲地吞了一口口水，却仍旧梗着脖子道：“并、不、想、吃。”

“是吗？”

姜薇抿唇笑着看他，道：“那就算了，本来冰箱里还剩下最后一块肉的，既然你不想吃丸子，那我拿来给小十做营养餐吧……”

易洺：“……”

易洺：“你刚才说什么？”

姜薇：“嗯？我说我给小十做营养餐……”

易洺：“不是……上一句。”

姜薇一怔：“我问你吃不吃冬瓜丸子……”

易洺：“吃！”

饭桌上摆放着热气腾腾的菜，小十蹲在桌边，眼神目不转睛地盯着香气冒出来的地方……

白炽灯下，姜薇坐在沙发上，而易洺半蹲在地上，小心翼翼地给她的手臂擦药。

“会不会留疤啊……”

易洺眉头微皱，姜薇的手臂细长好看，皮肤白皙得像温润的白玉，易洺擦药都舍不得用太大的力气，一想到这些伤痕都是被人故意撞倒留下的，他的心简直如热锅蚂蚁。

“应该不会的，”姜薇实在担心眼前的易洺再跳脚，便赶紧笑着安慰他道，“就算留疤也没关系，我从小到大做惯了乖乖女，如果这次真的留疤了，我就在疤痕上文个身怎么样？”

“你敢！”

易洛挑眉，伸手敲了一下她的小脑袋：“小丫头胆子大了哈，还想文身了，说说，你想文什么？”

姜薇抿唇一笑，思索了一会儿，应道：“小猪佩奇怎么样？”

“不行，不够霸气啊……”

易洛凝眉思索，摇摇头。

“那你觉得应该文个什么？”

“要我说，你就应该文个左青龙，右白虎，下次再去舞蹈室排练，我买个无袖的衣服给你，这样多飒气，等你到了舞蹈室，我看谁还敢欺负我们社会一姐姜小薇……”

“去你的……”

姜薇难得笑得如此开心，她轻轻伸手捏了一下易洛的脸蛋，这个家伙，总是能随时随地逗她开心……

关于这次受伤，姜薇选择了向易洛坦白。

任娇娇对姜薇的敌意姜薇不是感觉不到，自从她回归训练之后，姜薇就发现在自己身上开始不断地发生一些奇奇怪怪的事情……

比如水瓶突然被人碰到了地上；

比如鞋子突然被人藏了起来；

比如排练过程中总是被人无故撞倒……

任娇娇作为舞蹈小组组长，身边自然不缺对她趋炎附势的人，姜薇并不想深究到底是谁在背后做了这些事情，她只想把心思全部都放在练习上，因为只有这样才能不让期待自己表演的人失望。

但姜薇没想到任娇娇会因此变本加厉。

今天下午的舞蹈训练上，姜薇有一个空中跳跃的高难度动作，就在她马上要成功完成动作落地时，任娇娇却伸脚绊了她一下，姜薇毫无准备，整个人狠狠跌到了地上。

“天啊，姜薇你没事儿吧？”

舞蹈小组的人赶紧围过来，姜薇支撑着起身，眉头微微皱起……手臂很疼。

“太不小心了。”

任娇娇一脸平静地走过来，双手交叉环在胸前，淡声道：“要不要去校医院看看？”

姜薇敛眸没看她，情绪咽进咽喉。

“不用。”

姜薇在其他队员的搀扶下起身，她俯身轻轻拍了拍自己身上的灰尘，而后扬起平静的眼眸：“继续训练吧。”

伤不到筋骨，在跌倒后的第一刻她就尝试着动了一下胳膊，直到确定了这件事之后，她的心里也微微松了一口气。

现在不是和任娇娇争个输赢的时候，更何况，她也毫无兴趣。

# 第八章 每一次心动都是有迹可循

在向易洺转述的时候姜薇用了轻描淡写的方式，她知道如果真的一五一十全盘脱出，那家伙恐怕要立刻奓毛的。

“还疼不疼？”

易洺抬起眸子，凝视着她的眼睛。

“不疼了。”

姜薇睫毛颤了颤，轻笑道：“咱们快吃饭吧，再不开动，怕是丸子都要被某个小家伙全都偷吃光了。”

易洺闻言一怔，转过头。

原来小十早就在一旁等得不耐烦了，它扭动着小屁股蓦地一跳，竟然直接跳到了椅子的椅面上，黑黝黝的小鼻子贴在餐桌上，拼命地拱啊拱啊，可惜身材实在短小，就是够不着。

姜薇和易洺都被这幅场景给逗笑了。

易洺站起身来，笑呵呵地走到小十面前，一把把它捞进了怀里，粲然笑道：“你个小家伙，又盯上了我的丸子？这是我家小青梅给我做的，你要是想吃，去找你家小青梅做去。”

小十窝在易洺怀里，小眼睛滴溜溜地转，仿佛在说：“瞧你那小气的样子……”

为了防止“人狗大战”再上演，姜薇赶紧将小十的饭盆也拿了过来，“来来来，各吃各饭，不争不抢。”

吃过晚饭后，小十心满意足地溜达回了狗窝，而姜薇和易洺则站在阳台上闲聊。

“明天晚上还有训练吗？”

“嗯，有。”

“就不能休息一天吗？你受伤了。”易洺双肘抵靠在栏杆上，叹了口气。

“不能。”

姜薇抿唇一笑，侧眸看着他：“你忘啦，我是领舞，如果我都带头请假，我们小组的舞蹈怎么能跳好呢？”

“也对，我家姜小薇是星星。”

易洺咧嘴笑笑，一脸的幸福。

“为什么是星星？”

姜薇一怔，她听过的夸人方式里有说太阳的，也有说月亮的，为什么到易洺这里却忽然变成了星星？

“因为其他的都只有一个啊……”

易洺仰着头望着天空，笑容天真可爱，颇有少年感：“只有星星很多很多，多到大家记不住它的名字和位置，但只有我知道到底哪一颗才是我的姜小薇，我可以每天每天看着她发光发亮，这样别人就不会觊觎你了……”

姜薇：“……”

好吧，看在这家伙说得头头是道的份儿上，她姑且信他了。

“明天我去接你。”

易洺顿了顿，声音平静地继续道。

“不……不用了。”

姜薇猛地抬起头来，拨浪鼓似的摇头：“明天还不知道要排练到多晚，你还要去你老师医院那边帮忙，等你忙完了就先回家吧，小十也需要有人遛的。”

姜薇说得心虚，她实在是担心如果易洺和任娇娇碰个对面，这家伙会不会干出什么傻事来。

易洺视线向前,倒是表现得很冷静,目光毫无起伏:“也好,那你照顾好自己。”

往日里的“小固执”突然变得如此乖巧,姜薇一怔,她收回视线,反倒觉得心里慌慌的。

“我……我先回去睡啦……”

姜薇摆摆手,想要赶紧溜之大吉。

“嗯。”

易洺仍旧淡淡看着她笑:“快回去吧。”

姜薇点点头,转身刚走了几步,身后的易洺忽然又喊住了她:“姜小薇。”

“嗯?”

姜薇停住脚步,转过身来,两个人目光交汇。

“什么事儿?”

“没什么。”易洺的目光在她的眼底停留片刻,而后微微勾起,浅笑道:“晚上睡觉不要乱动,尽量仰睡,小心碰到手臂上的伤口。”

姜薇心里一暖,笑道:“好,我知道了。”

“嗯,晚安。”

“晚安……”

第二天,易洺从医院帮老师整理完资料回来后,他倒是真的没有去接姜薇,而是选择回家拿了篮球出来,直奔了学校的篮球场。

去的路上,易洺拨通了覃浩的电话。

“喂,出来了吗?”

“出来了出来了。”

覃浩在电话的那头气喘吁吁道。

“其他人呢。”

“放心吧,都安排好了。”

覃浩一边朝着篮球场赶一边笑着说道："你安排我的事儿我还能不给你办到吗？不就是体育学院的那帮小子吗？我帮你都叫到了。"

覃浩有个发小是体育学院的高才生，篮球打得一绝，易洺见过那人一面，人长得高大，性格憨厚耿直。

"嗯，谢了。"

易洺淡淡一笑："等我吧，我这就到。"

到了篮球场前，覃浩和他的发小已经站在篮球筐下等他了。

"易洺！"

覃浩见到易洺的身影，兴奋地招招手。

"我们在这儿！"

覃浩非常喜欢和易洺一起打篮球，因为易洺不仅球技很高，还会很多超帅的动作技巧，每次易洺打球时篮球场上都少不了一阵又一阵的女生尖叫。

要知道覃浩现在还仍旧单身，在学校时他就总缠着易洺陪他一起打篮球，顺便将那些动作教他一两招就够了。

但易洺那小子臭屁的很，每次都笑着拒绝他："没空，我还得陪我家姜薇呢。"

"哎呀，不用天天陪吧，你家小青梅又丢不了。"

覃浩央求道。

"那可说不准，我家小青梅肤白貌美大长腿，灵动又可爱，看上她的人那么多，我不留神点，万一真跑了怎么办？"

覃浩闻言眼睛一转，压低了嗓音贱兮兮道："那郎君你看奴家行不行啊，你要是教奴家打篮球，奴家不介意牺牲色相……"

"滚——"

易洺睨他一眼，毫不留情地用手推开了他的脸。

见到今天易洺居然主动要求一起打篮球，覃浩别提心里多开心了，就连易洺提出的奇怪要求他也没太过心，赶紧点头，连连答应。

"晚上去打球，叫着你的发小一起。我听说体育学院有几个男生打球打得都不错，其中有一个叫安漾的，你看看能不能让你朋友把他也叫过来，我想跟他切磋切磋。”

“没问题，这件事儿包在我身上。”

覃浩满口答应。

其实早在刚入学的时候，覃浩就从自己发小的口中听说过这个安漾。

安漾是体育学院年龄最小的一个，人长得白白嫩嫩的，但性格却有些古怪闷骚。安漾的球技不错，平时也很喜欢打篮球，但他真正打球的时间却很少，因为他有一个十分刁蛮的女朋友，他为了能追上她，几乎耗费了自己所有的课余时间去陪她逛街、吃饭、买衣服、买包包……

再后来，他终于如愿抱得美人归，可没想到他的女友却变得更加刁钻任性，这家伙每天回到寝室都要好生跟舍友抱怨一番。

但没办法，感情上的事儿就是周瑜打黄盖——一个愿打一个愿挨。

关于这个传说中的磨人精的名字，易洺最近倒是熟悉得很。

因为这个安漾的女朋友不是别人，正是和姜薇一个学院的，每天一起在训练室排练的舞蹈系学生任娇娇……

易洺将篮球丢给覃浩，覃浩往上轻轻一跳，伸手接住。

“我来给你介绍一下吧。”

覃浩笑眯眯地将易洺拉到自己身边，对着身旁的人道：“这位就是我的室友易洺，我想你们应该都听说过吧，这小子桃花满 D 大，没几个女生不喜欢他的，但关键是他还不只是空有一副皮囊，人家还是学霸，你说气人不……”

覃浩得意扬扬地介绍着易洺的“身份”，对于能和这样的一个人做室友，他确实是很骄傲的。

“易洺我再给你介绍介绍这几个兄弟。”

覃浩将篮球抱在怀中，分别指了指身边的人：“这个你肯定认识了，我的发小大树，这个是体育学院的朋友小勇，那个就是你要见的安漾。”

安漾闻言一愣：“要见我？”

覃浩笑着点点头："嗯，我们易哥听说你篮球打得不错，一直想和你切磋切磋。"

安漾脸上的表情有些僵，他尴尬一笑，摸了摸后脑勺："得了吧，有谁打得能有易洺好啊，他的名字在我们体育学院都赫赫有名。"

易洺淡淡一笑，眼神一派平静无波："那我们开始吧。"

几个男生前前后后走到球场上，不一会儿就进入了状态。

身着蓝白条纹上衣的易洺在一群人之中确实显得夺目，他的身高最高，即便是在一众体育学院的学生中也显得尤为突出。篮球场旁的女生人数也渐渐增多，有些人在窃窃私语着，目光看向的方向都是场上的蓝白条纹男生。

安漾本来的球技水平并不差，即便是无法匹及易洺，但也不应该显得如此的落魄。

覃浩发现今天的易洺有些奇怪。

他发现易洺好像单独针对安漾一般，对待别人投篮他都是有一搭没一搭地拦着球，但只要安漾一上场，易洺似乎就要用了百分百的力气来阻拦他的灌篮。

安漾靠近易洺的身边，尴尬地讪笑："易哥，给个机会。"

易洺挑眉，声音不咸不淡，酷得很："给啊，来。"

安漾闻言稍稍安心，他抱着球试着要再次投篮，却又被易洺毫不留情地伸手拍落。

"易哥，你这是……"

安漾微微皱眉，他算是看出来了，这个看上去一脸冷淡克制的易洺确实一点也不好接触，自己这才第一次和他见面打球，他的敌意却已然这么明显。

覃浩也看出了端倪，他赶紧笑着跑过来，伸手拍了拍安漾的肩膀："那个，咱们休息一下吧，休息一下，我看大家都累了。"

得了覃浩的话，大家都没有应答，算是默认了。

覃浩的发小和小勇两个人说是回去还有事儿，便先跟大家告了别，回家了。

安漾也想逃，却被易洺伸手扣住了手腕，他回过身来，正对上易洺一双平静无波的黑眸。

“安漾。”

简单的一个名字被易洺叫得冷冰冰的。

安漾不禁打了个寒战，小声道：“易哥。”

“再来。”

易洺将球丢给他，安漾没接住，砸在胸前又弹了出去，一个没站稳，安漾直接坐在了地上。

“还来？”

安漾简直快哭了，他到底是怎么得罪这位医学院的大神了啊？

覃浩见情况不对，他赶紧靠过来，笑嘻嘻地对易洺说道：“易洺啊，你是不是该回去陪你的小青梅——”

覃浩话还没说完，易洺忽然竖起一根手指，他挡在自己的嘴唇上，淡淡笑道：“嘘，别说。”

覃浩闻言一愣，只好听话闭嘴。

易洺走向前，俯下身，将修长好看的一只手递到安漾面前：“来。”

安漾抓住易洺的手，而后微微借力，从地上站起了起来：“易哥，我真的不行了。”

“你怎么不行了？”

“我没力气再打了。”

安漾愁眉苦脸地站在原地。

易洺静静地望着他，眸光深邃，仿佛不带一点温度。

“安漾。”

他第二次叫了他的名字。

安漾只觉得自己的头发都要冻成冰碴了，这个易洺一板一眼叫人名字的时候为什么会这么冷漠啊……

“易哥，你说。”

“姜薇是我的人。”

易洺忽然薄唇轻启，淡淡地道了这么一句。

安漾闻言一下子就怔住了，心跳如鼓，大脑空白了三秒之后，他简直快哭了：“易哥，我知道啊……我不敢觊觎她的。而且……而且我也有女朋友……”

“我没说你。”

“啊？”

安漾一愣。

心中直哭诉：你没说我……那为什么要这么针对我啊……

“你女朋友叫什么？”

易洺淡声问。

“任娇娇。”

“哪个系的？”

“民族舞。”

“她现在在为校庆排练舞蹈？”

“是啊……”

“我家姜薇也在。”

易洺勾唇淡笑，但那笑容却不带一丝温度，他大步往前一迈，俯身望着安漾：“我家姜薇昨天受伤了，有人故意陷害，你要不要猜猜那个人是谁？”

安漾闻言浑身僵在那儿。

自己的女朋友这几天给自己打电话时提到她的领舞身份被“别人”抢走了，还说到她一定会给那人“好看”。

安漾本来不想理会任娇娇的这些小女生脾气，便也没想着多问，可现在看来，任娇娇口中的那个姑娘应该不是别人，正是面前这位医学院男神易洺的青梅竹马——姜薇。

安漾心中像是被人扎了一下，他心底暗暗道：“不好，惹事了。”

安漾连眼神都不敢和易洺对视，这个男生身上的气场是他完全无法匹及的，他莫名地怕他。

“我知道了，易哥，我回去……我回去就和我女朋友说……”

安漾支支吾吾地低头说着，易洺却全程淡笑，手上还悠闲地转着球……

“嗯。”

易洺没看他，眼神望了望姜薇练习室的方向。

“那易哥……我……我可以先回去了吗？”

安漾往后退了两步，小心翼翼地指了指寝室的方向。

“可以。”

“那易哥再见。”

安漾几乎是头也不回地就往回跑，甚至连自己的水瓶都丢在了篮球场上。

“啧啧啧——”覃浩抿唇一笑，他拿起安漾的水杯，打算晚上给他送到寝室去，“我说易洺啊，你看看你，都快给人家吓坏了，你这话说得，人家一开始还以为你是怀疑他抢了你家小青梅呢……”

易洺闻言粲然一笑，笑得像个小太阳。

“他没机会的，姜薇啊——只能是我的。”

“看出来了，你家姜薇简直是你的心头肉啊，任谁碰一下也不行……”覃浩嘴角噙着笑，他朝着易洺挑挑眉，“不过我不太明白，安漾为什么会这么怕你啊，你们之前明明没见过面……”

易洺勾唇：“秘密。”

“别啊，告诉告诉我嘛……”

易洺往前走，覃浩快步跟上。

“也没什么，我只是托人去体育学院传了个信儿而已。”

“信儿？什么信儿？”

覃浩一愣，追问道。

“就散播一个假新闻，比如医学院的易洺曾经获得过跆拳道少年组国家级冠军之类的……”

覃浩:"……"

"兄弟,你狠,你太狠了。"

"正常操作,正常操作。"

易洺淡淡勾唇一笑,"你回寝室吧,我要回去等我的小青梅回家了。"

覃浩闻言一愣:"哎?今天不去接姜薇了吗?"

"不去了。"易洺笑得意味深长,"我答应她了,今天不去接她,我就乖乖在家等她,哪儿也不去。"

易洺抱着球摆摆手离开,覃浩满头雾水,只好也摆摆手回去了。

姜薇从练习室出来的时候,屏住呼吸用眸光扫了一下四周,发现易洺确实没来接自己,她这才轻叹了一口气:"呼,还好。"

还好他没来,不然她真的担心他会和任娇娇针锋相对。

姜薇抱着自己的包低着头往前走,没走几步忽然发现有个高大的身躯挡住了她。

"是……是姜薇吗?"

来人的声音有些结巴,听起来好像很紧张。

姜薇蓦然抬头,她敛起眼眸看了看面前的男生,有些眼熟,好像从哪里见过。

"你是……"

姜薇怔然望他。

"对不起!"

男生冷不丁地九十度鞠躬吓得姜薇连连后退两步,她瞪圆了双眼望着他:"你这是……你这是干什么?"

"总之……对不起,我会说她的!你放心!"

男生再次鞠躬,随后转身就走了……

姜薇简直一头雾水,这都是什么剧情?

她在原地愣了一会儿,随后赶紧抱紧自己的书包,离开了学校。

姜薇到家后打开门,发现易洺竟就站在门边等她。

"你怎么知道我回来啦?"

姜薇俯下身,一边换拖鞋一边问道。

“是小十,小家伙老早就在门边等你了,大概是听到了你上楼梯的声音,我瞧着它小耳朵动了动,大概猜到就是你回来了。”

易洺接了姜薇的书包,笑意盈盈地望着她:“姜小薇,我乖不乖?”

姜薇抬起头,先是愣了一愣,这才反应过来他在说什么。

是说没去接她的事儿。

姜薇一笑,抿唇点头:“嗯,还可以。”

易洺摸了摸鼻子,他在心底悄悄地松了一口气——今天的姜小薇身上没有新的伤痕,想必任娇娇今天没有再为难她。

“今天训练得好晚。”

易洺回到家左等右等姜薇不来,心里惦记自己的小青梅惦记得快疯了,但他又答应了她“不去接她”,所以易洺只好忍着心里的思念,反复地在沙发上撸着小十的狗毛。

撸得小十都烦了,连着龇牙咧嘴地瞪了他好几眼……

“嗯……今天排练得久了一点,出门的时候又遇到了一个奇奇怪怪的人,所以耽误了一点时间……”

“奇奇怪怪的人?”

易洺转过头来,有些讶然望着她。

“嗯,一个很奇怪的男生。”

姜薇抿抿唇,回忆道:“他拦住了我,也没说他是谁,就是一个劲儿的鞠躬道歉,但是我并不认识他……”

易洺闻言,挑了挑眉梢,笑道:“大概是因为他觉得自己挡住了你散发魅力的射线,所以才跟你道歉的吧。”

姜薇无奈一笑,这家伙总是能成功把话题带偏……

姜薇一说易洺心底就了然了,这个人大概率就是今天傍晚才和他见了面的安漾。

“好啦,别想了,今天我下厨,想吃什么?我来给你做……”

易洛伸手过去轻轻扣住姜薇的手腕，拉着她刚要往厨房走，姜薇含着笑抬眸，轻轻拍掉了他的手："还是我来吧，你的那道拿手菜的'原料'已经没有了，下次去超市再买些来吧。"

易洛摸着后脑勺笑笑："没有了吗？我都没发现。"

易洛会做的菜不多，即便能做出来味道也还是差一些，所以他每次下厨都是给姜薇煎牛排。

菲力牛排、西冷牛排、T骨牛排……

各式各样的牛排都已经上过了易洛和姜薇的餐桌，姜薇都快吃腻了，但却因为怕伤了易洛的自尊心，所以从来没提起过。

这边，姜薇和易洛两个人挤在小小的厨房里，一起做着晚餐，画面十分温馨。

而另一边，约了任娇娇在寝室楼下见面的安漾的处境却是异常艰难。

"你干吗欺负人家姜薇？"

安漾叹口气，他从来不喜欢麻烦的事儿，但自己的女朋友却频频给自己惹麻烦……

"哎哟，你看看你这口气，还'人家'……怎么，你也被那丫头给迷惑了心智不成？"

任娇娇恨铁不成钢地抬腿踢了安漾的脚踝一下，她挑起眉毛，愠怒道："她很有心计，根本不是你们想得那么单纯，我的领舞的位置要不是她耍了花招，又怎么会落到了她的头上？"

"你们领舞的人选确定不是老师亲自考试筛选的吗？成绩都摆在那儿了，你干吗怪姜薇呢？"

"成绩怎么了，成绩就一定是公平得来的吗？"

任娇娇仍旧嘴硬着，见到自己的男朋友居然偏向姜薇一方，她更觉得心底的火快烧起来了："你今天到底怎么回事？为什么突然提起这件事情？"

安漾垂头丧气地低下头，后背倚靠在墙壁上："今天医学院的易洛找我，他说姜薇受伤了，是有人故意而为之的。"

"哎哟喂，告诉她的小竹马了？"

任娇娇冷冷一笑:“是我做的怎样,不是我做的又怎样？他一个大男人,还能拿我怎么地不成？”

“他一个大男人是不能拿你怎么样，但是他有责任保护他喜欢的人不受伤害。”

安漾脸色沉到了谷底,他直起身来,神色淡淡地望着任娇娇。

“他愿意保护就保护,可他凭什么去找你麻烦啊？玩什么阴招……”

任娇娇嗤之以鼻,完全没注意到安漾眼底的光已然越来越淡……

“因为我也有责任,不能一味地袒护你的任性和刁蛮,任娇娇,你可以欺负我,伤害我,因为我爱你,这都是我甘愿的。但是——”

安漾顿了顿,他冰凉的语气如同陌生人,让任娇娇浑身一颤,呆滞在原地。

“你不能伤害他人,这是人性的底线,你破坏了,纵是我,也不能接受。”

“是我太过纵容你。”

“安漾,你！”

任娇娇望着安漾蓦然回头的冷漠背影,她又气又急,眼睛瞬间红透。

回寝室的路上,安漾的手机数次亮起,但他却一次都没有接通。

手机铃声在第十七次来电后开始重归寂静，任娇娇终于不再找他,安漾无力站在寝室门前,合眸深深地叹了一口气。

这是他第一次没有及时接她的电话。

以前两个人在一起，安漾一直觉得任娇娇就是童话里的完美公主,公主是什么？是娇小的,是可爱的,是需要用心去保护的。

他纵容着她的一切行为，他觉得这都只是她身上一点点的小任性而已,哪怕他自己都因此受到伤害,他却仍旧能够笑着面对她。

而这一次的冷漠对待,说他心不痛那也是假的。

但他明白自己的公主总有一日也要长大,她的骑士不能永远地将她保护在自己的身边,任由她不断地走向一条扭曲的歪路。

彼此冷静一段时间,安漾觉得,是在救她,也是在救自己……

任娇娇推开寝室的门，室友笑着同她打招呼她都不理，一副失魂落魄的样子坐在自己的床上，半天没说话。

“你到底怎么了？”

室友看出了她的异常，关切道：“是不是身体不舒服啊？”

任娇娇头微微垂着，看不清楚表情，只有小小的身躯微微地颤抖着……

她在哭。

她压抑着嗓音，在无声地哭泣。

这是安漾第一次没有接他的电话，和他在一起这么久，从来没有过。

任娇娇觉得自己的心好像不会跳动了，她不断地回想着安漾对自己的好，再想到他今日如此陌生的冷漠，她只觉得心如刀割。

“都怪她。”

任娇娇紧紧地咬着嘴唇，低声呢喃着：“都怪她……”

直到如今，她仍然将罪责都推到了姜薇的身上。

她从没有反思过是自己身上出了问题，她认为安漾对自己的爱全是在姜薇的“挑拨离间”下才渐渐消散的……她的生活因为姜薇的存在而变成了一团糟，这让她一分一秒都无法再冷静。

“我要让她后悔，她会后悔的……”

任娇娇似行尸走肉般站起来，目光呆滞地朝着门外走去。

“娇娇？你去哪里啊娇娇？”

室友呆呆地追问。

“我会让她后悔的。”

任娇娇走出房门，随后“嘭”的一声把门一关，人便消失了……

姜薇这几日觉得任娇娇忽然变得怪怪的。

她不再针对自己，甚至在排练舞蹈的时候看都不看自己一眼，要知道往常练舞时，她常常不是故意踩她的脚一下，就是“不小心”撞她的肩膀一下。

可最近的任娇娇却好像总是离得她远远的，即便是舞蹈队形需要靠近时，任娇娇也刻意地和姜薇保持着一定的距离。

姜薇心中虽然迟疑，但一想到任娇娇终于不再和自己有“瓜葛”了，她觉得这倒也算是件好事。

姜薇开始全身心地将心思投注到练舞当中，对于任娇娇的防范自然也渐渐疏忽起来……

距离校庆会演还有三天。

姜薇决定自己要单独加强一下练习，以免在比赛时因为自己的平衡感问题出现影响大家的错误。

此时的她不知道自己做了一个多么危险的决定。

在本不该排练的一个下午，姜薇推开训练室的门走进去，她将书包放在一边，开始了自己的练习……

易洺坐在教室里，他微微皱起眉头，手指捏着自己的眉间，竟莫名得觉得心烦气躁。

“今天是怎么了？”

易洺叹口气，笔尖在书本上画着重点。

姜薇下午没课，中午两个人一起吃饭时姜薇就告诉易洺，自己下午想要单独去舞蹈室排练，易洺想了想，答应了：“那等我下课了去接你，自己一个人不要做太高难度的动作，小心摔到自己。”

“好啦，知道了。”

姜薇点点头。

易洺笑意盎然地将自己饭盒里的肉丝都夹给她：“多吃点，下午才有力气训练。”

当时的姜薇当真乖巧地都吃了，一边吃还一边笑：“超能量光波啊这是……吃完我顿时就有力气了。”

易洺合眸想着当时的那个场景，他摇摇头，轻笑：“这个小丫头，越来越可爱了真是……”

下午送她去了练习室之后，易洺就来教室上课了。

可没想到上了没多一会儿，易洺竟忽然觉得心烦意乱，心脏仿佛也跟着没有规律地乱跳，他试了好几次深呼吸都没能缓解，这堂课上得真是坐立难安，十分难熬。

好不容易挨到了下课，易洺胡乱地把书本往书包里一塞，随后转身迈着大长腿就朝着门外快速走去……

当奇怪的声音再次响起时，姜薇停住了脚下的动作，她静静地站在原地，抬头看着天花板。

是一种极其诡异的声音。

仿佛是金属片之间在摩擦，又好像是有什么东西在碰撞着……

姜薇的心有些发慌，她眼神扫了扫四周，空旷的练习室里并没有别人，而发出声音的天花板上除了有一盏样式古老的吊灯之外，也并未发现什么异常。

“大概是我想多了。”

姜薇抿抿唇，有些自嘲地笑笑。昨天晚上她一时难以入眠，破天荒地看了一本悬疑小说，只不过才看了三章她就止住了——作者描写的手法实在太过逼真，她光是幻想一下都觉得心惊胆战，再也不敢看下去。

大概是昨晚的剧情令她现在想起时仍心有余悸，所以脑海里出现了幻觉，总觉得今天的练习室好像哪里怪怪的。

姜薇坐在休息区休息了片刻，喝了口水，情绪渐渐稳定下来。

她起身，往前走了两步正要重新投入到训练之中，大门却忽然被敲响。

声音急促而剧烈，惊得姜薇蓦地转过头来，颤声道：“谁……谁啊？”

刚刚平稳的心跳再次变得急乱。

姜薇快步朝着大门走过去，人还没到，只听见门的另一边忽然有一个熟悉的好听嗓音喊道：“姜小薇，快开门，你的竹马小骑士来了！”

姜薇脚步一僵，旋即嘴角一扬，笑了。

心口舒了一口气，原来是易洺。

姜薇拉开门，看到易洺挂着天真无邪笑容的那张脸，她的心没来由地一暖：“你这么快就下课啦？”

“嗯。”

易洺上下打量了一下姜薇，确定她安然无恙之后粲然一笑：“马不停蹄，过来守护我的姜薇小公主。”

姜薇轻笑，侧身放他进来。

看着易洺满额头的汗，姜薇柔声道：“我还没练完，你稍微等我一下吧，我包里还有水喝，你等我一下，我这就给你拿……”

姜薇跑到自己的书包前，探手进去翻了两下，顿了顿，她讶然道：“哎？我只带了一瓶吗？我记得明明是两瓶的……”

易洺闻声将视线投射过来，他笑着朝着摆摆手：“没事儿，你在这儿等我，我去给你买奶茶。”

“不用了，易洺要不我们回家吧……”

她不忍心让他再跑。

“没关系，你在这儿等我，我很快就回来。”

易洺走后，训练室再次陷入一片死一般的宁静。

鉴于刚才的一瞬恐慌，姜薇特意将大门留了一条缝等待易洺回来。

卖奶茶的小店在校园外，想到易洺回来还需要一段时间，姜薇想着自己先练习一会儿，这样等易洺回来两个人就可以早点回家了。

姜薇回到舞台中央，她合眸站在原地调整了一下情绪，待平稳进入状态之后，她将两只手臂温柔扬起，开始进行第一拍的舞蹈动作……

一哒哒，二哒哒，三哒哒，四哒哒……

姜薇专心致志地沉醉在舞步之中，就在她旋转到舞台中央，正要进行一个跃起的动作时，头顶上方忽然再次传来诡异的金属声。

“吱——”

姜薇几乎一瞬间停住了脚步，僵在了原地。

就在她刚要抬头寻找声音来源的那一刻，一阵更加刺耳的声音响起，头顶上方有细碎的灰尘漫散而落，姜薇心下一惊，暗道一声：“不好。”

果然，她担心的事还是发生了。

姜薇头顶吊灯的螺丝不知何时已经松落，摇摇欲坠的几秒钟姜薇都甚至来不及思考，她僵直的身体静在原地，只能眼睁睁地看着吊灯“嘭”的一声坠下。

阴影蓦然落下，笼罩在姜薇小小的身躯之上。

与此同时，就在姜薇绝望地闭上双眼，以双臂护头的那一刻，身后忽然奔来一道急速的身影。

那人宽大的手掌竭尽全力地将姜薇往一旁一推，姜薇踉跄地倒地，恰巧躲开了坠落的吊灯，而那人也因为力量失衡没能站稳，整个人栽到舞台上滚了过去。

“啪！”

吊灯落地的一瞬，是刺耳的破碎声。

姜薇惊恐地从地上爬起来，她想也没想地转过身，朝着伸手刚才救了自己的人喊道：“易洺！易洺你没事儿吧！”

可没想到尘埃散去，那人一边“哎哟”着一边挣扎起身的那一刻，姜薇定睛看清了那人的容貌。

她的心蓦然怔住，五味杂陈的情绪卡在胸口。

“沈……学长？怎么是你？”

沈瑜哲灰头土脸地爬起来，无奈地对着姜薇咧嘴一笑：“我命都差点没了，你啊你，心里就真的只有那个易洺吗……”

姜薇抿了抿唇，她滞了几秒，没说话。

大脑思路渐渐清晰之后，姜薇这才挣扎着起身，她走到沈瑜哲身旁，隔着衣服抓着他的手臂将他扶了起来：“刚才谢谢你，沈学长……不过，你为什么会突然出现在这儿？”

沈瑜哲揉了揉自己的腰，苦笑着望着姜薇道：“我是校庆会演上的主持人之一，本来是想去小礼堂找一下演讲的感觉，可没想到刚才在门外恰巧碰到了你们舞蹈系的任娇娇……我听到她在和别人打电话的过程中提到了什么‘吊灯’，什么‘姜薇’……我不放心，就赶紧过来了……”

姜薇闻言，心里轰然炸开，顿时凉了几分。

又是任娇娇。

本以为近段时间的安宁是因为任娇娇早已想通，她之所以丢掉了领舞的机会并非是因为自己，可没想到原来这只是暴风雨来临之前的短暂压制而已。

任娇娇竟从来没想过要放过她，她对姜薇的恨已经到了一种近乎癫狂的状态，甚至于竟然私下找人对训练室的吊灯做了手脚。

听完沈瑜哲所说，姜薇忽然明白最近的诸多“异常”之事。

本来关系走得并不太近的同学莫名其妙来和她谈心，告诉姜薇要多加磨炼技巧，还要单人训练时才能更好地找到感觉。

昨天，姜薇奇怪地收到一条来自于陌生号码的短信，电话号码的主人自称是姜薇的舞蹈老师，还告诉姜薇这是她新换的号码，明天下午的训练室将闲置，她希望姜薇作为领舞能再把舞蹈动作提升一下水平，勤加练习才能出结果。

姜薇当时给舞蹈老师的旧号码去了个电话，却意外地发现竟然真的关机了。

再之后，姜薇便觉得这件事也不必深究，因为无论是不是有人恶作剧，姜薇自己也确实一直都打算着要单独加几次训练，以便得到更好的现场效果。

可现在看来，这一切应该都是有人故意而为之。

这个人不是别人，正是那个一直耿耿于怀认为是姜薇抢了自己领舞资格的——任娇娇。

“你有没有受伤？要不要去医院？”

沈瑜哲有些担心地望着姜薇，他下意识地探出手想要看看她有没有受伤，姜薇垂下眼眸，不露声色地退了两步，轻声道：“我没关系的……”

沈瑜哲的手僵在半空中，尴尬地前也不是，退也不是。

沉默两秒之后，他讪讪一笑，收回手背在自己的身后，搓了两搓：“这件事……这件事我会汇报给学校的，你放心，那个女生我一定不会让她好过的……”

“谢谢沈学长，不过这件事还是由我来和学校说吧，毕竟这是我和任娇娇之间的事儿……”

姜薇眉眼之处淡淡的，说得含蓄委婉，但沈瑜哲仍然猜出了她的话外之意——他和她之间没有关系，她的事情，他也不便插手……

“嗯……”

沈瑜哲有些失落地叹口气，顿了顿，他小心翼翼地问道：“你的男朋友呢？”

姜薇抬起眼眸。

沈瑜哲咧嘴一笑，笑容有些尴尬，他伸手比画着：“就那天那个高个子医学院的男孩，叫易洺的那个，他不是一直都守在你身边吗？今天怎么不在啊？”

姜薇薄唇微动，刚要开口。

有一道颀长的身影忽然出现在门边，那人逆着光而来，声音熟悉且温暖。

“谁说我不在了？”

光影之下，他的容颜渐渐显现。姜薇凝视着他的脸，易洺眼角含笑，眉眼温柔，他骨节分明的手指握着两杯温热的奶茶，姜薇鼻尖一酸，心里一阵滚烫。

刚才的担惊受怕和满腹委屈似乎在见到他的这一刻都从胸口涌出。

姜薇自嘲地勾勾嘴角，她不是一直都自诩是冷酷少女的人设吗？原来都是骗人骗己的。

那根弦在看到易洺的那一刻一寸一寸地被融化，她紧紧地咬着嘴唇，与他目光相接。

“姜薇，来，到我这里来。”

易洺嘴角的笑意仍旧好看，但她却不知，此时此刻他的心却好像被绞成了千段万段，四肢百骸都被某个痛给填满了。

他看见了。

晚了一秒钟，他没能成为那个第一时间将她推离危险的人。

他眼睁睁看着吊灯自她的头顶坠下，可他却来不及跑到她的身边，将她紧紧地护在怀中……

沈瑜哲望着姜薇的侧脸，刚才她面对自己时的冷静自持都已瓦解，在看向易洺的那一刻，她眼底已然含泪。

沈瑜哲觉得自己的心又被扎透了。

在和姜薇的几次遇见里，他总是能被她对易洺的感情深深地“伤害”，这一刻他真的觉得无限懊恼——即便是他救了她的命又能怎样，她的心不在他这儿，也永远不会停留在他的身上。

易洺温柔的话语刚落，姜薇几乎再也按捺不住地朝着他走过去，由慢到快，一直到走到他的眼前，她才有些怔愣地停住了脚步。

但易洺没有给她任何反抗的机会，他展开修长的双臂，直接伸手将她揽入了怀里，而后紧紧圈住。

姜薇觉得自己浑身都僵硬了，她的眼睛最先缴械投降，眼泪顺着眼角蓦然坠下，落在易洺的肩膀之上。

“我快死了。”

易洺的声音都开始发哑，他低沉的嗓音听起来再也不像往日里顽劣的那个他：“我真的快死了，当我看到你头上的灯掉下来的那一刻，而我还在这里，我够不到你，我吓坏了，我快要被你吓死了……”

“我不是还好好的……”

姜薇抹了抹眼泪，艰难地在他紧紧钳制的怀中动了动：“你看我，我没事儿的……”

“我知道你没事儿，我知道。”

易洺点点头，他丝毫没有任何松开她的意思，却将这个怀抱收得更紧：“但是我还是好害怕，心有余悸，姜小薇，我觉得我好像得心脏病了，怎么办……你要负责啊！”

姜薇闻言，破涕而笑，她微微仰起头，轻轻推开他的怀抱，凝视着他的眼:“别乱说,你这么年轻,怎么可能得心脏病……”

“我不管,你就得负责……”

易洺话音刚落,二人身后的沈瑜哲实在是看不下去,他脸上的乌云沉得仿佛马上就要下雨了……

“咳咳咳,那个……”沈瑜哲尴尬地咳嗽了两声,“这件事刚才的原委我已经跟姜薇说了,我不知道你站在那儿多久了,应该都听到了吧。”

易洺沉默了几秒钟,而后点点头:“嗯。”

“那你看看,怎么将这件事汇报给学校吧,伤害姜薇的人不能就这么算了。”

沈瑜哲攥紧拳。“这件事我该告诉的已经都告诉你们了,其他的……”顿了顿,他艰难地说道,“其他的我也帮不上什么忙……还麻烦你照顾好姜薇,刚才我为了救她,推了她一下,如果她哪里觉得不舒服,你们再告诉我,我愿意陪着姜薇去医院……”

“不用的。”姜薇眨眨眼,她抬起头,澄亮的眼睛望着他,“刚才还是要谢谢你,如果没有你,我可能就真的要受伤了,后果不堪设想。”

“不客气,我也只是凑巧路过。”

沈瑜哲眼神躲闪地看了姜薇一眼,他心里多少有点发怵她身后的易洺,只要易洺站在姜薇的身边,他们两个人就真的好像是所谓的“天造地设”一般。

两个人的心是在一起的,没有任何缝隙,他人莫入。

“那你们先聊……我先走了……”

沈瑜哲擦了一把脸上的灰,随后头也不回地离开了训练室。

沈瑜哲走后,训练室只剩下姜薇和易洺两个人。

易洺安抚地揉了揉姜薇的头发,将手中的奶茶递给她:“先喝奶茶,别的什么也不要想,接下来的事儿就交给我,我来帮你处理。”

姜薇和易洺在休息区坐下来,姜薇抱着奶茶轻轻抿了一口,轻声问道:“你打算怎么处理?”

“上一次我放过她了，没有直接找她，但这一次我不会再放过她了，这件事必须公之于众。”

“上一次？”

姜薇握着奶茶的手指一滞，她抓住重点，好奇地望着他：“上次你做什么了？”

“啊？没什么啊……”

易洺只顾着笑，插科打诨地想要糊弄过去。但姜薇不依，她蹙了蹙眉，凝视着易洺：“不要骗我。”

易洺的眉梢软下来，他温声道：“没做什么，就是小小地警告了一下。”

姜薇怔了怔，记忆里某个画面跳出来，她想起了那晚在训练室门外拦住自己的男生。

“所以那个人……”

“对，他叫安漾，是任娇娇的男朋友。”

易洺点点头，抿了一口奶茶，视线直视着前方：“我觉得两个人在一起，是有义务相互扶持的，这个扶持既应该包括相濡以沫，也应该包括彼此监督。”

易洺的话让姜薇的心动了一下。

她想起自己和易洺相识的这些年，似乎确实因为彼此的存在而不断地努力着——考上同一所大学，成为更优秀的自己。

“我觉得安漾是真心喜欢她的。”

姜薇垂着眼眸，轻声说道。

“你是怎么看出来的？”

“因为他甘愿替任娇娇道歉，要知道，他本可以不这么做的……”

姜薇静静地盯着地板，此时此刻的她终于记起自己曾经见过安漾好几次，只不过她从未过度地注意过他而已。

安漾常来接任娇娇下课，有一次任娇娇突发胃炎也是安漾给她背到校医院去的。

姜薇觉得这个男孩子一定是很喜欢很喜欢任娇娇吧。

他曾经纵容过她的任性，但在被易洺点醒之后，却又三观很正地希望自己深爱的女孩能够醒悟，能够得以救赎。

“只可惜他爱错了人。”

易洺眸子的光渐渐淡去，今天任娇娇对姜薇的伤害，他再不能做到善罢甘休。

当易洺找到任娇娇的时候，任娇娇的脸上只露出三秒钟的意外，而后立刻就转为了平静。

“你都知道了？”

任娇娇抱肩站在原地，轻蔑一笑：“我就说姜薇不是什么好枣嘛，你们一个个都不信，你不是她的青梅竹马吗？你不是一直喜欢她吗？可今天你瞧见了吧，她身边的备胎可不止你一个，有的是人争先恐后地为她付出，为她卖命呢。”

任娇娇的话还没说完，易洺直接打断了她：“你一直都这么吵吗？”

“你什么意思？”

易洺的眸光淡淡的，居高临下地睨着她：“我还没说话，你就说了这么多，你难道就不问问我来找你到底是干什么的。”

“不就是替那个小丫头抱不平吗？”

任娇娇一愣，挑眉道。

“你猜错了。”

易洺微勾唇角，笑得意味深长。

“不是为了她……那你找我干吗？”

任娇娇错愕地站在原地，她和易洺往来无交集，如果不是因为伤害了他的姜薇，他又怎么会找到自己？

易洺冷静的眸光盯着她，任娇娇觉得这个人的气场实在是太过强大，他就算什么话都不说，光是站在那里，就让她的心开始抑制不住地发慌。

“你到底想干什么？”

任娇娇尽量让自己的声音听起来强硬一些。

易洺淡淡一笑，他微微侧身，任娇娇迷茫地朝他身后看了看，这才惊讶地发现……原来安漾一直站在易洺身后的那棵树后。

安漾静静自易洺背后走出，他抬起眸子望着任娇娇，眼眶都是红的。

“安漾……”

任娇娇看到安漾，声音立刻就哽咽了。

她这几日食不知味，夜不能寐，和安漾断了联系之后，她几次去找他他都避而不见，她以为自己真的要失去他了，意识到这一点之后的她简直要痛苦得抓狂。

“安漾，安漾你终于肯见我了。”

任娇娇有些踉跄地走到安漾的面前，她小心翼翼地抓起他的手，泪眼婆娑地凝视着他的脸：“我知道你生气了，你这次真的生气了，以前都是你哄我，我知道是我太过骄纵蛮横，那这次我来哄你好不好，我跟你道歉，你不要生气了……”

“娇娇。”

安漾淡淡的声音打断她：“你该道歉的对象不是我。”

任娇娇的手蓦然僵住，她难以置信地望着他：“安漾，你在说什么？”

“我说……”安漾的嗓音依旧平静无波，仿佛心已经毫无情绪，他凝视着她的眸，“你该道歉的，不是我，是姜薇。你一而再，再而三地去伤害她，她却一次都没有因此而怨怼于你，你难道不该反省一下自己的问题吗？这条错误的路，你要走多久，才肯回头？”

“安漾！”

任娇娇愣了愣，随后猛地甩开安漾的手，她颤抖着嗓音喊道：“我们几天没见面了，你要跟我说的难道除了姜薇，就没别的了吗？”

“不是姜薇，横亘在我们中间的，到底是什么，你到现在还不明白吗？”

安漾失望地望着她。

“我不明白，明明在没有她的时候，我的一切都好好的，我们……我们也都好好的，你之前是爱我的，是爱我的啊……”

“我从没有说过我不爱你。”

安漾的眼里尽是疲倦，他似乎已经失去了再和她争辩的力气："你是我的公主，我愿意一辈子做你的骑士守护你，但……现在的你却变了，我能做的，是要拦住你继续往前走，我的公主，你走错了路，为了我，回头，好不好？"

安漾的语气几乎哀求，他隐忍的眸光望着她："去和姜薇道歉，去和校领导承认你做的事情，承担你该承担的责任，如果你怕，你担心，没关系，我可以陪着你……"

"安漾……"

任娇娇站在原地，她紧紧地咬住嘴唇，泪如雨下。

"安漾……你不可以这样对我，你应该站在我这一边的……"

"娇娇，去道歉。"

安漾隐忍着嗓音坚持。

"不去。"

"我最后问你一次……"

"我不去！"

任娇娇这一次几乎歇斯底里般怒吼："我说了，我不去！我就是要毁掉姜薇，是她先破坏我现有的生活的。"

她一步步后退，泪眼婆娑地绝望喊道："你说过的，你会一直站在我这一边的，安漾，你失约了……"

安漾失约了。

他亲手录下了任娇娇承认自己伤害姜薇的录音，而后平静转身，将录音笔亲手交给了易洺。

任娇娇惊恐地瞪大了双眼，她嗓子都快喊哑了，可惜安漾却再也没回头。

安漾走了，易洺站在原地，他望着眼前绝望至极的任娇娇，心底无限唏嘘。

"你满意了吗？"

任娇娇捂住脸蹲在地上，豆大的泪珠一滴一滴落在校园的石板路上，易洺轻轻喟叹一声，他掏出一包面巾纸，放在了地上："我说了，我今天来，不是为了姜薇来的，或者说……不只是为了姜薇。"

"那是为了什么？不是为了她，你还能为了什么？"

任娇娇痛苦地摇头。

"我是为了安漾。"

易洺平静的话语如平地惊雷般在任娇娇的心底炸裂。

"你说什么？"

她不可置信地抬头，满脸泪痕。

"为了安漾？你什么意思？"

易洺无奈地弯了一下嘴角，他静静地望着她，轻声道："是姜薇告诉我，让我再给你一次机会，而这个机会，她是看在安漾的面子上才给你的……"

"她说对于安漾来说，你是他真正爱着的人，你可能不知道的是，他在很久之前就替你向姜薇道过歉……"

易洺的话音落地，任娇娇蓦然瞪大了双眼。

何时？何地？

她竟全然不知……

"这一次你伤害姜薇，说实话，以我的脾气，我恨不得对你千刀万剐，在我身边，我不能容忍任何人伤害她。"

"但姜薇求我了，我没办法。"

"按照她的意思，我将这件事告诉了安漾，希望安漾能过来劝你，让你迷途知返。这次机会，是姜薇给你的，也是安漾给你的。但我没想到，你竟然没有珍惜……"

"任娇娇，你知道吗？你今天有一句话，说错了。"

"什么话？"

任娇娇怔愣地望着他。

"你说，安漾曾经答应你，会一直站在你的这一边，而现在，他失约了。"

"他难道不是吗？他选择站在了你们这一边。"

任娇娇哽咽道。

“你错了。”

易洺直起身来，喟叹一声，眉眼处尽是深深的无奈：“安漾他从来没有对你失约过，正是因为他站在了你的这一边，所以他才会用这样决绝的方式逼你去向校领导坦白自己的行为……”

任娇娇蓦然怔在那里。

“你不想救赎自己，他只好亲自去救你。你要明白，做出这一决定的他将要比你更加难过，你没看见的是，刚才他走的时候都已经泣不成声了……”

易洺的话如一根针扎在任娇娇温热的心脏上，生出密密麻麻吞噬白骨般的疼。

在那一瞬间，她好像忽然明白了安漾对自己的爱。

是她辜负了他的深情。

是她对他亏欠……

在那天之后，任娇娇再也没有出现在训练室中，她写了一封长长的信托人送到了姜薇手上——那是一封言辞恳切的道歉信，她选择了退出舞蹈小组，并且和校领导交代了自己的所有所作所为。

学校决定对任娇娇做出处分的决定，任娇娇毫无异议，选择了平静接受。

至于安漾……就在两个人最后一次相见的第二天，安漾便正式提出了分手。

任娇娇知道自己这一次是彻底地失去他了。

她因为自己的骄纵任性失去了那个曾经满眼都是自己的人，她心有悔恨，亦千痛万痛，但她却再也没有勇气求他回来。

她知道，那么好的安漾身边不应该站着的是这样的自己。

从那以后，任娇娇开始变得沉默寡言，每天只是闷头学习。她虽然心中仍期盼有朝一日能挽回她的安漾，但她也深知，现在的自己，只有更加努力才能换取一丝希冀……

校庆文艺会演那天，易洺早早地占到了观众席第一排的座位，他笑嘻嘻地朝着台上挥手，左手上还举着一张极其夸张的应援牌——

“姜薇姜薇你最棒，你是我们的小舞皇！”

因为演出的需要，今天的姜薇略施了粉黛，白白嫩嫩的皮肤像是瓷玉一般好看，褪去平日里的清纯素颜模样，这一日她姿色更添了几分成熟妖娆，令人惊艳。

候场时，姜薇不断地朝着易洺眨眼，用嘴型示意道：“易小洺！快把那个牌子拿下来，太夸张了……”

易洺笑，朝着台上大喊：“不喜欢这个吗？姜小薇你快看，我还有！”

说罢，易洺居然像是变魔术一般又举上来一块应援牌。

姜薇定睛一看：

“看到前面领舞的那个姑娘了吗？超可爱吧！我家的！”

姜薇：“……”

这一块还不如上一块，还是换回来吧……

易洺兴奋起来闹闹腾腾地像只小猴子，姜薇实在拿他没办法，只好摇摇头轻笑，随他去了。

随着音乐响起，全场的嘈杂声开始渐渐止息。

易洺也乖乖地坐回了座位上，怀里抱着两块大大的应援牌，一脸欣然地朝着台上的姜薇看。

“哎，同学，你和台上的那个领舞……是什么关系呀？”

易洺身旁的大四学长好奇地笑着看他。

“我和姜薇吗？”

易洺勾起唇角一笑，一派云淡风轻地说道：“一起睡觉的关系。”

学长一愣，倒吸一口气，将嘴巴张成了大大“O”形。

“你们……你们小孩子现在回答问题都这么直接的吗？”

易洺闻言止不住地笑，眉眼完成了细细的月亮，煞是好看：“你看你，想什么呢，我这不是话还没说完嘛——在幼儿园的时候。”

学长:“……”

学长擦擦汗,讪讪一笑:“哈哈,你很有幽默感。”

“还好还好,一般一般。”

说这话的时候,易洺的眼神仍然凝聚在姜薇的身上,眼底皆是微光。

姜薇的舞很美,一如她的人一样。

易洺有时候觉得姜薇真的像是从天而降的精灵,她的一颦一笑都让他心动。姜薇的五官好看得像画,但眉眼却有着淡淡的疏冷,易洺觉得自己小时候就是被她这副冷美人的气质给一下子抓住了心。

幼时的她表现得越是“不喜欢”自己,他就越是对她着迷。

他总觉得他和姜薇之间一定是有着别人都比不上的奇妙缘分,他始终坚信着这一点,也幸好是他的坚持,才在父母离异的那一年,让易父想要搬家的想法被最终消灭。

那一年,易洺父母的关系开始陷入僵局。

父亲坐在家里的沙发上,垂着头生着闷气,客厅里烟雾缭绕,易洺躲在角落里,坐在小板凳上望着两个人。

沉默了良久,易父似乎用尽全身力气挽留她:“婉玲,易洺还小,他需要你。”

“我知道,但我别无选择。”易母脸上的神色已然很冷,她淡声道:“你别忘了,我也是人,我也需要我的生活。”

易父抿了抿唇,他攥紧了手指,凄声道:“那我们这么多年……算什么?”

易父的眼底是弥漫的大雾。

易母避开他的眼神,强行令自己平静下来。

她薄唇微启,似乎从没有考虑过自己的话到底有多么伤人,她淡淡回应道:“我们之间是一场错误,我以为我能喜欢上你,但没想到即便是易洺诞生,你却还是没办法占据我的整颗心,你知道的,我喜欢的一直都不是你这种类型。”

彼时的小易洺紧紧地攥着小板凳的凳角,五指用力,小脸苍白。

他鼓起勇气，张开口质问母亲："妈，如果你不爱我爸，当初为什么要嫁给他？"

"妈是一时糊涂，是你的外公外婆一直在妈的耳边说……"

"可妈你不是小孩子不是吗？"

易洺摇摇头，明明只是个几岁的孩子，眼神却出奇的坚定冷静。

"你说什么？"

易母不可置信地望着儿子。

"我是说——你不是小孩子，你不是我，即便是我，哪怕不喜欢的玩具我也舍不得丢掉，我觉得那是我的爸爸妈妈送给我的，它就是属于我的了，它陪伴了我这样的一段时光，我也有义务保管它终生。"

"小洺，你不明白，感情不是玩具……"

"我当然知道感情不是玩具。"小易洺缓慢地从凳子上站起来，他以灼灼目光和母亲对视，淡声道："但我知道，老师讲过，以后长大了，要永远牢记'责任'二字，我觉得你既然嫁给了爸爸，就不应该再喜欢别人。"

易母瞳孔地震般望着易洺："小洺，妈妈不是……"

"不要解释，妈妈。你不该给我解释的。"易洺摇摇头，他走到父亲身边，拽了拽父亲的衣袖，"这个人，你应该道歉的是这个人，爸爸很爱你，他常常给我讲你们相识相知的故事，明明当时你是喜欢爸爸的，至少……是你最后选择了接受爸爸的，不是我的外公外婆。"

易母怔然站在原地，半晌无言，她完全没有察觉到儿子到底是何时已然长大，如此成熟冷静的心智让她觉得无比震惊。

"妈，我觉得你不是不喜欢爸爸，你是厌烦了，你是喜欢上别人了，才会要放弃我们。"

易洺一针见血地指出母亲的错误，他铮铮然望着她的眼睛："你是大人，不想负责任可以，但是不需要面对我们撒谎，你直接承认你不想负责任就好了，我和爸爸能接受的。"

小易洺站在父亲身边，小小的手掌放在父亲的手心之上。易父错愕地望着他，眼眶泛着微红："儿子……"

“妈妈，你走吧，我爸爸值得更好的人。”

易母无比惊骇地望着易洺。

那一刻她的心如波涛惊起，再无宁静。

再后来，易洺的母亲真的走了，不知是不是因为觉得无言面对儿子，她甚至都没有和儿子做最后的道别便远飞了国外。

易父红着眼一脸疲惫地敲开了易洺的房门，他蹲下身来，胡须也没刮，满脸的沧桑：“儿子，是爸爸对不起你……这是妈妈留给你的信，她……已经去国外了。”

易洺咬紧嘴唇，虽眼底含雾，但却仍旧执着地推开了父亲的手：“爸，不用了。”

易父一愣：“你不要看看妈妈跟你说了什么吗？”

易洺默了默，最终还是拒绝了：“我要说的已经都和她说过了，她要答复我的也已经用行动表现了……爸，你把信烧了吧，以后我们爷儿俩……重新开始生活。”

易父真的没想到，原来儿子竟远比自己想象得更加坚强勇敢。

但他却仍旧无法安心，他害怕儿子会因此产生情绪和心理问题，犹豫了半晌，易父才向儿子征询道：“易洺，我们……要不要换个环境？我们搬到城郊去，那儿有一处房产……我觉得……”

“爸。”

易洺拨浪鼓似的摇头，他伸手大人似的摸了摸父亲布满了胡楂的脸，咧开小嘴笑道：“人要向前看呀……逃避不能解决问题……”

易父怔然。

是啊，连小小的孩子都明白的道理，自己为什么却如此地放不下、看不开呢？

再后来，小易洺也郑重地向父亲表示了自己绝不搬家的坚持。

“如果你还是喜欢住在这里，爸爸一定会尊重你的。”

“爸爸，你错了，我不是喜欢这里。”

“嗯？”

“我是喜欢姜薇，就隔壁的那个姜薇，扎着高高马尾，脸蛋圆圆的那个姜薇。”

易父愣了愣，有些想笑，但却忍在了嘴角：“那你……决定要喜欢她多久呢？”

“爸，喜欢就是喜欢了，哪里还有多久。”

易洺小大人似的拍了拍父亲的大腿，虽然想拍肩膀，可奈何他够不着啊……

“你可别被妈妈伤害了就不相信爱情哦，我对姜薇可是认真的，只要她在，我就不走。”

“行，这可是我儿子说的。”

易父彻底被儿子认真的小表情给逗笑了，他摇摇头，宠爱地弯起了嘴角：“那爸也要看看我儿子什么时候能追上人家姜薇，我看那姑娘性子可冷，难追得很呐。”

“没事儿，我是热乎的！”

易洺天真地笑着，他拍了拍自己的小胸脯：“邻居奶奶，我的老师和小伙伴们都说我心肠可热啦，我这么热乎，一定可以把姜薇暖到手的！”

“好啊，老爹赶紧挣钱，等着给你娶媳妇儿。”

“谢谢老爹，你再多挣一份儿，到时候咱们一起娶媳妇儿……”

易父简直哭笑不得：“你个臭小子，说什么呢。”

“哎呀，别害羞嘛，我老爹长得这么帅，总会有阿姨看上你……”

父与子就这样你一言我一语地笑闹着，易父虽然被前妻深深伤害，但他却仍旧很感激她将如此的珍宝留在了自己身边。

在婉玲离开后的那段时间，是天真乐观的小易洺陪着易父一步步走出心理的阴霾，重获了笑容。

而关于儿子心里一直心心念念惦记的那个小姑娘——姜薇。

易父一直以来都对她颇为照顾，也有意地和姜薇家走得很近。

他的感情已经注定是一场败局，但儿子的感情纯真干净，如果可以，希望老天能赐给易洺一段再无伤痕的感情，从青梅竹马到相互扶持着长大，两个人一起走过青葱年华，至老，至白发。

有了老爸的支持，易洺才得以美滋滋地跟姜薇继续做了十几年的邻居。

如今，自己的小青梅在台上表演着，姜薇在台上对着观众们笑，易洺在台下看着她笑。

易洺想好了。

等到终有一日他和姜薇能够修成正果的那一天，他一定要在婚礼上好好地感谢一下老爸。

他要感谢老爸，明明不喜求人，却总是故意带着他去姜薇家“借酱油”；

他要感谢老爸，每次出差回来，都要带一模一样的礼物送给姜薇和他；

他要感谢老爸，明明曾经望着母亲住过的房间数次哭泣，却为了他绝不搬家……

# 第九章 在她的心底一直有个秘密

一曲毕，姜薇的舞蹈圆满完成，组员们配合得十分出色，没有一处错误发生。

易洛将应援牌放在凳子上，他眉眼弯弯，笑着站在台下，等着她下台。

“来，抱抱，我的小女皇。”

姜薇忍笑，她伸手轻轻推开他毫不害臊张开的双臂，柔声道：“快把你的那两块应援牌给我收起来，你是想笑死大家吗？”

“是笑死？我看是嫉妒死吧。”

易洛嘿嘿嘿地笑，他伸手捏了一下姜薇的小脸蛋。姜薇往后一躲，摇摇头：“我脸上有粉啦，小心弄脏手。”

“确实是。”易洛搓了搓手，指腹淡淡的一层白，他粲然笑道，“我家姜小薇天生丽质难自弃，这些粉黛简直就是多余……”

“行啦，彩虹屁收一收。”

姜薇抿唇淡笑，她和易洛正并着肩想要往外走，后台走廊处却偶然遇到一个熟悉的身影。

姜薇抬眸见到他时，眸光微微怔了怔。

“沈学长？”

易洛看见又是沈瑜哲，他眉梢一挑，抱肩上下打量着他：“怎么又是你？

沈学长,你手上这花,该不会又是送给我家姜薇的吧……”

姜薇无可奈何地一笑:“沈学长,我真的不喜欢花……”

沈瑜哲将花背在身后,尴尬一笑:“嘿嘿,这花……这花是别人送给我的……我只是路过……路过……”

易洺镇定地一侧身,他伸出手臂绕到沈瑜哲的背后,两指一合,将花束中的一张小小的卡片捏起。

易洺敛长了眼眸,慢悠悠地念道:“他生莫作有情痴,天地无处着相思——TO:小薇。”

“哎,你!”

沈瑜哲急吼吼地想将卡片抢回来,可奈何个子没有易洺高,手臂也没有易洺长,易洺笑嘻嘻地稍一后仰侧身,便轻巧躲过。

易洺淡淡笑道:“沈学长,要我说,你这个‘TO’用的不妙啊……”

“怎么不妙?”

沈瑜哲闻言顿时学霸上身,他推了推鼻梁上的厚眼镜,焦急追问道:“快说,到底怎么不妙啊?”

“你这属于中西医结合啊……可相思这病是心病啊,中医西医都治不好,还是得自己试着走出来才行。”

“我……”沈瑜哲结结巴巴地回道:“我下次回去改改……”

易洺闻言一栽,他无奈一笑道:“哥,我不是让你回去改啊,我是让你放弃追我家姜小薇啊……”

“我放弃了啊。”

“那你这是干什么?”

“我……我只是不死心而已。”沈瑜哲先是抬起头,复又低下头。

“哥,没放弃和不死心有区别吗?”

易洺简直想对天哀号。

“当然有了,”沈瑜哲透过啤酒瓶底镜片望着他,肃声道,“严格来讲,‘死心’在词典里的释义是——‘不再寄托希望’,而放弃,而放弃在词典里的释义是——‘做某件事做到中途就不做了’,两者之间还是有明显区别的……”

沈瑜哲滔滔不绝地展示着他作为中文系研究生的学术功底，而姜薇和易洺一脸茫然，正不知如何打断他时，不成想身后忽然传来一声清脆灵动的嗓音：“我的姜薇女神，你今天简直美爆了你知道吗？”

姜薇蓦然回头，发现小梁正像小鸟一样飞快地朝着她奔来，满脸灿烂的笑。

沈瑜哲闻言浑身一僵，下一秒，他赶紧慌张摆手：

“那个……我还有事，我……我先走了。”

瞧见小梁的沈瑜哲像是遇到了瘟神一样满脸震惊，随后转身飞快地逃离了现场……

“哎？刚才那个人是谁啊？”

小梁瞧见一抹身影火速消失在眼前，她有些惊讶地走到姜薇身边，搭住她的肩膀。

“是沈学长。”

姜薇答道。

“又是那个沈瑜哲？”小梁一听，眉毛都要气歪了，“他居然还敢来骚扰你，看来上次真的没给他足够的厉害瞧瞧，这次他要不逃，我还能再和他吵三百回合……”

说罢，小梁在原地便开始磨拳霍霍。

姜薇抿唇一笑：“他不敢见你的，刚才听到你的声音，转身就跑了。”

“算他识相。”

小梁笑嘻嘻地一抹鼻尖：“下次见到他，如果他还敢骚扰你，我一定让他好看！”

为了庆祝姜薇演出的圆满成功，小梁提出让易洺请客吃大餐。

易洺噙着笑意望着她们：“火锅、牛排、烤肉，或者其他什么别的，你们爱吃什么？”

姜薇抿唇想了想：“让小梁定吧。”

小梁的小眼睛转了又转，半晌，她忽然打了一个响指笑道：“我们去吃火锅吧，我听说长宁街上新开了一家‘相亲火锅’，我想去看看。”

“相亲火锅？”

易洺和姜薇异口同声。

“嗯。”

小梁眼睛一亮，两只手比画道：“我知道你们两个肯定是不用啦，可是人家还是单身呢，你们就陪我去一下吧，好不好？”

拗不过小梁的要求，姜薇和易洺便陪着她去了。

所谓相亲火锅，其实就是两个单人火锅以面对面相坐的方式排列，在开餐之前，会有一个小型的木制推拉门隔在两个人的中间，在打开门之前，你并不知道对面坐的是何许人。

易洺和姜薇选好了座位，两个人不用说，自然是坐在了彼此的对面。

小梁明白自己不能做他们的电灯泡，而且自己今天来也是有“任务”在身的。

她挑了一个偏远的位置坐下来，一边等着火锅的汤汁烧热，一边满心期待地等着“对面”来人。

“怎么还没来人啊……”

小梁咬着筷子郁郁寡欢，她试着敲了几次门，对方都没有动静，当她终于鼓起勇气将门推开时，发现对面坐位上居然坐着的是一个褐色的大个毛绒玩具熊。

“难道我今天就只能和你共进晚餐了？”

小梁凄凄惨惨戚戚地拿起可乐杯，一脸忧伤地晃了一晃，就像电视剧里的高挑女郎们晃红酒一样。

她摇摇头，将小门重新合上了。

“啧啧啧，真是悲哀啊……”

小梁正抿了一口可乐，兀自忧伤着，眼前的木质推拉门忽然响起一阵礼貌的敲门声，节奏缓慢。

小梁举着饮料杯的手指一僵。

"来了！"

她的心顿时如小鹿乱跳般激动起来，放下杯子，她捋了捋耳边的头发，嘴角上扬，换上一副自认为完美的笑容，而后"哗"地一下，迫不及待地把门打开……

"你好……"

小梁的话还没说完，脸上的笑忽然僵在了脸上。

"怎么是你？"

"怎么是你？"

两个人几乎同时惊讶出声，小梁震惊无比地望着眼前的那张脸，只觉心中仿佛有一万只羊驼呼啸着跑过……

"一定是打开的方式不对……不行，再来。"

说完，小梁"唰"地一下又把门关上了……

小梁心有余悸地抚了抚自己的胸口，她实在难以置信自己刚才看到的画面，静了静，她再次"唰"地一下把门打开了。

"怎么还是你！"

这下小梁算是彻底绝望了，怎么哪里都有这个沈瑜哲啊？

"我……我也不知道对面坐的是你啊……"

沈瑜哲手足无措地坐在对面，眉毛都紧张地皱到了一起，他嗫嚅着道："要不……要不我换一个位置？"

"不用了！"

小梁"啪"地一下把筷子放下，而后抱着肩膀望着他："我们聊聊吧。"

"聊……聊什么？"

沈瑜哲闻言一愣，他推了推眼镜，眼神闪烁道。

"说说你是怎么尾随着姜薇来到这家店的？"

小梁眼神扫了一下不远处的姜薇和易洺，好在两个人眉开眼笑地聊得正欢，没有注意到这边的情况。

"我没有尾随姜薇。"

沈瑜哲轻叹一声，望着她。

“没有尾随姜薇，难道你改目标了，你看上易洺了？”

小梁惊讶地张大了嘴巴。

“什么啊……”沈瑜哲简直哭笑不得，这个姑娘为什么总是这么天马行空，他真是快招架不住了，“我真的谁也没有尾随，是我朋友想要来吃火锅，让我先来这里等他……”

“那你朋友呢？”

小梁满脸写着“我不信”三个大字。

“本来他是要来的，可刚才他突然给我发消息，说是导师找他有事，临时来不了了。”

沈瑜哲自己说来都觉得心虚。

这话怎么听起来这么像现场编出来的啊……

“编，再编……”

果然，小梁冷哼一声。

“你们汉语言文学系的人就是伶牙俐齿，说起谎来脸不红心不跳的，但是在我这儿……你这招可不好用哦。”

小梁咧嘴一笑，眉眼弯成一个小小的弧度：“你呢，今天就哪儿也别去了，人家姜薇和易洺正在旁边吃得开心，我是不会让你去打扰他们的。”

“你今天就乖乖坐在我对面，来，姐陪你吃，保证让你吃得开心。”

说罢，小梁还十分“贴心”地将自己锅里刚刚煮好的一片羊肉夹到了他的面前。

“来，张嘴，啊——”

“你……你别这样，我害怕。”

沈瑜哲满脸惊恐地坐在那儿，委屈得简直像个小媳妇儿。

“我要不现在就走吧，我不吃了，忽然觉得好像也没那么饿……”

沈瑜哲说着，放下筷子起身就想跑。小梁手疾眼快地一把抓住他的手腕，白皙的小手一用力，直接把他重新拽回了座位上。

“哪里跑！”

小梁这话一说，沈瑜哲再也不敢起身了。

这个姑娘上辈子一定是孙悟空，而自己一定是死在她金箍棒下的妖怪，要不然自己为啥听到她的话就变得这么乖呢……

“我都说了，今天的晚餐我会让你吃好的。”

小梁露出一排小白牙，粲然笑道：“在姜薇和易洺吃完之前，你就乖乖地坐在这里，哪里也不要去。”

沈瑜哲硬着头皮一笑：“可……可我还没点餐。”

“还没点餐？那你干吗就直接敲我的门呀，一看你这个人就不行啊兄弟，表面上喜欢我们姜薇喜欢得不行，背地里却来相亲火锅敲门……”

“我就是因为不会用这个点餐二维码，才想敲门问问你，我不是……”

沈瑜哲比比画画地解释着，小梁却没理会他，她笑眯眯地朝着服务生喊道：“帅哥，点餐！我和对面的先生相谈甚是愉快，今晚他的账，我结了！”

“刚才是小梁的声音吗？”

姜薇抬起头来，好奇地朝着小梁的方向看了看，发现小梁确实和对面的人已经交谈上了。

“好像是。”

易洺将涮好的肉片夹到姜薇的碗里，轻笑道：“小梁那小丫头本就外向，如果遇上合适的人，没准今天真的能解决掉终身大事也不一定。”

“我担心她这么随便认识的人会不会不靠谱啊……”

姜薇埋头盯着锅里沸腾的泡泡，慢声道：“小梁是个好姑娘，我是希望她好的。”

“我知道。”

易洺抿唇淡笑，他放下筷子，凝视着姜薇白玉般的小脸蛋：“我家姜小薇蕙质兰心、心地宽仁，总是盼着身边的人好的。”

姜薇不好意思地笑笑：“小梁她待我很好。”

“我待你也很好，可也没见你担心担心我的终身大事。”

易洛用筷子搅动了一下火锅，平静笑道。

易洛的话让姜薇的心滞了一下。

她的脸红了一红，小声回应：“你的还用我担心吗？那么多女孩子……”

“那么多女孩怎么了？”

“那么多女孩子都喜欢你，她们……”

姜薇正说着，易洛忽然打断她：“包括你吗？”

姜薇一愣，抬起头：“什么？”

易洛的目光沉静，眸中黑白分明，撞上她的眼睛：“我是问，那么多女孩子里面，包不包括我面前这位叫姜薇的女孩？”

易洛的话突兀又大胆，姜薇紧紧地攥着手中的筷子，心跳蓦然乱了节奏。

“我……”

“你……”

易洛笑她，“你什么你？对方辩友，请正面回答我的问题。”

“我当然喜欢。”

姜薇咽了咽喉，红着脸说道：“我要是不喜欢你，能在幼儿园老师让选人拥抱的时候，挑你吗？”

“不谈幼儿园，就谈现在，两个成年人的现在。”

易洛知道这个小丫头眼看又要转移话题，他用灼灼目光望着她，嘴角含笑道：“姜小薇，我喜欢你，我想陪着你吃一辈子的火锅，我想一辈子做你跳舞的观众，我愿意做你一辈子的小跟班，只要你开口，这个竹马的身份我不要了，我们……重新换一个身份，好不好？”

“易洛……”

姜薇蓦然瞪着他的眼睛，那双眼睛澄澈又认真。

“我……我考虑考虑可以吗？”

姜薇像个泄了气的气球，每次面对易洛的告白，她都是这样子。

不是不开心，也不是不愿意，更不是……不喜欢……

但是一想到幼时曾发生的那件事，她欲言又止，心如玻璃片在割。

“可以。”

易洺的笑容仍然挂在脸上,礼貌且温柔:“我不怕等,十几年了,姜小薇,我认定你是我的人,这一点我从来没有变过。只不过……”

易洺的话忽然止住。姜薇愣然望着他:“只不过什么?”

“只不过你筷子上的肉再不吃就凉了。”易洺忽然一笑,他蓦然起身,姜薇怎么也没想到,这个家伙居然不要脸地直接一口咬掉了她即将送到嘴边的肉片……

咫尺距离,姜薇甚至闻到了他身上淡淡的洗衣液香,让人意志涣散。

“易洺!”

姜薇红着脸瞪他。

“好吃。”

易洺乐滋滋地坐在原地,咀嚼得那叫一个开心。

姜薇埋头大口大口吃着蔬菜,脸颊滚烫。

她没注意到的是,易洺不露神色地拿起了手机,悄悄地给谁发起了信息。

一串没有备注的号码:“你告白了吗?”

易洺:“是的,告白了。”

“她怎么回你的?”

“姜薇说她要考虑一下。”

“嗯,那就行了,这丫头如果不喜欢你,她一定会直接拒绝你的,冷酷起来谁也比不上她。听我的,你得再加把劲,就要成了。”

“好的,我听您的。那下一步该怎么做,您说?”

“下一步你就按我说的做……”

易洺和对方发完消息,他抿唇微不可察地笑了笑,将手机收回了外套的口袋里。

“我吃饱了。”

姜薇整个过程都心跳飞快,所以饭也吃得飞快……

她抬起头，一双水润的瞳眸望着易洺，细声道："等你吃完我们去看看小梁吧，看看她和那个男生聊得怎么样了，我还是有些不放心她……"

"好。"

易洺淡淡一笑，他伸手拿出一张餐纸，替姜薇轻轻拭去唇边的一滴油渍。

"小花猫……"

易洺和姜薇吃完，正准备去找小梁的空当儿，才发现小梁已经吃完去结账了。

易洺有些惊讶地走过去，拍了拍小梁的肩膀："咱们的账我已经结过了。"

"我知道啊。"

小梁笑笑，她摇了摇手中的结账单："我是给别人结账的。"

"别人？"

易洺一挑眉，"行啊，梁女侠，这么快就拿下了。"

"还行吧。"

小梁抬抬下巴，眯眼笑："你们呢，吃得还开心吧。"

"开心。"

易洺敛长眼眸笑了笑，他当然开心了，他有预感自己在那位"高人"的指点下，很快就可以摘下自己的那颗小青梅了……

"那就好。"

"小梁，带我们见见那个人吧。"

姜薇伸手握住她的手，柔声道："让我看看是哪个男孩子这么幸运，能够遇到我们这么可爱的小梁同学。"

小梁忍笑，顿了顿，她朝着大门的方向噘噘嘴，轻快应道："喏，门口那个傻大个儿就是了，不敢抬头往这边看的那个……"

姜薇和易洺闻言，视线一起投向那处。

"沈瑜哲?！"

易洺最先喊出口，他震惊无比地转过脸来："坐在你对面的，不会真的就是这家伙吧！”

姜薇也讶然极了，小梁和沈瑜哲简直就是一对儿前世的冤家，刚才在礼堂时还说见面要给他好看的小梁，怎么也不可能这么快就变卦啊……

“你喜欢沈瑜哲？”

姜薇怔然问道。

“当然……”小梁的小眼睛滴溜溜一转，顿了顿，她忽然捧腹笑道，“当然不可能了，你瞧瞧你们俩的脸，一个比一个绿，开个玩笑而已嘛……”

姜薇：“……”

易洺：“……”

两个人面面相觑，真不知该哭该笑。

这个玩笑开得有点劲爆，一时半会还真是有点消化不了……

“我怎么可能喜欢上他啊……”小梁摆摆手，一脸无所谓咧嘴笑道，“姐今天就把 flag(标记)立在这里了，我喜欢上谁也不会喜欢上这个闷葫芦，我完全是看在不想让他打扰你们的份儿上才请他吃火锅的，他这种无趣的木头男人，怎么可能是我的菜嘛……”

小梁说得言之凿凿，姜薇轻笑，她竟在小梁和沈瑜哲的身上读出了几分欢喜冤家的味道。

“好啦，我们信你。”

姜薇温柔地捏了一下小梁的小脸，“我们走吧，沈学长看样子好像还在外面等你。”

三人结完账一起往外走，正在门口踢着石子化解尴尬的沈瑜哲抬头看见姜薇，眼里瞬间亮起微光：“姜薇，好巧啊……”

“巧你个大头鬼啊！”小梁踮起脚，弯着手指敲了一下沈瑜哲的脑门，“装，还装。”

“我没有……”沈瑜哲愁眉苦脸地捂住脑门。

“不许随便搭讪我们姜薇，我们要回去了，你要不要一起回学校？”

“好啊！”

沈瑜哲闻言心下一动，没有人赶他走，他就多了一个机会能和姜薇再待上几分钟。

“哎？哎？哎？你往哪儿靠呢？”

沈瑜哲下意识地想要插进姜薇和易洺的中间，但他的行为还没得逞，耳朵就被某个小辣椒给提溜起来了：“有没有点眼力见，没瞧见人家男才女貌天造地设吗？你个电灯泡挤进去干什么？给他们的爱情大道照明吗？”

“我不是，我没有！”

“你给我到这边来！”

小梁揪着沈瑜哲的耳朵把他拎到了自己的身边，她凶巴巴地瞪了他一眼：“你站在我这边，别害怕，姐会保护你的。”

沈瑜哲：“……”

小梁和沈瑜哲渐渐和姜薇易洺拉开了距离，易洺一边往前走，一边忍着笑意。

“你在笑什么？”

姜薇凝视着易洺的侧脸，心中不禁感叹。

有时候她真的觉得易洺才应该是女孩子吧，这张清秀好看的小脸，皮肤又白，要是真的比起来，竟比她还要白一个色号。

“在笑沈瑜哲。”

“笑他？”

姜薇歪头看他。

“嗯。”

“他怎么了？”

“你不觉得他好像一直都喜欢错人了吗？”易洺脸上挂着淡淡的笑意，迈着长步往前走，“从一开始连网恋对象的性别都搞错，再到后来喜欢上你，感情路总是诸多坎坷。以前我一直觉得他挺可怜的，这么久来一直爱而不得，但现在我突然觉得，老天其实也是公平的。”

姜薇静静地听他讲，她的心里软软的，好像也猜到了他接下来要说什么。

“你觉不觉得，他和小梁其实很合适？”

易洺笑着望她。

姜薇默了几秒钟，也笑了：“你也看出来了吗？”

“嗯。”

“合不合适，是有迹可循的，他们在彼此身上都有足够的关注和在意，不管这份在意表面上是‘暴躁’的还是‘温柔’的，但总归是与众不同的。”

“可现在的沈学长好像并不知道小梁的心意。”

“岂止沈学长，小梁自己都不见得知道，你瞧——”

易洺笑着指给姜薇看，小梁和沈瑜哲走得快，两个人在前面笑闹着，小梁时不时地还抬起脚，轻轻去踢沈瑜哲的脚踝……

姜薇一笑：“你猜，他们在谈什么？”

“猜不到。”

“要我猜，能把小梁气成这样，肯定是沈学长又背诗给她听了。”

姜薇还没说完，前方即刻传来小梁一声霸气的怒吼：“沈瑜哲！你能不能给我闭嘴啊！你再给我背你写给姜薇的那几首破诗，我的耳朵都要起茧子了好吗？”

沈瑜哲一惊，他赶紧伸手捂住小梁的嘴：“别喊，她会听到的。”

“你个臭流氓，你居然敢碰我的脸……妖怪，看我收了你……”

“别啊，救命……”

沈瑜哲觉得，小梁这辈子一定是妖精转世，所以才会如此难缠。

他垂头丧气地回到寝室里，“嘭”地一下直接仰面躺在了床上。

“作孽，作孽啊……”

沈瑜哲抬起脚，看到脚踝处被那个小辣椒踢出的瘀青，眼泪都快掉下来了：“为何看上去这般柔弱的女子竟也会如此凶猛？断是我读书太少，竟从未见识过……”

上铺的舍友听到这话，好奇地扒着栏杆，笑看他：“哎哟，阿哲，这是告白又失败了？”

"去你的,什么告白失败啊……"

沈瑜哲伸脚踹了一下上铺的床板,却又因为脚踝疼而龇牙咧嘴地收了回来:"这般女子我是断断看不上的,如若娶进家门,乃是家门不幸,要为家族蒙羞……"

"哦?之前不还夸那个叫姜薇的女孩子这般好那般好,怎么这就……"

"谁在说姜薇啊……"

"不是姜薇?"

"当然不是,姜薇是个好姑娘,哪里都好……"

沈瑜哲捏着手指可怜兮兮地在床上发呆。

"不是我说,阿哲,你这换女人的速度也忒快了吧,都快赶上时速300多公里的高铁动车了……"

"都说了!我喜欢的人才没有换!我心里只有姜薇,都怪那个小梁,非要拦住我,不让我见姜薇……她还踢我打我,这个疯婆娘……"

"哎?"舍友凝神望他,犀利的话语一语点破梦中人般道:"可我看你今晚一直都在说的,应该都是小梁这个女孩啊……从进屋起你就没停,可见这个女孩在你心里的位置才最重要吧?"

沈瑜哲先是一愣,随后突然反驳道:"你胡说!"

"我胡说不胡说,你得问问你的心啊,大哥。"

舍友笑眯眯地从上铺爬下来,拿脚踢了沈瑜哲的小腿:"要我说,你也老大不小的了,也该找个好女孩成个家了,你啊,还是别总盯着人家姜薇看了,你明明知道人家身边有个大帅哥陪着,你这不是自讨苦吃吗?"

沈瑜哲闻言,从床上猛地直起身来,盯着他:"我就一定比易洺差吗?"

"你哪里比他不差?"

舍友跳到地面上,倚靠着栏杆看他。

"你看看我这身高,是不是,人高马大,一米八一……"

"欸?可我听说易洺快一米九哎。"

"那你再看看我的学识,中文系研究生……"

"易洺虽然还是个没毕业的本科生,但是我听说他智商贼高,在本专业成绩一直名列前茅，如果他愿意，怕是一直读到博士也是没什么问题的……”

“好！好！好！”沈瑜哲气得胸脯起伏着，他瞪圆了双眼指指自己的脸，“都比不过他，但是我的颜值总还是可以的吧！你看看我这皮肤，你看看我这眼睫毛，你再看看……”

“大哥，你的眼镜实在太厚了，封印了您的高颜值，根本看不出来啊……”

沈瑜哲一口老血噎在喉。

“你怎么胳膊肘往外拐啊，易洺是给你什么好处了吗？”

“我只是陈述事实罢了。”

舍友瞧着沈瑜哲简直快要跳脚，他灰溜溜一笑，赶紧躲开了：“那啥，我饿了，我去煮个泡面，哲哥要不要来一碗？”

“不要。”

“你这样可不行啊，你没听莎士比亚说过吗？”

“莎士比亚说什么了？”

“没有什么事儿是一碗泡面解决不了的，如果不行，那就两碗……”

沈瑜哲：“滚啊！”

舍友真的去煮泡面了，沈瑜哲一脸悲愤地盘腿坐在床上，眼神依旧瞪着他。

“你那是什么东西？”

看到舍友的煮面工具，沈瑜哲都惊呆了。

“锅子。”

舍友愣了愣，举起手指在沈瑜哲眼前晃了晃，满脸担忧道：“不是吧，大哥，你难道受情伤过度，脑子也被伤傻了？”

“一边去，你知道我说的不是这个。”沈瑜哲趿拉着鞋起身，下床跑到舍友身边仔细地看，“你这锅功率太高了吧，咱们的寝室楼是老楼，承载不起这么高的功率的。”

“哎呀，没关系啦，一次两次嘛，又不会真的起火。”

“安全防患意识要常记心中，一时都不能疏忽。”

“好好好，我知道了哲哥，您看您要不要先出去散散心？面一会儿就煮好了，小的再给您打电话，您再回来吃，您看成不成？”

说罢，舍友推着沈瑜哲的后背就给他推出了门外。沈瑜哲低头想了想，心中也确实有些郁闷，便索性走出了寝室楼，打算去外面走走。

没走多远，沈瑜哲脚步一顿，没想到竟然再度遇到了小梁！

这冤家路窄的频率还能再高一点吗？

小梁应该是下楼买水果，她拎着大大的袋子吃力地往女生寝室楼的方向走着，并没有发现不远处的沈瑜哲。

不知为何，沈瑜哲竟下意识地想要冲过去帮她拎东西，当这种奇怪的想法充斥他的大脑时，他自己都被自己吓了一跳。

“一定是刻在我骨子的绅士风度让我这么做的，”沈瑜哲咬咬嘴唇，在心中宽慰自己道，“对，一定是这样的！”

可下一秒忽然变换的画面却让他的理智瞬间丧失。

一个高高大大的男生靠近小梁，还笑着拍了拍她的肩膀，看嘴型像是在说：“嗨，需要我帮忙吗？”

“她怎么可能需要你帮忙啊！哈哈哈哈……”沈瑜哲站在原地自言自语道，“你是不知道她的劲儿有多大，像头牛一样，揍我的时候一点都不带喘气的……”

只可惜，沈瑜哲的话还没说完，小梁居然嘴角一勾，十分自然地答应了。

她答应了……

等等，她居然答应了？

沈瑜哲只觉得头顶冒烟，他烦躁得像只热锅上的蚂蚁，背着手在原地来回地踱步，转圈。

“她怎么可以这样！她怎么可以这样！作为一个女孩子，大半夜地被一个陌生男人搭讪，不应该是冷漠拒绝才对吗？就像姜薇对我那样，你应该拒绝他啊，如果他再敢骚扰，你就踢他脚踝，踹他……”

沈瑜哲絮絮叨叨地说着，而那边，风景却是一派祥和。

那个高个子男生是小梁的外系老乡，小梁确实是有些拎不动，得了他的帮忙，小梁很感激："谢谢学长，我已经到寝室门口啦，里面你也进不去，还是交给我吧……"

小梁伸出手，男生抿唇一笑："那你下次拎不动了，可以给我打电话，我愿意再帮你拿。"

"嗯，谢谢。"

小梁笑得甜甜的，朝着男生摆摆手："那学长再见！"

"嗯，再见！"

学长走后，小梁刚要转身，她忽然发现不远处的路灯下好像站着个人，那个人……看上去奇奇怪怪的。

"不会是生了跳蚤了吧？不然干吗在路灯底下来回乱跳啊，简直像个猴子……"

小梁咂咂嘴，摇了摇头，而后转身便消失在了楼道里……

沈瑜哲这"心"是散不下去了。

他一脸恼火地转身往寝室的方向走，步子踩在地上，仿佛都能听到重重的闷响。

"哎，你听说了吗，研究生寝室楼那边好像失火了……"

"啊，真的吗？严重不严重啊……"

"挺严重的，好像起了很大的烟，学校已经叫了消防车了，马上就快到了。"

"是哪个寝室这么不小心啊？"

"听说是中文系的人，好像是用了什么违规电器，然后人又去了厕所了没在旁边，所以……"

"等等，同学你们说是哪个专业的？"

沈瑜哲猛地刹住脚步，一把拉住那人的手臂。

"中文啊，就是那群老学究，每天嘴里之乎者也的那群人……"

沈瑜哲根本没有听完那人的吐槽，他转过头来，拔腿就往寝室的方向跑。

然而事实证明，沈瑜哲的担心不是多余的，他呆呆地站在楼下，望着从自己寝室冒出的滚滚浓烟，那一刻他的心像是破碎的镜子，再也粘不好了。

“我的‘四大名著’……”

“我的《世说新语》……”

“我的《资治通鉴》……”

沈瑜哲满脸淌着面条泪，痴痴然站在楼下，这一刻他不想做别的，只想手撕自己的室友……

消防人员来得很及时，火很快被扑灭了。

沈瑜哲见到舍友的时候，舍友满脸黑乎乎地对着他笑，一排小白牙整整齐齐：“嘿嘿，哲哥，你看咱们俩暂时搬到哪个寝室去好？导员说了，还有好几个空的由咱们选……”

“别理我，让我静静。”

沈瑜哲伸手盖住他的脸，满目都是悲伤。

“呜呜呜，哲哥……你……你要是不喜欢，咱们先去外面租一个也可以啊……房租我出……”舍友被沈瑜哲盖住了脸，说话支支吾吾的，很艰难。

舍友的话一出口，沈瑜哲像是忽然想到什么一般眼眸一抬。

“你刚才说什么？”

“啊？我说房租我出……”

“不是，上一句。”

沈瑜哲凝眉，摇摇头。

“我说你要是想去外面租房也可以……”

“对啊，”沈瑜哲一拍大腿，幽黑眼眸里的光顿时就亮了，“我刚才怎么就没想到啊……”

舍友一脸茫然地站在原地，半张着嘴巴望着他：“想……想到什么啊……”

沈瑜哲才懒得理他，他默了两秒，转身就朝着另一个方向走去……

“哎？哲哥，你去哪儿啊？”

“租房子！”

“带我一个啊！”

“不与沙雕共前行,你还是自己找导员挑寝室去吧！”

沈瑜哲头也没回地摆摆手,眼角的笑意简直快要藏不住了。

就在今晚和小梁回来的路上,小梁无意间说出姜薇为了照顾一只流浪狗,前不久已经搬出了寝室,租住在了学校附近的荣鑫园小区。

这个消息在沈瑜哲的心里跳跃着、翻滚着,像是一只遨游在江湖里的小鱼。

“姜薇,我来了！”

沈瑜哲忽然控制不住脚步,连蹦带跳得像个孩子一样。

“哎,你看那个人,是不是有什么问题啊……”

路人甲咂咂嘴。

“是啊,指定是有点毛病,走走走,离他远点……”

路人乙拼命点头,抱紧了自己的书包……

沈瑜哲说到做到,管理荣鑫园小区的中介大哥恰巧和他很熟,沈瑜哲曾经做过他家孩子的家庭教师。

“小伙子,你就跟哥说,你想要啥样的房哥这儿都有。”

“大哥,我们学校的学生是不是常在荣鑫园小区租房？”

“对对对,哥跟你说,那个小区在你们学校可抢手了,不论是考研的还是……”

“那他们一般都租住在哪栋啊？”

“403。”中介大哥憨厚一笑,“那栋楼离着街道远,平时比较安静,适合学习和生活,而且那栋楼下有个小超市,买东西什么的比较方便。”

“那……有狗的话,住哪栋楼比较好啊？”

沈瑜哲眼神一转,小声问道。

“你要养狗啊……”中介大哥一愣,笑了,“那更好说了,403 楼有好几户养狗的人家,我还见过一个小姑娘,估计也是你们学校的,也是在那儿租了房子,每天出来遛狗……”

“就这个了大哥,我就租这栋。”

沈瑜哲还没等中介说完,便直接决定要租。

“好,正好有个四层的大妈刚搬走,让我帮忙出租,还有个顶层的,要我说你就选四层这个吧,位置不高不矮,正好!”

沈瑜哲低头想了想,压注似的做决定:“就四层吧,我现在就给您押金,明天我就搬家。”

彼时的沈瑜哲根本没想到自己的这个“决定”有多么的英明,直到第二天,他大包小包地来搬家……

“哎,小伙子你也是这楼新来的租户吗?”

楼道里遇到了五层住的奶奶,奶奶笑眯眯地打量着沈瑜哲:“你们D大的孩子们怎么长得都这么俊俏啊,前不久有个小伙子也住进来了,就在你楼下,嗯,比你还要水嫩些……”

沈瑜哲赶紧露出一个不失礼貌的笑容:“嘿嘿,谢谢奶奶夸奖。”

“不客气,以后有啥需要就跟奶奶讲,我孙子也和你差不多大,他不常回来看我,我就当你们都是我孙子了……”

沈瑜哲捣蒜似的点头:“好嘞!”

沈瑜哲告别了五楼奶奶,他拖着行李走上四楼,打开了自己租住的房门。

房屋还算宽敞,收拾得也整洁干净,因为之前是老人居住,装修风格也弥漫着一股1970年代的感觉。

关于这些,沈瑜哲倒是不挑,能够离女神近一点他就已经很知足了。

晚上九点,沈瑜哲终于收拾好了一切,他瘫在沙发上,累得气喘吁吁。

“去冲个澡吧。”

沈瑜哲擦了一把额头上的汗,他起身走进浴室,目光环视一圈,突然拍着大腿道:“坏了!”

什么都想着重新采购了,却唯独没有买洗漱用品。

“现在再去超市估计也要关门了,算了,去借一下吧,听奶奶说楼下也是D大的学生，估计不会睡那么早……”

沈瑜哲一边说着，一边开了门往外走。

到了三楼门前，他抬起手敲了敲。

“你好，兄弟，我是楼上新来的，也是D大的，我的洗漱用品忘记买了，可不可以借……”

沈瑜哲还没说完，门就被轻轻打开。

沈瑜哲的手臂僵在半空中，怔在那儿，在看到姜薇的那一刻，他的内心简直震惊到无以复加。

“姜薇……怎么是你？！”

当然，令他的心情从无比兴奋到跌倒谷底，简直像是坐了一场过山车似的，不是眼前的姜薇，而是她身后那个穿着淡蓝色浴袍，一边擦着湿湿的碎发，一边从浴室里走出来的易洺……

“谁啊，姜小薇。”

易洺的声音听起来慵懒不羁，带着他一贯的风格。

沈瑜哲张大了嘴巴站在原地，他颤抖地伸出一根手指，指了指姜薇，又划向易洺的身上，声音都发颤：“你……你们……”

姜薇根本没想到门外站着的会是沈瑜哲。

她以同样惊讶的目光望着对方，心中不禁辗转难平。

“沈学长？你怎么会在这里？”

“我寝室失火了，我暂时在校外找了个房子住……就……就在你家楼上……”

沈瑜哲呆滞地解释着，他的大脑里现在乱得很，能说出一句完整的话就已经不错。

既然他看到了，姜薇便也不想避讳。

“沈学长刚才说，想要借什么？”姜薇望着他，语调平平。

“啊？这……这不重要。”沈瑜哲像是忽然醒过来般，脸上的愁思简直都快要滴出水，他怅然道，“姜薇，你真的和这个家伙同居了吗？”

姜薇刚要开口，身后的某人却已然走到她的身边。

“嗯，一起睡好久了。”

某人清淡的嗓音落地，竟然能依旧保持面不红心不跳，易洺眸光平静地望着沈瑜哲的脸：“沈学长倒是好巧，租个房子也能租我家姜薇楼上，应该费了不少心思吧。”

姜薇不露声色地把手背在身后，掐了易洺一下。

“又胡说。”

这个细微的小动作还是落到了沈瑜哲的眼里，他只觉得这是他们二人之间的情趣，刺进他的心里，连眼睛都涩涩的。

“我不知道楼下是姜薇，五楼奶奶告诉我是个男生。”

沈瑜哲叹口气，看起来奶奶口中那个长相“水嫩”的男生不是别人，正是易洺了。

“沈学长。”

姜薇想了想，还是决定开口道：“你到底想要借什么？我去拿给你，如果没有什么别的事儿，我们要休息了……”

我们要休息了。

沈瑜哲十分知趣地抓到了关键字眼。

还洗什么澡，借什么沐浴露啊，此时此刻的沈瑜哲满心失落，他无奈地叹口气：“不用了，我好像也没那么着急用，你们休息吧，我先回去了。”

沈瑜哲垂着脑袋失魂落魄地走上楼，打开房门，他一屁股坐在沙发上，久久未再动弹。

与此同时，楼下。

门刚关上，姜薇红着脸，拿着抱枕追着易洺的身后打。

“救命啊，谋杀亲夫啦……”

易洺灵巧躲过，弯腰笑倒在沙发上。

“易小洺，谁让你毁我清誉的！”

“我哪有！”

“还没有，”姜薇瞪他，“什么叫——一起睡好久了？”

“实话实说。”

易洺从沙发上坐直了身子，眼角的笑意却依然收不住，他朝着她抬抬下巴：“姜小薇，你害羞了。”

“我没有。”

“怎么没有？”

易洺拍拍自己身边的位置，意味深长地对她笑：“你要是没害羞，就坐到我身边来。”

姜薇一怔，脸又红了。

这家伙，又要搞什么鬼……

易洺坐在沙发上，两只手臂随意地往膝盖上一搭，他的腿形好看，从宽松的浴袍里露出来，更显修长。

姜薇觉得这样的易洺怎么看都觉得有点“危险”。

“我干吗要坐到你的身边？”

姜薇不敢直视他的眼睛，她将抱枕放回到沙发上，转身就要走：“我回去睡了，困了。”

姜薇脚步飞快想要逃，就在路过易洺身边的那一刻，不想手臂却被蓦然扣住，宽大温暖的手掌握住了她的手腕，姜薇的脑袋里“轰”地一下，还没来得及反应，“易洺你……”，整个人却已经被某人手臂的力量拽得身体失衡，一下子栽倒在了他的怀中。

清新好闻的沐浴露味道瞬间充斥了她的整个鼻腔。

“易洺，你放开我……”

姜薇的耳垂一下子红透，心跳得飞快。

她挣扎着要逃，易洺却顺势将她往怀中深处一扣，拥得更紧。

他俯身贴近她的耳畔，声音仿佛都带着温度，在他开口之后的那刻，姜薇只觉得自己整个人都要烧起来了：

“姜小薇，你刚才和沈瑜哲说的是——‘我们要休息了’，对不对？”

易洺一敛往日里的顽劣不羁，此时此刻略显魅惑的眼神带着几分危险的气息。

姜薇心中的小鹿四处寻找着出口,撞得姜薇神志都要丧失了。

“易洺,你先放开我。”

“不放,你先回答我。”

“你明明知道我刚才只是为了让沈学长死心……”

姜薇的小脑袋垂下来,有些羞赧地闷声说道。

“你这样他是没办法真正死心的。”

易洺抿唇轻笑,凝视着姜薇的侧脸。

“为什么?”

“因为眼见为实,你不让他亲眼看到,他不会信的。”

姜薇:“……”

姜薇明知道易洺已经是挖好了“陷阱”让她跳,可自己现在这样窝在他的怀中,她的意识实在无法聚合,整颗心都是乱的。

“易洺,你……你别闹了……”

她仍旧挣扎着起身,想要逃离他的禁锢,奇怪的是,这一次易洺竟意外地没有再拦她。

姜薇从他的怀中脱离后,整个人往一旁退了退,脸颊的温度热得能烫熟鸡蛋。

“姜小薇。”

易洺抿唇轻笑:“你要习惯。”

“我……我习惯什么?”

姜薇愣了一下,抬眸望他。

“你要习惯刚才,不能每次都这么害羞……”易洺轻笑开来,眼底的温柔像是一片平静的汪洋,“我们会在一起的,也会结婚,以后像这样的场景还会有很多很多……所以,你要习惯。”

“易洺……”

姜薇背着手站在原地,他的话让她心中无比动容。

她合住眼眸不看他。

那双眼睛太过清澈,也太过迷人。

她不敢在这样的环境下直视他,她真的害怕自己会一下子沦陷在他的眼睛里……

“易洺,你说过会给我时间的……”

“我当然会给你……”

易洺站起身来,他靠近她,声音温柔,眼底皆是缱绻情意。

“但这并不妨碍我要提前演习,而你——也要提前适应和习惯。”

易洺敛眸一笑,下一秒,他蓦然俯身靠近她的脸,微凉的唇畔竟就这样在她的额头上落下轻轻一吻:“我的公主,晚安。”

姜薇:“……”

姜薇觉得自己好像得了心律失常,呼吸节奏彻底混乱……

姜薇逃到了自己的卧室里,把门紧紧关上,而后以背抵靠着门,飞快地喘气。

她觉得她的城墙就快要失守了。

姜薇慢慢蹲下身来,两只手捧着滚烫的脸颊,她闭着眼睛竭力让自己的心静下来。

易洺温柔的脸庞和过去某个画面快速交织着,姜薇的心里一阵阵地翻动,她不知道到底该要如何面对越追越勇的易洺,也不知道如何才能彻底地解脱自己……

她是爱他的。

确切地说,她爱了他十几年,从懵懂无知的“喜欢”到现在深入骨髓的爱,她从来都没有变过自己的心意。

但也正因为如此,她才害怕他的追求。

她心里埋着的那件事如蚁兽般啃食着她的心脏,她不知道如何开口向易洺坦白这一切,她亦不知,在她同他说完之后,她的易洺是否还能接受那样的自己……

另一边,易洺躺在床上,双手抱头,望着天花板发呆。

片刻后，手机屏幕忽然亮起，是微信消息。

陌生号码："最近怎么样？"

易洺勾唇一笑，举起手机到面前："嗯，稍有进步。"

"姜薇答应你了？"

"还没有，我今天偷吻了她的额头，她没有打我。"

易洺发过去一个大大的笑脸。

对方沉默了几秒，回："瞧你这出息。"

顿了顿，那人又加上一句："便宜你这小子了。"

易洺翻个身，双臂杵在床上，笑着回道："嗯，是我上辈子修来的福分，才能遇到姜薇。我很知足，也很珍惜。"

"好。接下来就只要按部就班就可以，其他的，我来。"

"收到，谢谢您的帮助。"

发完信息后，易洺重新躺回床上，他合眸开始沉思。

楼上的那个家伙不管怎么说都是一个定时炸弹，这要是白天姜薇没课在家，而自己又去学校了，万一沈瑜哲乘虚而入，撬他墙角怎么办？

不行。

易洺越想越担心，他得解决掉这个心头大患才行。

思忖两秒钟，易洺从床上坐起身来，随后蹑手蹑脚地下了床。

"小十。"

易洺走到门外，轻声唤小十的名字。

最近小十并没有和姜薇在一个房间睡，而是自己睡到了客厅里，听到男主人唤自己的名字，小家伙竖起尾巴摇了摇，幽黑的眼眸静静地望着他。

小十早已习惯了这个男铲屎官的存在。

大概是因为爱屋及乌，小十似乎意识到了他对姜薇的重要性，且看在他常常买宠物零食贿赂自己的份儿上，之前的梁子就算了，以后和平相处。

易洺眯眼笑着走过去，蹲下身轻轻地摸了摸小十的头。

"饿不饿？要不要吃宵夜？"

一听"宵夜"两个字，小家伙的眼睛顿时亮起了微光。

“汪汪……”

它小声地朝着易洺叫了两声，表示：“我可太愿意了，整一顿？”

易洺抿唇一笑，他走到厨房里，拿了蛋黄、鸭胸、狗粮和牛奶，细细搅拌之后，便成了丰盛的一餐。

小十摇晃着小尾巴望着饭盆，当饭盆落地后，小脑袋直接埋头扎了进去。

“小十，我们人类世界里有一句话叫——拿了人家的手短，吃了人家的嘴软，这句话的意思就是说你现在吃了我给你做的饭，等以后我要是遇到困难了，你可得帮啊……”

小十是一只很有灵性的狗。

它虽然听不懂人类的语言，但它懂得什么叫“察言观色”。易洺对着他比比画画，还拿出校园网上沈瑜哲被作为优秀毕业生展示的照片给它看。

“这个人是坏人，他总是惦记你‘妈妈’，下次见到他，你一定要凶他走，明白了吗？”

易洺说完，还像模像样地举起两只手，凶巴巴地学了几声狗叫。

“就像这样——呜哇呜哇呜哇……懂了吗？”

小十眨着小眼睛望着它，那眼神似乎在说：懂是懂了，就是你叫得也忒难听了点……

第二天傍晚，易洺陪着姜薇出门遛狗，果不其然，碰到了正从学校回来的沈瑜哲。

“姜薇！”

沈瑜哲兴奋地朝着姜薇招招手，当他看到她身旁站着的易洺时，他的笑一下子就凝固了。

“你也在啊……”

“我在很奇怪吗？”

易洺看上去心情还不错，眯着眼淡淡一笑。

沈瑜哲心里好像被猫抓了一下，是啊，人家两个人是住在一起的，一块下来遛个狗又有什么稀奇……

沈瑜哲轻轻叹了一口气,他尴尬地提起嘴角笑了笑,拎起手中的袋子递给姜薇:“我买了一些水果,不知道你喜欢吃哪一种,所以就每样都买了些……”

“沈学长,你不用这么做的。”

姜薇满脸都写着为难。

“姜薇,我……”

沈瑜哲上前一步刚要解释，却不想一直被忽视的小十却突然有了动作。

“呜……”

一声压抑的低吼从小十的喉咙里传出,它俯低了身子做出了冲刺的动作,一排小白牙整齐地“龇”给了沈瑜哲看。

沈瑜哲“嗖”地一下跳开,惊慌失措道:“它……它要干什么?”

“你挡它道了。”

易洺站在原地,抱肩笑着看他:“你身后那棵树是它最喜欢的‘厕所’,没瞧见我们小十的小后腿已经忍不住了吗?你要是执意再挡在这儿,我觉得它并不介意用你的腿来代替一下……”

沈瑜哲的脸拧成了一团:“它,它居然随地大小便!”

易洺挑眉纠正他:“是小便,大便我们有清洁袋和清洁铲,瞧,这个袋子里的都是,你要不要看一下?”

易洺抿唇笑着靠近他。沈瑜哲惊悚地瞪大了眼睛,连连摆手:“不不不,不必了!我还有事,我先走了!”

说罢,沈瑜哲拎着袋子仓皇而逃,不一会儿就消失在了姜薇和易洺的视线里。

姜薇牵着小十慢悠悠地往前走,嘴角噙着淡淡的笑:“你呀你……”

“我怎么了?”

易洺的声音又温柔又好听,尤其是在只有他们两个人漫步的时候。

“沈瑜哲见到你简直像是见到了大魔王,他怕了你了。”

“谁让他一直想打你的主意。”

易洺撇撇嘴，笑道：“你瞧，连小十都不喜欢他，可见这个人不行啊，狗都不理。”

提到小十的名字，小家伙机敏地抬起头，摇晃着小尾巴跑到易洺的裤腿处蹭了蹭，似乎是在邀功：“你瞧，我帮你守护好女主人了。”

易洺轻笑，他俯身揉了揉它的小脑袋：“乖孩子，晚上加鸡腿。”

姜薇挑眉：“你什么时候开始喜欢给它加餐了？”

“这个可是秘密。”

夜晚，姜薇和易洺吃过饭，两个人倚靠在阳台的栏杆上聊天。

正聊得欢的空当儿，姜薇忽然打了一个喷嚏，下一秒的声音就变了。

“你怎么了？看上去好像没精神的样子。”

“好像是感冒了。”

小丫头的鼻音已经渐重，听起来像是动画片里被欺负的小动物一般，惹人可怜。

“天气转凉了。”

易洺脱下自己的外套，自然而然地披在她的肩膀上，衣服上带着淡淡的茶草香，很好闻。他抬起手，轻轻地揉搓了下她头顶被风吹乱的头发，掌心温暖：“回房间吧，我去给你冲药喝。”

“不用了。”

姜薇抿唇笑笑，摇摇头：“我回去多休息一下就好了。”

“是怕苦吧。”

“我可以给你加糖。”

易洺笑着捏了捏她的脸，姜薇的个性他最了解，她性子淡，小时候跌破了膝盖也不哭，可就是怕吃药。

姜薇天不怕地不怕，就怕苦。

那一年，小姜薇也是受了风寒得了感冒，姜妈妈追着她的屁股后面想要给她喂药，小丫头就是不肯喝。

无奈之下，姜妈妈跑到易洺家，敲开了他家的门。

“易洺在吗？”

易父微微怔了怔，点点头：“嗯，在呢，就在他的房间里。”

小易洺听到是姜妈妈的声音，作业也不做了，探出一个小脑袋来：“阿姨，是不是姜薇找我呀？”

姜妈妈点点头，笑了：“嗯，姜薇感冒了，但是却不肯吃药，她最听你的话了，你快去帮阿姨劝劝她。”

“嗯，阿姨您放心吧，这事交给我。”

小易洺拍拍胸脯，放下手中的笔，转身就跑出了门外。

小姜薇看到易洺端着药朝自己走来，起初还是摇摇头，不肯喝的。

“很甜的，相信我。”

小易洺目光灼灼地看着她：“不信你看，我给你喝一口。”

易洺镇定自若地喝了一口药，神色平静无波，姜薇咬了咬嘴唇，问道：“真的吗？你没骗我？”

“当然，我什么时候骗你了，这里面真的加了糖了，你快喝吧。”

姜薇犹豫了几秒钟，最终还是决定信了。

她捧着碗靠近嘴边，鼓起勇气喝下去，喝到三分之一处时小丫头眉毛开始紧紧皱在一起，推开碗就不喝了：“你骗我，易小洺，药是苦的，一点也不甜。”

“药本来就是苦的，甜的是我呀。”

易洺笑嘻嘻地望着姜薇，他像变魔术似的从口袋里拿出一颗水果糖，递到她的手上：“有我在，永远都不会让你觉得苦的，我有好多好多的糖，随时都为你准备着，当你觉得苦了就告诉我，我来甜你的心。”

彼时的小易洺说的都是心里话。

有他在，他甘愿做她的那块“糖”，只要她需要，他就会立刻出现在她的身边……

从那年起，姜薇每次生病吃药，易洺都会陪在她的身边。

姜薇也渐渐发现，只要他在，望着他那张笑意盈盈的脸，哪怕不吃糖，药进嘴中也慢慢不觉得那样苦了。

“你等我,我去给你冲药喝。”

“好。”

姜薇笑着点点头,她披着身上易洺的外套,刚要回到客厅等他,却不想头顶竟忽然落下一个吊篮,吓了姜薇一跳……

姜薇怔了怔,她好奇地取出篮子里的小盒子和纸条,字迹好看,和易洺的截然不同。

不难想象,这种字体一定是出自对书法颇有研究的沈瑜哲之手。

“听说你感冒了,我家里有感冒灵冲剂,现在风寒感冒很严重,还要多注意身体。”

姜薇叹口气,有些哭笑不得。

沈瑜哲大概是真的怕了小十了,连敲门送药的勇气都没有,只敢用这种方式给自己送东西。

姜薇轻轻吸了吸鼻子,她知道自己刚才和易洺在阳台上的对话沈瑜哲一定是全部都听见了,她相信他不是故意偷听的,但沈瑜哲的“过度关心”终究还是给自己带来了困扰。

姜薇拽了拽绳子,竹篮缓慢地升了上去。

药没拿,纸条也没拿。

姜薇拿出手机,给沈瑜哲发了短信:“谢谢你的药,不过我家中也有,易洺已经给我去冲药了。”

姜薇知道她这么说一定会让沈瑜哲伤心。

但是她别无选择,自己的心中这辈子都不会住进别人,因为易洺一个人已经占满了,再无缝隙可供他人……

沈瑜哲看到篮子里的东西原封未动地被人送了回来,他的心不禁失落。

在接到姜薇的短信后,他就更难过了。

他突然发现自己真的很悲哀,不如易洺就算了,他却连个小十都不如。

此时此刻的小十还能留在姜薇的身边陪伴她,而自己却只能住在这离她咫尺距离的地方,独自神伤……

“药好了……”

易洺端过药来,瞧见姜薇还留在阳台上,不禁惊讶道:“你怎么还在这里,这里凉。”

刚才发生的一幕易洺并未看到,姜薇也不想让他知道了。

毕竟易洺的那个“D大小醋包”的外号确实名不虚传……

“好,去客厅吧。”

姜薇抿唇笑笑,跟在易洺身后走出了阳台。

“苦吗?”

姜薇捧着碗一小口一小口地喝。易洺陪在她身边,满眼温暖笑意。

“不苦,有你呢。”

姜薇弯起细细的眉毛,笑得好看:“喝完药不是还有糖吃吗?”

“今天没有糖吃了哦。”

易洺咧嘴一笑,顽劣又神秘。

“啊?”

姜薇怔怔然望他,讶然道:“为什么呀?”

“因为有我就够了吗?我也很甜,你要不要尝尝。”

易洺的话音刚落,姜薇一个没忍住,嘴里的药汁就喷了出来。

“噗……”

易洺望着姜薇的这副样子,简直捧腹,他摇着头大笑道:“姜小薇,我知道你激动,但是不至于这么激动吧!”

“易洺,不说这样的话逗我你是不是浑身难受呀!”

姜薇被呛红了脸,咬着嘴唇瞪他。

“什么话?”易洺敛眸认真问她。

“就……就这些虎狼之词!”

想了几秒,姜薇才极其艰难地找到了这样的一个形容词。

“虎狼之词……”易洺轻笑,他靠近她,从茶几上抽出一张面巾纸轻轻替她拭去嘴角的药渍,“如果我是虎狼,那你是什么,是小白兔吗?那你跟我住在一个屋檐下,可是要小心喽。”

“易小洺!”

“到!小白兔有何吩咐?”

易洺“唰”地敬个礼,誓把顽劣的态度进行到底。

“你回你的房间去,你在这儿,我不能安心吃药。”

“是!”

“等等,回来。”

姜薇忽然开口。

“怎么了?”

易洺停住脚步,笑着望她。

“我的糖呢?”

姜薇伸出一双白皙好看的小手,递到他的面前。

“一会儿药喝完了,我要吃糖。”

“在这儿。”

易洺忽然俯下身,猝不及防地在姜薇的额头上落下轻轻一吻:“现场制作,甜度极高,能维持二十四小时,二十四小时之后,你可以随时找我再要。”

他唇角一勾,笑得云淡风轻。

姜薇的脸却温度飙升。

第二次。

已经第二次了!

这个家伙,最近怎么总是偷袭她啊!到底是谁给他的勇气,梁静茹吗?

姜薇鼓着两腮愤愤然地把药水喝完,踩着拖鞋回到了自己的房间。

尚文莉的电话来得十分及时,姜薇换好睡衣刚要出去洗漱,手机铃声应时响起。

“喂,妈?”

姜薇有些讶然，妈妈已经好久没有给自己打电话了，说是工作很忙。

“姜薇呀，最近怎么样呀？过得还好吗？”

“嗯，妈我挺好的。”

姜薇努力让自己的声音听起来正常，但奈何鼻音实在是太重了，根本无法隐瞒住自己生病的事实……

“你感冒啦？”

尚文莉的声音立刻拔高了一个音调。

“嗯，有一点，不过不严重，易洺已经给我冲过药了……”

姜薇话刚一出口，她立刻震惊地抬起眼眸，下一刻悔恨得恨不得扇自己的嘴巴。

“怎么又说出去了……”

她捂着脸低声道。

“易洺在你身边啊……”

尚文莉的声音拉得很长，似乎饱含深意，她抿唇笑道：“易洺在就好，妈也能放心点，他心细，又和你一起长大，妈妈不常在你身边，有他在，我和你爸都能安心。”

“嗯，妈我知道了。”

姜薇听到母亲的声音心里觉得暖暖的，虽然两个人平日里不常联系，但心底的思念却从未递减。

“姜薇啊……”

尚文莉欲言又止。

“妈，我在听。”

“是这样的啊……你爸单位有个阿姨，她呢，家里有个孩子跟你差不多大，也在D市上学，我觉得你们可以见见面，认识一下……”

“妈！”

姜薇无奈一笑，赶紧打断她：“你知道的，我不想现在就相亲的。”

“哎呀，你这孩子，妈也没说是相亲，就是想让你们认识一下……你说你也老大不小了，再过个两年就要毕业了，等毕业了再找对象可就难了……”

“妈,你刚还说不是让我去相亲……”

“妈这不是一着急说秃噜嘴了嘛!你瞧瞧你,我们都不在你身边,让你找个对象你又不找……”

“妈,您刚才不说了吗?易洺在我身边,你和爸都能安心。”

姜薇无奈叹气。

尚文莉突然停住自言自语,仿佛眼睛一亮地对着电话道:“妈刚才是这么说了。”

“那就行了。”姜薇抿唇淡淡一笑,温声对着母亲道,“易洺他……搬到了我家的楼上,我们现在每天上下学都在一起,所以你们两个都不要担心我了哈,就像小时候一样,易洺他会照顾好我的。”

“是吗?那妈妈就可以放心了。”

“嗯,所以爸爸同事阿姨的那个事……”

“什么阿姨?”

尚文莉听了闺女的话一时兴奋,完全忘了自己刚才编的瞎话……

“不是您说……”

姜薇一愣。

“哦哦哦,什么阿姨不阿姨,儿子不儿子的,不重要了,宝贝晚上早点睡哈,妈妈还有事,先挂了……”

姜薇:“……”

真是来也匆匆,去也匆匆,雷厉风行无人及的妈妈……

# 第十章 绵长深邃的吻

小梁的生日临近，姜薇的感冒却越发严重了。

姜薇的脸蛋红扑扑的，大概是因为喉咙肿痛发炎，导致体温有些异常升高，她对着电话嗡声道："梁，你的生日我可能去不了了……"

"别啊，不就是感冒嘛，我又不怕你传染给我。"电话那头的小梁笑嘻嘻地坚持道，"你来，一定要来，而且要带着你的小竹马一起来，毕竟人多才热闹嘛。"

拗不过小梁的邀请，姜薇只好戴着口罩拽着易洺参加了小梁的生日宴。

一推门，姜薇第一眼看到的，没想到竟是端坐在正对面的沈瑜哲。

姜薇露出几分惊讶。

没想到小梁居然也邀请了他……

沈瑜哲见到姜薇，耳畔一红，立刻搓搓手站起身来："姜薇，你……你感冒好些了吗？"

小梁见状，顶着大大的寿星帽走过去，拿着筷子敲他的后脑勺："喂喂喂，我让你来不是让你又来搭讪我家姜薇的，你给我乖乖坐下，不许说话。"

沈瑜哲之所以能来，其实并不是小梁主动邀请的。

说来也巧，小梁到了饭店安顿好朋友后，忽然觉得小腹压力想要去趟卫生间,就在卫生间的门口不想竟碰上了沈瑜哲。

“你怎么在这里?”

小梁柳眉倒竖,圆圆的眼睛瞪着他。

沈瑜哲倒退两步,扶住墙边,讪讪道:“今天是我导师女儿的生日宴。”

小梁翻了个白眼给他:“真是的,居然跟我生日同一天。”

小梁正要往前走,沈瑜哲也同时迈开了脚步,不想因为卫生间外的洗漱区域空间狭窄,两个人的手臂直接撞到了一起……

“你着急什么呀着急,咱们俩进的又不是同一间。”

小梁抱着手臂瞪着他。

沈瑜哲老老实实地停下来:“你……你先。”

小梁无奈叹气,她打开贴着女士牌子的厕所间的门走了进去。两分钟后,小梁才刚穿好衣服,忽听外面有人敲门:“你好了吗?”

是沈瑜哲的声音。

小梁怔了怔,她吃惊地打开门,发现沈瑜哲正窘迫地站在门外:“那个……隔壁男士的堵了,保洁阿姨让我等女卫没人时暂时借用一下……里面没有其他人了吧?”

小梁忍了忍,道:“一个坑,两个人恐怕不够大。”

沈瑜哲:“……”

他嘿嘿一笑,伸手指了指里面:“那我借用一下,你能不能帮我在外面看一下门。”

“为什么是我,保洁阿姨呢?”

小梁口中虽然诉说着不满,但还是留在了原地,替沈瑜哲守在了门外。

“小梁同学……”

“你又干吗?”

“我好像忘记带纸了……”

“……”

“真是麻烦。”

小梁耳畔微红地走进去,将一包粉红色佩奇图案的面巾纸从下面的缝隙背着脸，递进去。

“谢谢。”

小梁没应答，走出门外。

五分钟后，沈瑜哲走出来，到水池边洗手：“我好了，还是要谢谢你……”

“别，我真的好怕你下一秒就要写首诗来歌颂我，我可受不起……”

小梁连连摆手，她正要往外走，身后的沈瑜哲却忽然开口：“小梁，我喜欢你……”

小梁的后背一僵，好像有一股电流从头顶直接贯穿到脚底。

她的耳朵一下子就烫了起来。

“你说什么？”

她转过身来，震惊地望着他。

而沈瑜哲却站在原地，嘴巴成O型夸张地定格在那里，三秒钟后，那个喷嚏终于打出来了……

“阿，阿嚏——我……我喜欢你的那个品牌的面巾纸，柔软好用！”

小梁：“……”

“吃我一记流星拳！”

小梁简直气到鼻孔冒烟，她愤愤然地冲过去，照着沈瑜哲的肚子就来了一拳。

“哎哟……”

沈瑜哲痛苦地捂住肚子，登时就蹲在了地上：“你……你怎么打人呢？”

“谁让你乱说话的？”

小梁叉腰站在原地，气鼓鼓地瞪着他。

沈瑜哲一脸委屈：“我哪有乱说话，我只是夸了一下你的纸好用，难道这也不行了吗？”

榆木脑袋耿直心的沈瑜哲完全不知道自己这次到底又是哪里踩到了小梁的点，他只知道这个小姑娘虽然看上去柔柔弱弱的，但力气可真是大得很啊……

看到沈瑜哲蹲在地上久久没能起来，小梁也渐渐慌了："你……你别装了啊，我就轻轻打了一下，你一个大男人，哪里有那么严重……"

"真的很疼，恐怕是五脏六腑都伤到了……"沈瑜哲低着头，闷声说道。

"啊？"

小梁一听，顿时急了。

她赶紧走到沈瑜哲身边，扶住了他的手臂，拉他起来："你……你快起来，我带你去医院看看。"

"不用了，我休息一会儿就好了……"

"真的不用？"

"真的不用……"

"那……那好吧……那你在哪个房间？我扶你过去……"

"我导师女儿的生日宴已经结束了，要不……你带我去你的生日宴吧……"

小梁闻言，立刻就知道这家伙葫芦里到底卖的是什么药了。

他知道姜薇是一定会来参加这场晚宴的，因此他便故意装作受伤严重，只是为了能混进生日宴见他的心上人一面。

小梁叹口气："好吧，毕竟今天是我伤你在先，带你去就带你去，但你记得，去了就乖乖给我坐在座位上，别动其他歪心思。"

"放心吧，我会的。"

小梁带了沈瑜哲进来，对朋友们称是在校社团里认识的中文系学长。

姜薇和易洺进来后，小梁的一些外系朋友不禁捂唇笑着私语。

"我的天，这个男生长得好帅啊……"

"是啊，这也太高了吧，刚才进门的时候我都看到他低头了……"

"他旁边的那个女孩就是小梁的室友姜薇吧，我之前听说过，没想到真人也这么漂亮……"

"要不怎么说老天是偏心的呢，你瞧，美丽的女孩就要搭配这么帅的男孩子才对……"

同学们窃窃私语着，易洺和姜薇坐在一起，不时笑着贴耳低语，而另一边的沈瑜哲却是嘴角一撇，缩在角落里好像一根蔫掉的秋黄瓜……

晚宴开始，餐桌正中央放着双层水果生日蛋糕，蜡烛顶端有欢快的火苗跳跃着，同学们发出起哄的笑声，让小梁赶紧许愿。

“我希望我的男朋友长得又高又帅，要有幽默感，还要脑袋灵光。”

姜薇看着她笑：“别人都说生日愿望是不能说出来的，你怎么还说出来啦。”

“我不说出来，老天爷怎么听得见嘛！”小梁勾起唇灿烂一笑，“我哪像你啦，幼儿园就已经收到了老天爷送的礼物，质量还这么高。”

小梁努努嘴，朝着易洺示意了一下。

易洺的手臂自在地搭在姜薇的凳子上，他侧过身来，朝着姜薇笑。

姜薇的脸一下子就红了。

“你也会有的，我的小寿星。”

姜薇赶紧找了个话题把大家放在她和易洺身上的目光引开，她笑着朝小梁招招手：“快切蛋糕吧，我好想吃那块带樱桃的，已经等不及啦……”

晚宴上满满都是欢声笑语，就连沈瑜哲也渐渐放下了心结，和一群学弟学妹们畅饮了起来。

等到聚餐已经进行到尾声时，小梁提议要去唱歌，姜薇摆摆手：“你瞧我这嗓子，如果我真的去了，怕是一个包厢的人都要被我传染上感冒。”

“没关系，那里有两个话筒的，你和易洺一个就好了，我觉得他应该不介意。”

小梁话中有深意，嘴角的笑容也有些邪气。

易洺站在姜薇身边，也笑了：“去吧，我唱歌很好听的，你不要试一试吗？”

没拗过两个人的“糖衣炮弹”，姜薇也跟着去了KTV。

长大后的易洺再也不是那个只会唱《黄河大合唱》的小男生了，一开口，那把惊艳的磁性低沉嗓音瞬间夺走了所有女生的目光，姜薇被女孩子们挤到沙发的角落里，静静地看着她们欢呼和尖叫。

这个家伙,就不能收敛一下自己的魅力吗?

要说姜薇一点不吃醋那肯定是假的，但幸好她习惯了掩盖自己的内心,一张平静无波的小脸上看不出有任何情绪。

“你还好吗？”

沈瑜哲靠过来,小梁正替易洺“应援”得开心,没空搭理他。

“还好。”

姜薇垂下眉,漂亮的眼睛一动不动地盯着桌子上的梅子酒。

“你想喝吗？”

沈瑜哲嘴角微微勾起,这个样子的姜薇他倒还是第一次见。

“嗯。”

姜薇点点头,她轻声道:“我有点渴,想尝尝。”

为易洺欢呼的声音实在是有些吵,姜薇似乎因为喉咙的发炎又开始有些低烧,脸颊红红的。

沈瑜哲心大又不敢多看姜薇,哪里知道这些,他替姜薇打开了梅子酒,小丫头先是小小地喝了一口,随后在喧闹的欢呼声和易洺的歌声中,沈瑜哲一个没注意,姜薇竟一饮而尽。

头晕晕的,心里有些压抑。

姜薇发现自己越来越喜欢吃那家伙的醋了,以前还能控制住自己的情绪,可现在却每每退步。

她好想捂住他的嘴,让他只唱歌给自己听啊……

脸颊开始越来越烫,心跳声也乱了。

醉意蒙眬的她刚要探出小手再去拿下一瓶,一双修长好看的手忽然出现,扣住了她的手臂。姜薇像只傲娇又难以驯服的小猫,她皱起眉毛,想要拒绝他的靠近:“你干吗拦我？”

抬起眼眸,对上易洺漂亮深邃的眼,姜薇的心微微动了一下。

辨认清楚之后,她咧嘴一笑:“易小洺……”

易洺无奈摇头,他温柔地拿下她手中的酒瓶,放在桌上。

“不好意思,我家姜薇喝多了,我先带她回去。”

易洺扶起姜薇，路过沈瑜哲时，他的面容平和，但声音却不带丝毫温度：“下次，别随意灌一个女孩酒，尤其是别人的女人。”

沈瑜哲一下子就哽住了。

易洺搀扶着姜薇走出门，两个人正朝出口走着，姜薇忽然用手抓了抓的易洺的手臂，她的小脸有些难受地皱在一起：“我胃不舒服，我想去厕所……”

易洺一怔，轻声道：“我陪你。”

KTV 里的走廊设计一直都像个迷宫，易洺扶着姜薇一路向服务生打听，终于到了最里面的一处卫生间。

这里不分男女，格子间宽大豪华，中间是宽厚的墙，足以分隔双方的隐私。

“你自己可以吗？”

易洺微微皱着眉，有些担忧地望着她。

喝醉的姜薇脸蛋红扑扑的，煞是可爱，她勾起嘴角，破天荒地笑得像个小孩：“可以的，你等我哦，我吐一下就来。”

说罢，小丫头摇摇晃晃地打开门，走了进去。

易洺守在门外等，三秒钟后，没听到呕吐声，却听见厕所里忽然传来“咚”的一声闷响。

“姜薇！”

“你怎么样？姜薇？”

易洺的心陡然立起来，他强忍着最后一丝耐心敲门。

无人应答，只有细微的、近乎不可闻的呢喃声。

这声音似乎一瞬间就把易洺的理智撕碎了，他不管不顾地打开门，冲进去，这才发现姜薇并没有锁门。

“姜薇……”

易洺怔怔然望着面前的姜薇。

“伤到哪里了？”

他伸手将她拽到自己怀中，看着小丫头愁眉苦脸地揉着额头的样子，心疼的感觉瞬间蔓延了他身体的每一寸。

“没站稳,磕头了。”

姜薇的眼睛湿漉漉的,眼神却迷离又可爱。

她委屈似的抓起易洺的手,放在自己额头上,有些害羞地笑道:“你揉,你揉就不疼了。”

易洺的心好像被猫抓了一下，在她温热的手心触碰到他手指的那一瞬。

他用掌心覆在她的额头上,两个人在狭窄的空间里离得很近,近到可以听到彼此的呼吸。

“易小洺,好听……”

她迷茫着眼神笑道。

“什么好听？”

他凝视着她的眼睛。

“你唱歌……很好听……”这一刻的姜薇似乎完全变了样子,她无所畏惧地靠近他的脸,“你怎么这么帅啊,长得帅,唱歌又好听,她们……她们都好喜欢你……”

易洺浅浅一笑,摸了摸她温热的脸颊:“她们再喜欢又有什么用,你又不喜欢我。”

“我怎么不喜欢！”

姜薇忽然抬起头来,她望着他,眼里有光,清澈而明亮。

“我喜欢呀,我很喜欢的……从小就喜欢……很小很小哦……”

易洺的心瞬间慌乱。

他压低了嗓音,明显地咽了咽喉,危险地靠近她:“那你怎么喜欢？总要表示一下我才信。”

姜薇神思迷离,她抿了抿唇,醉悠悠道:“那……该怎么表示啊……”

“这样……行不行。”

姜薇一笑,她踮起脚尖,微红的唇瓣就这样靠近他的脸、他的唇。

她有些低烧，嘴唇很烫，易洺的脑袋里“轰”的一声，有什么东西瞬间炸开。

她浅尝辄止，甚至醉醺醺的一个吻，却在一秒之内撕碎了他所有的冷静自持。

“姜薇你……”

“这个可不可以啊？”

她背着手，傻傻地笑着望他，两只手臂轻轻摇晃。

易洺愣住了。

他知道这个环境实在不适合，他也知道他其实应该想办法带她出去醒酒，让她清醒之后，明白自己到底在干什么。但理智燃烧的速度实在太快了，他根本抵抗不过心里的塌陷。

“不行啊，要这个才可以。”

他俯下身，吻住她的嘴唇。

那是一个绵长深邃的吻，她满脸通红，到最后都求饶：“易洺，我呼吸不过来了……”

易洺搀扶着姜薇从卫生间里走出来，正碰上前来解决内急的小梁。

“哎？你们还没走啊。”

小梁看了看一脸醉醺醺地朝着自己笑的姜薇，自己也笑了：“她还很少有喝成这样的时候。”

“嗯。”

某个人面色平静，一点也不像才做了坏事的样子。

“她刚才胃有些不舒服，我这就带她回家。”

“不是胃啦……”姜薇的脸红彤彤的，她眼神迷离地盯着易洺的嘴唇，半晌，咧嘴嘿嘿一笑，“是嘴巴，嘴巴好痛。”

易洺：“……”

小梁一脸迷茫地站在原地：“那个酒只是梅子酒啊……又不是白酒，怎么会嘴巴疼呢。”

易洺的眸光飞快地从姜薇唇畔上扫过，而后视线向前，平静道："不知道呢，大概是她喝多了嘴瓢，不小心咬到了吧……"

小梁："……"

总觉得哪里好像怪怪的？

"我们先走了。"

易洺眼神平静无波，他冲着小梁摆摆手："生日快乐，玩得开心。"

"好，谢谢！"小梁抿唇一笑，"那你们路上注意安全，早点回家。"

"嗯。"

出了门，易洺打了车，姜薇和他都坐在后排，小姑娘的头不一会儿就歪倒在他的肩膀上。

"姜薇。"

易洺声音温柔，想要看看她是否清醒。

"嗯……"

她靠在他身上，迷迷糊糊地应答。

"你的胃……还难受吗？"

他关切道。

"不难受了……刚才吃了一块糖，好甜……"

姜薇闭着眼睛傻笑，说罢还舔了舔自己的嘴唇。

易洺怔然望着那双唇瓣，半晌，他咽了咽喉，轻咳一声将微红的脸转向了另一边。

行驶到途中，易洺和姜薇正合眸休息，车子突然一阵急刹，停住了。

"怎么回事，师傅？"

易洺单手揽着姜薇的肩膀，身体微微前倾。

"前面出事了。"

司机师傅焦躁地摸了摸脑袋，叹了口气："这里就怕出事故，每次出事都要堵很久。"

"师傅，你可以试试走左三路那条道，也能到。"

"嗯，我知道，不过我刚才就是从那边过来的，那边也在修路，状况还不如这边。”

易洺闻言皱眉。

两条路都不通，身边的小丫头看上去也并不舒服，脸色红得像火烧，她是真的发烧了。

“师傅。”

想了想，他心中做下决定。

“你把我们带到荣鑫园社区外的那条人行路上吧，我们走着回家。”

“哎呀，那多不好意思了，还得让你们走一段路。”

“没关系。”

易洺抿唇淡淡一笑，他转过头来，宠溺地揉了揉姜薇的头发。

“我可以带她回家……”

司机将姜薇和易洺放在了离小区不远的地方，随后便离开了。

易洺蹲下身，他轻轻拍了拍自己的肩膀示意，姜薇憨憨一笑，乖乖地爬了上去。

他背着她，慢慢走在回家的路上。

她调皮地在他耳边吹气，易洺觉得痒，他宠溺一笑：“好啦，小薇乖……”

这是他第一次要她乖。

这么多年来，姜薇冷静自持，从小就成熟得像个小大人一样。

反观易洺，顽劣淘气，总是喜欢逗她笑，喜欢看她努力装作平静下的脸红……

“姜小薇啊……”

“嗯……”

“姜小薇……”

“干吗啦……”

姜薇在他的背上猫咪似的哼了一声，易洺浅浅地笑，她还醉着，可他的心却无比清醒。

等她酒醒以后，他会向她坦白这一切，他夺了她的初吻，还是在那样一个地方。

他会任她打，任她骂，但他也会紧紧地将她拥入怀中，这一次，他绝对不会再放手了。

易洺背着她，单手开了家门，小十雀跃地跑过来，停在门边，好奇地看着两个人发呆。

易洺抿唇淡笑，他轻轻地将醉酒的姜薇放下来，而后打横抱着，安置到沙发上。

"小家伙，妈妈要休息，你不可以打扰她哈。"

易洺安抚似的摸了摸小十的毛发，本想跳上沙发舔姜薇的手的它却好像忽然听懂了易洺的话，乖乖地蹲在沙发旁，目不转睛地看着她。

易洺把手背贴靠在姜薇的额头上，温度仍然很烫。

"你乖乖等我，我去给你买退烧药。"

易洺俯身，在她的额畔落下轻轻的一个吻。

姜薇合眸睡着，呼吸轻浅而均匀，梦里不知道是怎样的场景。

"你陪着妈妈，我一会儿就回来。"

易洺朝着小十招招手，随后拿了鞋柜上的钥匙就出了门。

易洺想过很多种画面，在姜薇醒来之后。

他甚至在路上盘算着，该如何免受姜薇的"暴打"告诉她，自己曾在KTV的厕所里偷吻了她这件事，可令他万万没想到的却是，姜薇醒后的第一瞬间，他竟然并没有在现场，而是在……医院里……

一切听上去像是一场电影般巧合。

易洺在给姜薇卖药回来的路上，撞见了一起偷窃。

易洺微微皱眉，攥紧了手中的药袋。

姜薇蜷缩在沙发上，安稳睡着的样子一下下敲击在他的脑海——他马上要向她正式告白了，他会让她彻底地接受自己，但这个自己，不应该是一个遇到他人危难只想着逃跑的懦夫。

易洺将塑料袋打了个悬儿，缩减了空气，揣进了自己的上衣口袋。

他帅气地将自己外套上的帽子一扣，而后转身，朝着小偷的方向快步走了过去。

下一刻，小偷的胸膛上直接受了重重的一脚。

刚刚得逞的钱包坠落在地，小偷连连后退了几步，挣扎半天才勉强再站稳。

他捂着胸口龇牙咧嘴地望着前方，目光会聚之处，发现刚刚飞身起来给了自己一脚的人居然是个学生模样的孩子。

“臭小子，你找死啊！多管闲事！”

小偷怒目望他。

易洺手插着兜，头上扣着帽子，隐在幽暗下的脸上露出邪气的一笑：“不好意思，我这腿啊……缺钙，容易不受控制地动那么两下。”

“混蛋，你动就动，你往老子这来算什么意思？我看你是不想活了！”

小偷揉了揉自己的前胸，痛意仍旧刺激着他的神经。

“他奶奶的。”

出师不利的愤怒燃烧了小偷的理智，他摸了摸自己衣服内侧的某个位置，而后朝着一旁唾了一口。

“仗着自己年轻就不知好歹，既然你们老师没教过你不要多管闲事，那哥哥今天就教教你，什么叫不识相的后果……”

姜薇在混沌的梦中猛然惊醒。

心底的某个地方仿佛好像被什么东西重重地击打了一下，她蓦然从沙发上直起身来，瞪圆了双眼直直地望着前方。

“易洺……”

她微微喘着气，口中下意识地喊着易洺的名字。

因着刚才那个混乱的噩梦，姜薇的酒也立刻醒了大半，她挣扎着起身找遍了整个房间，却都没见到易洺的身影。

小十围绕在她的身边转圈，姜薇无暇顾及，她慌慌张张地找到自己的手提包，找到了手机。

“您好，您拨打的电话暂时无法接通，请稍后再拨。”

“您好,您拨打的电话暂时无法接通,请稍后再拨。”

“您好……”

三次。

三次电话没有一次接通,姜薇下意识地就慌了。

易洺从不会不接自己的电话,甚至连超过三声再接听的时候都极少。

易洺说过,他会让他的手机永远不低于百分之70的电量,因为他不能确定姜薇会在什么时候需要自己。

可今天他竟让自己的手机关机了。

姜薇知道一定是出事了。

她拿了自己的钥匙手机，慌慌张张地就往外跑:“小十你在家乖乖待着,我出去一下。”

下楼梯时,姜薇因为还有三分酒意未散,整个人跌跌撞撞,险些从楼梯上栽下来。

她发了疯似的跑到大街上,不出三十米的地方,她抬头便瞧见五楼住的奶奶正急急忙忙地往她的方向跑。

“小薇,小薇!”

奶奶满脸通红,额头上都沁出了汗珠,她颤抖着嗓音颤颤巍巍地跑到姜薇面前,一把就抓住了她的手,“快!快!”

“奶奶,是不是易洺出什么事儿了?”

姜薇的心“咯噔”一下。

“是!是!你快去,易洺在马路上被坏人给伤了,衣服……衣服上都是血,已经有人叫了救护车了……”

奶奶的话还没说完。

姜薇早就转身,随后发了疯似的往小区外面跑去……

喧嚣的人群围成密不可见的一堵围墙,姜薇只觉得自己的两只脚像是被灌了铅一样,她用尽全身力气拨开人群,寻找着想见的那个身影,只可惜,最终留给她的却只是一片触目惊心的血迹……

“刚才在这里的那个男生呢?”

姜薇的声音仍然保持着冷静,但眼泪却控不住地从眼角一滴滴坠下。

“被救护车带走了,说是送到市医院去了。小姑娘你是他的什么人啊,我看他好像伤得蛮重呀,那个被他救下来的妇女跟着救护车一起去了,一直在哭。”

“谢谢……”

姜薇冲出人群,跑到马路上去拦车。

一个刚才停下来看热闹的出租车打了方向盘开过来:“小姑娘,我知道你着急,走,我不要钱,送你去!”

姜薇钻进车内,坐在后座,眼神呆滞,一言不发,只是默默地流泪。

“那个受伤的小伙子……是你男朋友吧……”

司机叹了口气,从后视镜里望着姜薇。

姜薇的眼泪掉得更凶,她紧紧地咬着嘴唇,艰难开口:“他是我的至亲。”

姜薇明白,易洺是她的命。

这份感情远超于情侣,她的未来不能没有他,一分、一刻都不行……

易洺躺在急救室的床上,疼得龇牙咧嘴,完全没有了往日里帅气的模样。

“差一点,就差一点……”

“别说话。”

给他做检查的医生透过金丝镜框睨了他一眼,“小小年纪干点什么不好,非要逞强,你瞧,被坏人给伤到了吧。”

“我这不是高估了我的反应能力了嘛。”易洺笑嘻嘻地望着医生,“谁想到他腿短比我更灵活啊,我都躲了他三招了,没想到一个没注意还是让他给划到了……”

“还说!下次再这么逞强,小心划到你的脸上,到时候追你的小姑娘可就都跑了……”

医生絮絮叨叨地说着,一旁的小护士笑着搭话道:“主任,别啊,那太暴殄天物了。”

主任闻言，瞪她一眼：“就你花痴。”

易洺也跟着笑，却不小心牵引到伤口，痛得眉毛一皱。

十分钟后，姜薇终于抵达医院，医生把她拦在了急救室门外，并告诉她易洺并没有生命危险，让她安心等待。

姜薇听了这句话，腿一下子软下来，扶着墙才勉强站住。

心中的巨石暂且放下，她拖着疲惫的双腿走到座位前坐下，手背胡乱地擦拭着眼角的泪。

“易小洺……你一定要没事啊……”

整个过程，姜薇都强迫自己要冷静，除了那些无法控制的泪水，她要求大脑要保持绝对的清醒。

即便是见到满地触目惊心的血迹的那一刻，姜薇都没有让自己丧失理智，但见到手机上尚文莉来电名字时，小姑娘心中的担心和害怕却如洪水般一下子击溃了大坝，顿时溃不成军：“妈……妈……易洺受伤了……”

姜薇哭得很大声，像是一个烧开了水的热水壶一样，引人注目。

尚文莉在电话的那头艰难地听着抽噎的女儿说完了事情发生的经过：易洺外出买药，见义勇为受伤，现在人正在急诊室，但好在没有生命危险。

尚文莉放下电话的那一刻，她的脸上是少有的严肃。

自从她生下姜薇的那天起，除了婴儿时期，尚文莉便再也没见女儿这样撕心裂肺地哭过。

她爱那个小子。

尚文莉此时此刻终于彻底确信了这一点。

这些天来，她明里暗里地帮着易洺去追姜薇，也是希望女儿能早早认清这一点，并放下心中曾经的那些过往。

可没想到，易洺还没追到姜薇，人却突然躺进了医院里。

得知易洺没有危险，只是皮肉之伤，尚文莉先是松了一口气，但很快她又让自己再度紧张了起来。

“不行。”

尚文莉蓦然抬起眼眸。

“这一次不能再等了，易洺受伤了，姜薇必然是心理最脆弱的时候，现在不赶紧撮合两个孩子，更待何时？”

想到这里，尚文莉立刻拨通了姜薇爸爸的电话。

“喂，亲爱的，我要去女儿那里一趟。”

姜薇爸爸一愣：“女儿怎么了吗？”

“没事儿，她挺好的。”

“那你怎么突然要去……”

“我有大事要做。”

“你？你有什么大事要做，还非要找女儿？”

姜薇爸爸听得更是一头雾水了。

“我不找她，将来谁给我生外孙玩儿啊……好了好了，不跟你说了，我挂了。”

姜父僵住。

“哎哎？你别挂啊，你把话说清楚，谁要生外孙了……”

易洺被推出急救室时，姜薇扑过去，像是一只发疯的小鸟。

易洺脸色苍白，他抬起手虚弱地揉了揉姜薇的头发，竟然还有几分调戏她的力气：“哭什么，我这不还活着嘛，放心吧，没娶你之前，哥死不了的。”

“易小洺！”

她红着眼睛瞪他，看见他还好好地活着，她的心倒也落下了几分。

“为什么要和别人打架？”

她目光灼灼，面对她的质疑，易洺哭笑不得：“我哪里是和别人打架，我这是见义勇为好不好，连人家警官都说了，我的行为值得夸奖。”

“那后半句话你怎么没听进去？”

“什么话？”

他敛着眸笑，故意装傻。

“值得夸奖，但——绝不支持。”姜薇无奈地叹一口气，这小子今天算是赚足了她的眼泪，“下次遇到这种情况，量力而行好不好？手无寸铁，就不要和别人拼命了。”

她的语气慢慢放缓，看着他因为失血过多而略显苍白的脸色，姜薇觉得心疼得快要停掉了。

易洺轻笑出声，他伸出手，轻轻地捏了捏她的脸蛋。

“好啦，我知道啦。所以……你是想让我在走廊里躺到半夜吗？”

“对啊，惩罚你，晚上就在这儿冻着吧，留给人观瞻。”

姜薇嘴上的语气虽然要狠，像个太妹，但手上的动作却轻，她推着他的床到了普通病房里，扶着他的肩帮他换到了固定病床上。

易洺的伤说重不重，说轻不轻。

要说重，但是他五脏六腑却都完好，刀尖穿过皮肤，没有伤到任何要害。

要说轻，可说到底还是一道触目惊心的刀口，因为失血过多，易洺的嘴唇都有些微微泛白。

“我妈妈说一会儿要过来看你。”

姜薇乖乖地坐在易洺的身边，她不敢直视他的眼睛，目光从他的身上挪开：“你想不想吃什么？我可以让妈妈给你捎上来，水果还是……零食？”

“妈要来？”

易洺闻言眸光瞬间闪了一下。

姜薇一愣，小耳垂瞬间发烫。

她慌张纠正他：“是我妈。”

顿了顿，她继续道：“她知道你受了伤，很担心，我告诉她不要来了，可是她还是执意要过来看你。”

“幸好。”

易洺仰头倚靠在病床上，微微扬起嘴角。

“什么幸好？”

姜薇茫然。

“幸好我家未来丈母娘这么多年来一直都站在我这边啊，要不然她要是一直给你安排相亲什么的，我岂不是情敌又要多了好多……”

易洺笑得一脸得意扬扬。

姜薇无奈地看着他，都什么时候了，还惦记着其他的事儿。

“姜小薇啊……”

易洺轻声唤她。

“嗯。”

她温柔地应。

“你酒醒了吗？”

“酒？”姜薇抬起眼眸，有些惊讶地扫了他一眼，随后点点头：“嗯，醒了。”

“那你还记不记得你喝醉之后都发生了什么？”

某人睨着她的表情，试探地问。

“不记得了。”姜薇摇了摇头，她咬了咬唇，回忆道，“我只记得我在KTV里喝了些梅子酒，而你在我身边唱着那首老歌《十七岁的雨季》，再然后……再然后我就不记得了。”

“那个……我是不是做了什么可笑的事情啊？”

忽然联想到易洺发问的可能原因，姜薇蓦然抬起头，脸颊红了一红，“该不会是……”

“不会是什么？”

易洺直起身，清澈的眸光打趣似的盯着她。

“不会是……我抢了你的麦当麦霸去了吧？我唱歌不行的……”

姜薇抿紧嘴唇，讶然紧张道。

“没有，你放心。”

“唔……那就好。”

姜薇抚了抚自己的胸前，松了一口气。

“只不过你喝多了要去厕所吐，结果到了厕所门前，你却一把把我拽了进去非要吻我。”

易洺说得像真的一样，脸上一派镇定，嘴边带笑：“哎，你说说，以前我怎么就没发现你的酒品这么差啊……搞得我现在嘴巴还在疼……”

“易小洺，你在胡说什么？”

姜薇闻言立刻瞪圆了眼睛，满脸绯红道：“不可能。”

“怎么不可能？”

易洺的饶有兴趣地望着她：“你不信可以去问问小梁，昨天我们从卫生间出来的时候，她是知道的。”

听到这句话，姜薇蓦然抬起头。

什么？连小梁也知道自己酒后的流氓行径了？

姜薇的双颊滚烫，她下意识地抿了抿唇，混沌大脑里的记忆被分裂成数不清的碎片，她绞尽脑汁地想，却仍是想不起来……

“我……我……”

“怎么，姜小薇，你该不会又打算不负责任吧？”

易洺装作一脸受伤的样子，凝视着她的眼睛：“幼儿园一次，现在一次，你不能总这样啊，你再这样，我可就告诉我丈母娘了……”

“哎！你别！”

姜薇闻言一慌，她抬起小手，捂住易洺微凉的嘴唇。

“我……我补偿你，还不行吗？”

她求饶道。

“你要怎么补偿？”

他眼里含笑，温热的气息扑在她的掌心，痒痒的。

“嗯……你让我想想。”

姜薇正说着，姜母的电话似及时雨般响起。

“应该是我妈妈到了，我先去下去接我妈妈过来，你自己好好在这里躺着，哪里也不要去。”

“好。”

易洺乖巧点头，临末，还不忘冲着仓皇逃走的姜薇的背影补上一句：

"补偿，补偿啊……别忘了。"

"知道了。"

小姑娘红着脸跑开。

易洺摇摇头轻笑，他试着动了动自己的上半身，伤口被微微地牵扯，有些疼。

他缓慢地走下床，走到窗台边，俯着身往下看。

四楼距离地面的距离不高不矮，他瞧见姜薇跑出大门，站在院子里不断地用手背贴着自己的脸颊。

她害羞了。

一想到自己可能酒后强吻了易洺，还是在那样的一个地方，她就觉得心跳简直快要不属于自己了。

易洺本想开个玩笑来帮助姜薇暂且忘掉心中对他的病情的担心，但现在小姑娘好像反而因此而觉得愧疚和羞赧，他想了想，觉得是时候告诉她事情的真相了。

姜薇站在原地望着前方。

姜母已经在打车前来的路上，姜薇用手背试图降低着脸颊的温度，一会儿妈妈到了，总不能让她看到如此情绪波动、脸颊滚烫的自己。

正在她努力地平复着呼吸的这一刻，手机提示音忽然响起。

这下好了。

在看到那行字的那一刻，姜薇脸上本来消散的温度再次爬升上来，并且一下子直达峰顶……

"小薇？小薇？"

从出租车上走下来的尚文莉挎着宝格丽小羊皮手提包，看到女儿捧着手机呆呆地站在原地，她走上前，用手在姜薇面前晃了两下。

"啊……妈你到了？"

姜薇心一慌，她赶紧把手机重新揣回兜里。

"这孩子，想什么呢？"

尚文莉皱皱眉，女儿的状态实在太奇怪了，满脸的魂不守舍，脸颊还泛着微红。

“你怎么了？是不是哪里不舒服？”

尚文莉不放心，她抬起手刚要摸摸女儿脑门的温度，却被姜薇讪讪一笑躲开：“妈，我没事儿的，你不是来看易洺的吗？我们赶紧走吧，易洺还在楼上等您呢。”

“啊，对，我的准女婿……”

尚文莉小声嘟囔着。

“你的什么？”

“啊……我说还是办手续……对，办手续！易洺住院的手续都办好了吗？”

“嗯，办好了，放心吧，妈，易洺在四楼，我这就带你上去。”

姜薇深呼吸一口气，带着母亲走进医院的电梯里。电梯厢缓缓上升的过程中，她仰起头呆呆地望着天护板，努力地想要压制住心中慌乱的思绪。

三分钟前。

姜薇正望着四周，生怕错过和妈妈的相约，口袋里的手机却忽然响起。

她有些疑惑地打开屏幕。

是易洺。

两个人才刚刚分开，易洺忽然找自己会不会是因为身体突然不舒服？

姜薇正担心着，她定睛一看，却被屏幕上的一行字给吓到了。

是真的吓到了。

下一刻，她的脸颊滚烫，呼吸急促，某些破碎的记忆片段在易洺的提醒下开始飞快地在脑海中重新拼凑起来。

那个拥抱的温度，那双唇瓣的真实触感如海浪般敲击着她的心脏。

她开始慢慢回忆起来。

“姜薇，我要向你坦白，在 KTV 里不是你酒后失态吻了我，而是我没有控制住自己的心，主动吻了你……在如果你想打我，骂我都可以，我会在这里等你，你可以尽情发泄。”

姜薇脑海中的理智一下子就被击碎了。

她怔怔地望着手机发呆,她终于记起了那个吻。

那个吻深刻缠绵,持续了很久很久,仿佛久到时间都静止。

她还记得自己是如何回应他,醉酒后的姜薇像是一只贪婪的,又有些狂妄的小野猫,想要释放自己心底最深处的情感,她环住他的肩膀,忘情而沉醉。

面对这样的自己,她又如何去打他,去骂他?

明明一切都是自己心甘情愿的,她心知肚明……

将妈妈带到了易洺的病房前,姜薇却踌躇着不敢进门。

“妈, 你先进去陪易洺聊聊天, 我去医务室问问还没有什么需要注意的。”

姜薇说完,转过身脚步慌乱地逃走。尚文莉没拉住女儿的手臂,站在病房门前奇怪地直摇头:“这个丫头今天吃错药了吗?怎么一直魂不守舍的……”

姜母念叨着,手上轻轻推开了房门。

“阿姨好! ”

易洺坐在病床上,眼角微扬,笑得十分灿烂。

“哎! ”

尚文莉瞧见易洺,眼尾弧度不觉放缓。

“好久不见啊,我的准女婿。”

她温柔笑着望他,这个孩子啊,她在心里可是早就认定了……